贝尔曼与黑衣人

[英] 戴安娜·赛特菲尔德 著
DIANE SETTERFIELD

马丹 译

人民文学出版社
PEOPLE'S LITERATURE PUBLISHING HOUSE

目录

1	第一部分
111	第二部分
255	第三部分
262	资料来源
263	鸣谢

有人说，人在临终之时能看见自己的一生如光影般闪过。若果真如此，威廉·贝尔曼大概是看到了这辈子都算不完的账目、签不完的合同和做不完的生意。但这是刻薄的想法。事实上，当他踏上那条不归路的时候，跟我们所有人一样不可避免地绕上那条道的时候，他却看到一些已经到达那神秘之所的人在向他挥手。他的妻子、三个孩子、叔父、堂兄，还有几个童年的伙伴，这些先他而去的亲友都浮现出来，让他趁着弥留人世的时刻做最后的怀念。他挖开了自己深埋四十年的记忆，却发现一只凤鸦躺在那里。

是的，一只凤鸦。

记忆定格在威尔*·贝尔曼十岁零四天的时候。过生日的兴奋劲儿还没有完全消退，他和几个伙伴一起去河边和树林之间的田野玩耍。凤鸦"呼呼"地挥动翅膀，不断冲向地面。借着俯冲的力量，它们狠命地以喙磕地、啄食蛆虫。伙伴里有查尔斯·贝尔曼，他是威廉的堂兄，也是贝尔曼家族工厂未来的继承人。虽说他们两人的父亲是兄弟，但事情远比这层表面的关系来得复杂。弗雷德是面包师和奶牛场姑娘的长子，都说他是惠汀福养得最好的孩子，一看就知道是在面包堆上躺着、牛奶桶里泡着长大的。牙齿白净、体格强健的弗雷德经常叨叨他家的面包坊，那可是他的产业。卢克的父亲是铁匠，他的前头还有好几位哥哥，根本轮不到他来继承家业。他满脑袋像铜丝一样亮的头发，只要是干净的，隔上一英里都能看见。他不喜欢上学，觉得上学没意思。要想挨打的话，待在家里也行，干吗非得去学校呢？他也不喜欢回家，除非太饿了，万不得已

---

* 威尔是对威廉的昵称。——编者注

才回家吃饭。他一般会到处要点吃的糊弄糊弄,要不到吃的就去偷摘几个果子,再不然就顺点杂七杂八的东西应付。男孩嘛,总归不能亏待了嘴。威廉的母亲经常给他点面包奶酪之类的,还给过一整只鸡,令他感激不已。

几个男孩的生活原本没什么交集,但在这个夏天开始的时候,有一样东西把他们聚集到了一起,就是年龄。他们在同年同月出生,这件事像一只无形的手把他们拽到一起。等八月份不知不觉地溜走时,他们每天都会到这里的田野和树林里来,不仅仅是为了好玩,还有些比试的项目。

他们跑步、爬树,玩打仗的游戏和掰手腕。他们越跑越快,越爬越高。随着眼界的开阔,胆量也大了起来。他们不停地跟同伴较劲,又总是接受同伴的挑战,做出越来越大胆的事情。对他们来说,有一点小擦伤根本不算什么,身上出现淤青就等于戴上勋章,结了伤疤更像是收获战利品。每一天、每一秒,男孩们都在与世界和同伴的比试中成长。

在他十岁零四天大的时候,威尔对世界和他自己都感到满意。他知道自己还要很久才能长大,但他也不再是个小男孩了。整个夏天,他都被屋后传来的风鸦聒噪声早早地吵醒,醒来发觉自己浑身是劲。厨房和花园已经玩不开了,河边、田野和树林成了他的新领地。就连天上,他也不放过。要学的东西还很多,但他知道学起来会很容易,跟那些学过的一样。等真正学起来的时候,他每天都能享受到一种新鲜而令人愉悦的成就感。

"我打赌我能射中那只鸟。"威尔指着一棵遥不可及的橡树,一根遥不可及的橡树枝。橡树的周围还有别的橡树,威尔家的小房子正掩映在树篱中。

"你不能吧!"卢克不相信。他立马呼唤其他伙伴,接着爬上一个斜坡,指着远处说:"威尔说他能射中那只鸟!"

"不可能!"其他伙伴齐声大呼,但他们也急匆匆地跑过来看个究竟。

一只凤鸦或者普通的乌鸦远远地栖在一根树枝上,远得足有半块田野的距离。

威尔从腰带上卸下他的弹弓,郑重其事地搜索起子弹来。为弹弓寻找最佳的子弹是一项颇具神秘色彩的活动。若谁能慧眼识珠,那必定是大大的荣耀。于是几个男孩不厌其烦地比较各个子弹的尺寸、平滑度、纹理,还有颜色。大理石子弹当然是最理想的选择,然而没有人愿意冒这个险,只怕万一找不回来呢。威尔的直觉告诉他,只要是圆乎乎、滑溜溜的石头都行,但他知道保持神秘意味着什么,其他男孩也知道,所以他要把样子做足了。

与此同时,威尔的弹弓引起了大家的兴趣。他在寻觅子弹的时候把弹弓交由堂兄查尔斯保管。查尔斯一开始只是随便帮帮忙,后来竟发现这件武器有不寻常的平衡美,便仔细研究起来。弹弓的两股分叉和手柄形成了一个完美的 Y 形,简直不像是天然形成的。就算搜遍了整座林子,也不一定能找到第二个这样的。威尔确实眼光独到。

弗雷德也凑近来看。他眉头紧皱,嘴角下拉,仿佛在查看一桶糟糕的黄油。

"这不是榛树做的。"

威尔没有抬头。"榛树削起来容易,但不是非用它不可。"他磨快了自己的小刀,爬上树,开始小心翼翼地锯一段他刚才看中的树杈。这棵接骨木树龄正当好,结实而又不失弹性。

弹弓的索带看起来很眼熟,这是威尔旧弹弓上的,是他从一只破鞋的鞋舌上剪下来的。索带的皮块上有用锋利的刀刃割出的一条条整齐的细缝,因而能伸缩自如地包住一粒小小的子弹。然而,有一样是这架弹弓独一无二的。就在系索带的位置上,威尔刻出了两道浅浅的一英寸宽的槽口,每道槽口的中间都系上了一根细皮带,细皮带又与索带相连。但这还不够,细皮带的上下两方还有丝线缠绕,丝线就规规矩矩地缠绕在槽口内、细皮带的上方和下方。查尔斯满心赞赏地用手指去抚摸丝线。得有多么熟练的手法才能完成这样的制作,可它的用意是什么呢?

"这是用来干吗的?"

卢克伸出手去鉴定丝线缠绕的工艺:"是为了防止索带下滑吗?"

威尔耸了耸肩:"我还在试验,目前为止还没有滑动过。"

直到今天,男孩们才知道这世间竟然存在如此完美的弹弓。他们总以为弹弓的优劣取决于上帝的旨意,弹弓不过是偶然加运气的产物。用弹弓射击也只是碰碰运气而已,十有八九是射不中的。可威尔的弹弓毫无运气的成分,它完全是被精心设计而完成的人造品。

卢克试了试细皮带的弹性,确实弹性十足,但他还是忍不住要为这副令人艳羡的弹弓添点什么。他往手指上吐了点唾沫,再将唾沫细致地抹到皮带上。

威尔终于找到合适的子弹,而那只鸟竟然还停留在原位。他拿回了自己的弹弓,上好子弹。射弹弓是他的强项,眼准手稳不说,他还勤于练习。

可目标实在太远了。

男孩们的注意力从弹弓转移到目标上来,他们咧嘴笑着,再摇摇头。威尔的牛皮吹得太大了,连他自己也几乎要和同伴们一样笑起来了。然而他积聚了十年的观测力和爆发力此刻在他的体内膨胀、凝结,让他一时间变聋了,聋得听不见同伴们的嘈杂声。

他一边目测子弹与目标之间难以企及的弧线距离,一边在脑子里完成计算、校准和下发指令的工作。指令是下发给他身体的各部位:双脚移动,重心下沉,腿部、背部和肩部的肌肉做出配合,握弹弓的手指微调,双手测试弹弓的力度。威尔向后拉紧了索带。

就在发射子弹的一瞬间,不,就在发射之前那后悔也来不及的一秒钟,威尔体验到一种完美。那是人、弹弓和子弹的融合,大脑、眼睛和身体的聚焦。他有了十足的把握,子弹也不失时机地飞了出去。

子弹沿着预计的轨迹飞行了很久,或者说,它看起来飞了很久。久得让威尔有足够的时间来祈祷鸟儿挥动翅膀飞离树枝。真是这样的话,子弹就会扑空掉到地上,鸟儿就会在天上不近人情地奚落他们。

但那只黑鸟一动不动。

子弹达到飞行的最高点之后开始下落。男孩们屏住了呼吸,威尔也一样,整个世界如静止了一般,只有子弹在移动。

还有时间,威尔想。我可以吼一声,把小鸟吓跑。但他始终张不开嘴,时间仿佛被拉长了,凝固不动了。

子弹终于完成了飞行。

黑鸟应声落下。

男孩们盯着空荡荡的树枝,不敢相信自己的眼睛。子弹射中了吗?不可能啊!可他们亲眼看到啦。于是三只脑袋齐刷刷地转向威尔,威尔仍然死盯着那根树枝,想弄清楚到底是怎么回事。

沉默被弗雷德的吼声打破。三个男孩快速地奔向那棵树。卢克跌跌撞撞,一如既往地落在后面。威尔过了半天才反应过来,也撒腿开跑。等威尔赶到的时候,其他人已经蹲在树下了。他们腾腾挪挪,给威尔留出了地方。

看吧,草地上,就是那只鸟。一只凤鸦,雏鸟,嘴还是黑色的。

此事确定无疑了,他真的射中了。

他感觉有某种东西在自己的胸腔内移动,好像是一枚器官被摘除之后被某种异物填补了空缺。他的体内升腾出一股情愫,他从未发现过的情愫。它从胸腔渗入静脉,逐渐抵达四肢,又在颅腔内膨胀,包裹了耳朵,压抑了喉咙,最后凝结在脚上和手上。他无法形容这股情愫,只能保持缄默,然而他分明感觉到它从此生了根、落了户。

"我们可以把它埋了,"查尔斯提议,"举行一个葬礼。"

用仪式来纪念这个特殊事件是个不错的主意。可具体怎么做,大家一时半会儿拿不定主意，只是在哄笑打闹。这时，卢克捏住鸟儿的一只翅膀尖，轻轻地把翅膀张开。一束阳光穿透树阴投射在鸟儿身上，令黑色的鸟羽突然有了魔力。那黑色不再是黑色，成了浓重的蓝、紫和绿。色彩也丧失了原有的特性，它闪烁不定、熠熠生辉，生动逼真的效果令人眼花缭乱。有好一阵子，在场的每个人都怀疑那只鸟并没有死。可它的确死了，毋庸置疑。

其他三个人一边嘀咕一边转头去看威尔，这份魔力也是他的功劳。

卢克斗胆把鸟儿拾了起来。

"看招！"

他把死鸟往弗雷德和查尔斯的身上扔，吓得他们往后一退，惊呼之后又宽慰地大笑。威尔没有受此惊吓。之后弗雷德又玩起了死鸟，摆弄翅膀，做出飞翔的姿态，还兴致勃勃地模仿叽叽喳喳的鸟叫。威尔笑得很无力，内心的不安折腾得他肺力不济。

弗雷德很快发现软不拉耷的死鸟不好玩了。其他人也发现了，摇摇晃晃的鸟头、凌乱的羽毛让人看了恶心。弗雷德赶紧把它扔了。

现在没有人还记得葬礼的事情，男孩们把注意力转向了那颗神奇的子弹。那颗子弹可是个宝啊。他们花了很长的时间搜寻，把圆石头挨个捡了个遍。

"太大了。"异口同声。

"颜色不对。"

"不该有那个痕迹，你看。"

子弹是找不到了。完成使命之后，它就回归平庸，随便往哪里一躺便无从辨识了。

不管怎么说，真正厉害的不是石头，而是威尔。查尔斯这么一说，竟破天荒地没有遭到任何反对。

同伴们把整件事说了又说，讲了又讲，还有模有样地相互演示。他们用自己比画出的弹弓射死了一群又一群想象中的风鸦。

威尔从旁配合他们。任何一个年仅十岁的小英雄都会像他一样做出过分捉弄和推搡的姿态。他面带微笑，心里却五味杂陈，自豪感、羞愧与罪恶感交织在一起。他咧开嘴，又不自信地闭上。

夕阳西沉，气温开始下降。听见秋天来临的脚步，男孩们的肚子也咕咕叫了。是该回家的时候了，大家就此分开吧。

威尔走上一段土坡，突然发觉有点不对劲。他回过头去看刚才鸟儿被射中的地方，他们离开仅几分钟的时间，就有大量的风鸦飞过去了。风鸦在那棵橡树的上空盘旋，约摸有十五到二十只。更多的风鸦从四面八方汇集过来，一股股黑色的暗流最终形成了一片黑色的海洋。鸟儿们纷纷落下，栖息在橡树的树枝上。通常情况下，这样的聚会总是伴随飞沙走石般的鸟叫声，好像鸟儿们把叫声当作石子儿抛给对方。可这一次完全不同，它们保持着刻意的沉默。

每一根树枝上的每一只鸟都朝着威尔的方向看去。

威尔赶紧跳下土坡，飞一般地往家跑，跑得比任何时候都要快。直到他抓到家的门把手时，他才敢回头看一眼。背后是空荡荡的一片天，借着暗淡的光线，他无法辩清远处的橡树枝上到底是风鸦还是树叶。也许他只是看错了，以为自己被那么多双眼睛盯上了。

此时，他又以为自己的一个同伴回到了那棵橡树底下，有一个男孩站在他刚才站过的位置。但这个男孩个子比查尔斯矮，身材比弗雷德苗条，也没有卢克的一头红发。另外，也许是光影的效果，他看起来穿着一身黑服。

一眨眼的工夫，那男孩就消失了。兴许他正穿过树林往家走。

威尔拧开门锁，走了进去。

"你怎么了？"他的母亲问道。

当天晚上，威尔很安静，他的母亲觉得他脸色不好。可她什么也问不出来，只能安慰自己说儿子已经长大了，需要有点个人隐私。

"想想看,还有一周的时间,你就要和查尔斯一起去上学了。"

母亲给他盛汤的时候,他悄悄依偎在她的身上;母亲伸手抱他的时候,他不愿母亲撒手,根本没有要以十岁小大人自居的意思。难道这个大大咧咧的男孩害怕离开母亲前往牛津求学吗?尽管当晚的气温不算很低,母亲还是给儿子暖了床铺,留下了烛灯。一小时之后,她去亲吻儿子,站在床边端详他熟睡的脸。多么苍白的一张脸!他真是她的儿子吗?他们都变得太快了。

才十岁,我就要失去他了,她想。但很快,她意识到,也许我已经失去他了。

第二天,威尔发起了高烧。有三四天的时间,他都躺在床上被母亲照料着。他的血液逐渐热乎起来;他出着汗,疼得哇哇叫。他以十年以来积攒的智慧和力量完成了一项个人最伟大的创举:忘记。

结果他大获成功。

风鸦是再熟悉不过的生灵，但如果你仔细观察它，就不这么想了。

它华丽的羽衣是造物主最奢华的作品之一。正如男孩们那天所见，风鸦的羽毛能闪耀出孔雀羽毛的光泽，但风鸦的体内并没有任何蓝、紫或绿的色素。它的背部和头部黑得犹如缎面，而它的正面和靠近脚的部位则黑得柔和、深沉，有丝绒的质感。单纯的黑根本不足以形容它，它比黑更丰富多彩。它拥有其他生灵难以媲美的流彩四溢的黑。他展现了黑的精华。

那么，如此绚烂的色彩从何而来呢？

可以说，风鸦有点像魔术师。它黑色的羽毛能制造出炫目的光学效果。

"啊哈！"你以为自己明白了，"不过是一种假象而已。"

事实远不止如此。风鸦可不是站在舞台上变戏法的人，戴一顶机关重重的帽子就能糊弄你的眼睛。它的手法刚好相反，非要展示自然界真实存在的奇观。问问你的眼睛：光是什么颜色？它们无法作答。风鸦却能告诉你答案。它捕捉一束阳光，把光分成几缕，自己吸收一部分，再将剩下的部分用来制造奇妙的光学景观。它能向你展示光的本质，而你自己的眼睛却无能为力。

这样夺人眼球的展示并非它隐藏在羽毛之间的唯一绝技。有少数人曾亲眼目睹如此罕见的奇观：在一个阳光灿烂的夏日，一只风鸦迎着太阳飞翔，它周身的黑羽竟变成了洁净的雪白，白得如明镜般耀眼。

你也许会问，如此美丽又会变幻面貌的风鸦，它为何只出现在田间地头，以啄食幼虫为生？为何这样高等的生灵不被王公贵族宠爱，住进镀金的鸟笼，从银盘子里接受优雅仆从投放的美食？为何它们宁可与母牛为伍,而放弃独角兽、狮身鹰首兽和猛龙这样更般配的伙伴?

答案就是,风鸦的率性而为。它想要找人类解闷的时候,就会去找喝醉酒的诗人或急红眼的小老太太,而不会找戴着头冠的花样少女。它要是能消受的话,它倒是愿意尝尝龙肝或独角兽舌头的滋味;当然,送上门的狮身鹰首兽,它也不介意咬上一口。

有不少集合名词可用于风鸦。在某些地方,人们会说一"教区"的风鸦。

第一部分

事实上,风鸦的所见远超出我们所了解的范畴,它的所闻、所想也同样如此。

——《鸟类生活与鸟类知识》,
博斯韦尔·史密斯牧师

1

每周一至周六，伯福德路附近的地方都回荡着贝尔曼家族工厂的轰鸣声，几乎是各种噪声的集合：咔嗒咔嗒，轰隆隆，叮叮当当，噼里啪啦。飞梭只占据其中最小的部分，它们来来回回穿行的场面固然热闹，但它们的动力来源于水车，而温德拉什河推动水车时发出的怒吼更为震撼。这样的轰鸣声具有持久的影响力。即使工厂下班，飞梭被卸下闲置，水车也停止运转，工人们的耳鼓里依然轰鸣不止。轰鸣声一直伴随他们回到自己的小屋，夜晚爬上自己的床铺，甚至常常彻夜回响在他们的梦乡。

鸟儿，还有其他的小动物，都对工厂避而远之，至少在工作日不会靠近。唯有风鸦胆敢飞过去，似乎还挺享受那里的噪声，不妨再把它们沙哑的嗓音加进去。

今天是周日，工厂一片宁静。在温德拉什河的另一边，一条大街上，人类正在制造另一种噪声。

一只风鸦——或者一只乌鸦，二者很难区别——泰然自若地停在教堂的屋顶上，正歪着脑袋倾听。

> 力量之精魂，
> 且留驻我心，
> 赐自由之荣耀，
> 绝悲惧、罪恶之束绑。

在唱这首赞美诗的第一小节的时候，会众完全没有找到调子，凌乱得像一群市集上的羊。有些人把唱歌当作一场以音量取胜的比赛；有些人为了做更要紧的事情巴不得马上唱完；还有些人，生怕唱快了调子，故意拖后一个音符。就在这些演唱者的旁边和身后，站着一群有听力障碍的工人。他们发出单调的背景声,"嗡嗡"得就像管风琴的某个踏板被卡住了一般。

幸而有唱诗班,幸而唱诗班里站着威廉·贝尔曼。他那把天生的好嗓子高亢洪亮,让众人的嗓音找到了方向,明确了目标。它成了嗓音的召集者、组织者和标杆,它的震颤甚至能唤醒听力障碍人士的耳鼓,令单调的"嗡嗡"声都有了点音乐性。因此,尽管唱到"绝悲惧、罪恶之束绑"这句的时候,会众还是乱作一团,但等到了"期盼美好时光",他们已经步调一致了;当"废旧立新的时刻来临",他们已经唱出了旋律;进入最后一小节的"永恒极乐"时,他们在威尔的带领下达到了会众合唱的最佳水平。

等最后几个音符落下之后不久,教堂的门打开了,做礼拜的人纷纷前往教堂墓地。他们尽可以在那里徘徊、闲聊,享受秋日的阳光。这些人中间有一老一少两名妇女,她们打扮得相当隆重,襟花、胸针、绶带和花边一样不少。有人说她们是姑侄关系,也有人说不是。

"有了它,真希望每天都是周日啊!"年轻的杨小姐惆怅地说,她指的是威尔的漂亮嗓子。这话碰巧让巴克斯特夫人听了去,她回嘴说:

"你只要到红狮酒吧的窗台下待着,就能每天晚上都听见威廉·贝尔曼唱歌。不过,听起来好听,不一定有益于心灵。"

威尔的母亲就站在不远的地方,她正好听见巴克斯特夫人小声嘀咕。她的脸上带着不露声色的温和的表情。当一个男人走近她时,她仍旧以这副表情迎接。那是她丈夫的哥哥。

"跟我说说,多拉。威廉这些日子都干些什么?他没在红狮鬼混,惹得窗子外面的人不愉快的这些时间,他都干些什么了?"

"他在给约翰·戴维斯帮忙。"

"他喜欢农场的工作吗?"

"你了解他的,他总是很快乐。"

"他打算给戴维斯干多久?"

"只要有活干都行,他什么都愿意干。"

"你难道不想他有点稳定的生活吗?不想有点盼头吗?"

"你的意思是?"

她给了对方一个眼神,一个意味深长的眼神,仿佛蕴含了一段年代久远、说来话长的往事。对方回看了她一眼,意思是说:确实如此,但还有商量的余地。

"我的父亲年事已高,现在是我在管理工厂。"她提出异议。但他否决了她:"要是你不高兴,我不再提别人的事。不过,多拉,我做过什么对不起你的事吗?你和威廉,我伤害过一丁点吗?和我一起干,到工厂来帮忙,威廉能过得有点盼头,有安全感,有前途。如果要对他横加阻拦,这样做合适吗?"

他等着多拉回答。

"你没有任何对不起我的地方,保罗,"她最终开口了,"如果你没有从我这里得到你想要的答案,我猜你会直接去找威廉,对吗?"

"如果我们达成一致,我立马去找他。"

唱诗班的成员已经脱下衣袍,准备离开教堂了,威廉也在其中。许多双眼睛都在注视着他,因为他不仅有把好嗓子,还有副好模样。他拥有和叔叔一样的深色头发,眉宇间充满睿智,锐利的双眼能洞察一切;他那朝气蓬勃的身体散发出优雅和自由的气息。那一天出现在墓地里的年轻姑娘,就有不少渴望被威廉·贝尔曼拥入臂弯的滋味。当然,尝过这滋味的年轻姑娘也不在少数。

威廉发现了自己的母亲,笑得更加灿烂,还抬起一只胳膊向她示意。

"我会跟他说的,"她告诉保罗,"由他来决定。"

于是两人分开,多拉朝威廉走去,保罗则独自回家。

在婚姻方面,保罗已经竭力避免了他父亲和弟弟的错误。他既不想要一个有钱但愚蠢的女人,也不希望为了爱情和美貌落得两手空空。安妮是个聪慧善良的女人,而且她的嫁妆也刚好够修筑一间染坊。他始终保持理性、不偏不倚的态度，从而收获了一个和睦的家庭，一个热忱的伴侣，还有一间染坊。然而，这所有的明智和理性也曾让他感到自责。妻子过世的时候，他并没有体验到一个做丈夫的哀伤；反而在某些难堪得无需掩饰的时候，他不得不打心底承认，他对自己的弟媳产生了非分之想。

多拉和威廉一起回家了。

停在教堂屋顶上的那只风鸦也不紧不慢地拍打一下翅膀，再轻轻一跃，飞走了。

"我倒是没意见，"威尔站在狭小的厨房里对母亲说，"可你愿意吗？"

"要是我不愿意呢？"

他咧嘴笑了，将一只宽阔的臂膀放到母亲的双肩。他已经十七岁了，个头早就超过了母亲，但他仍然沉浸在这种成长的喜悦之中。"你知道的，要是我能办到，就不会不听你的。"

"难就难在这儿啊。"

不久之后，在一片隐没于莎草和灯芯草的僻静之处，威尔宽阔的臂膀正搂着另一个人的肩膀。他的另一只手藏在一堆衬裙下面，女孩时不时地将自己的手放到他的手上，好教他控制快慢、轻重。他确实越来越擅长这种事了，他心里想。起初的时候，女孩要一直教他。女孩的双腿在苔草的映衬下显得越发白净。她没有脱掉靴子，因为一旦他们受到打搅，便要迅速离开此地。她的喘息越来越急促，肉体的享受竟然听起来如此痛苦，威尔还是觉得不可思议。

突然，女孩沉静下来，脸上出现一种蹙额凝思的神情。她的手几乎压疼了威尔的手，她白净的双腿也紧紧夹拢。威尔痴痴地看着她，看她双颊和胸口上泛起的红晕，还有眼睑的微颤。她逐渐放松下来，眼睛仍旧闭着，脖子上一根细小的青筋"突突"地跳动。又过了一分钟，她才睁开眼睛。

"该你了。"

他向后靠了靠，把头枕在双臂上。他不需要用手来教她，珍妮知道自己该怎么做。

"你就没有想过要骑到我的身上来，好好地做一次？"他问。

她停下来，俏皮地冲着他晃动一根手指："威廉·贝尔曼，我可是要老老实实嫁人的。可不能因为怀上贝尔曼家的孩子就破坏了计划。"

说完她又继续做事。

"你把我当成什么了？要是你怀孕了，你以为我会不娶你吗？"

"别傻了，你当然会的。"

她半安慰半鼓励地拍拍他，没什么不妥的。

"那你的意思是？"

"你是个好小伙，威尔。我没说你不好。"

他抓住她的手，让她停下来。然后他用手肘把身子支起来，想好好看她的脸。

"但是呢？"

"威尔！"她看出来他不得到答案是不肯罢休的。她开始支支吾吾，边想边说："我清楚自己想要的生活。稳定，有规律。"他点点头，示意她继续说下去。"可要是我嫁给你，我的生活会是什么样的呢？毫无期望可言。一切都有可能。你并不坏，威尔。你只是……"

他躺下来。他想起了什么，又起来看她的脸。

"你心里已经有人了！"

"没有！"她被自己的紧张和害羞出卖了。

"到底是谁？你快告诉我！"他抓住她，挠她的痒。两人一时间回到了童年，叫啊，笑啊，打打闹闹起来。但很快他们又恢复了成熟，专心完成了他们躲到那里想做的事。

当他的视线再次聚焦到头顶上的树叶和天空时，他的头脑已经替他得出了结论。她想要的是体面。她是个工人，对舒服的生活并不感兴趣。如果说她只是拿他消遣，那她肯定在等待某人注意到她。合乎年纪的人选并不是很多，且大多数人可以通过一两条理由被排除掉。剩下的人当中，有一个是符合条件的。

"是面包坊的弗雷德吧，是吗？"

她吓了一大跳，不由得用手捂住自己的嘴，但其实她更应该捂住威尔的嘴，虽然晚了点。她的手指上带有两个人的气味。

"别说出去啊，威尔，求你了，一个字都不能说！"她跟着哭起来。

他抱住了她："别哭！我不会说的。对任何人都不会说，我保证。"

她抽噎了一会儿，然后安静下来。他攥住她的手："珍妮，别难过。我猜你今年内就能嫁出去。"

他们到河里洗手之后便分开了。他们要从两个不同的方向走，这样才能从不同的路线回家。

威尔走的是较长的一条路线。先往河的上游走，然后过桥，在河的对岸往下游走。现在是傍晚时分，夏天还没有过完。他回想起来，觉得珍妮多少有点可惜了，她是个好姑娘。可他的肚子咕咕叫起来，让他想起母亲在家里留了一些美味的奶酪，还有一碗煮熟的梅子。于是他撒腿跑起来。

2

威廉伸出一只手。握上来一只皮手套般的手，肥厚的皮肤坚实得就像牛皮。手的主人大概连弯个指头都困难。

"早上好。"

他们站在收发货物的院子里。尽管是室外，从西班牙板条箱里散发出来的臭味依然呛鼻。"开箱、点货、称重，都在这里完成，"

保罗解释说,"拉奇先生是负责人,他已经跟我们合作了——多少年来着?"

"十四年。"

"今天有六个人在帮他。有时候人多点,有时候人少点。主要取决于货物的情况。"

保罗和拉奇先生谈了十分钟,什么箱子重量不够,什么结算之类的,还有巴伦西亚和卡斯提尔的供应商等等。保罗察看了整个工作流程:板条箱被撬开、倾斜,羊毛(带着羊膻味)被倒出挂到钩子上;接下来是过秤,悬浮的羊毛像污秽不堪的云朵,它们飘来荡去,最终找到了平衡,拉奇赶紧记下重量,并示意下一批。过秤也没耽误拉奇跟保罗交谈,他口中的巴伦西亚和卡斯提尔就像奇平诺顿附近的什么地方。过秤之后的羊毛回归地面,被送去清洗打理。威廉目不转睛地观察这一切,迫切地想要记住每一个细节。与此同时,他也吸引了别人的目光。没人敢公开地看他,大家都是一面假装干活,一面从眼角、从背后偷看。但威廉确实感受到了目光的灼热。

威廉和他的叔叔跟着驴子走到下一个环节。

"我来介绍下我的侄子,威廉·贝尔曼,"保罗·贝尔曼说,"威廉,这是史密斯先生。"

同样是一只粗糙的手握过来。"早上好。"威廉看看对方,对方也看看威廉。今天一整天都是这样的会面。

羊毛必须经过清洗、干燥和拣选。威廉看得很认真。开清、粗梳、上油、分梳、搓捻,他几乎都想印进脑子里。

"有时候,羊毛直接从这儿送进染坊染色,不过织成布料以后也能染色,我们就把这个步骤放到后面了。"

接下来的会面无需握手。在纺纱间,盯着威廉看的都是女性,且都是不怕羞、直勾勾地盯着他看的女性。他向领头的女工克莱瑞·里格顿略微鞠一下躬,房间里顿时嬉笑声一片,但笑声很快被制止了。

"我们继续！"保罗说。

到了织布间，威廉的眼睛完全跟不上梭子飞快的速度，连绵不断的布匹让他以为布匹无非是那么"哐当"几下就出来了。漂洗的场所混杂了尿液和猪粪的臭味，等于是以臭攻臭了。在晒布场，布匹被绷在架子上，一幅又一幅，等待好天气将水分带走。

"要是天气潮湿的话，"保罗带着威廉又向前走，他打开风干室的一扇门，"这样就一目了然了。"威廉探头看见一个狭长的房间，墙上全都打满了孔。"布匹干燥之后，下一步是……"

他们接着走。

"……完工。"但其实不是真正的完工，因为完工意味着要做更多的清洗、漂洗、晾晒和起绒的工作。布匹在经过一部机器加工之后竟然表面上形成了一层类似毛毡的绒毛，这让威廉目瞪口呆、难以置信。

威廉的鼻子给工厂的气味熏得火辣辣的，耳朵也给噪声震得嗡嗡直响。他的双脚酸疼，因为他们已经把整间工厂转了上百回了。从北至南，从东往西，从空阔的场地到院子，到各个房间、小屋，从一幢建筑到另一幢建筑，他们始终跟随布匹的行踪。

"现在是修绒。"保罗打开了另一扇门。

门在他们身后关上了，威廉有些震惊。今天还是第一次，他发现自己到了一个安静的地方，安静得让他耳鸣。这里不需要握手。有两个身高、身材都一模一样的男人正在专注地工作，几乎没有抬头看一眼。他们将刀片在布匹上从头至尾地滑过，仿佛在跳一场悄无声息又编排精确的芭蕾舞，他们留下的不过是些线头。布匹表面的绒毛被修剪掉了，缓缓地飘落到地上。现在呈现出来的才是真正的成品，精美、紧致、洁净又完好的布匹。

威廉不知道自己注视了多久，他陷入了无限的遐想之中。

"很神奇，对吧？他们是哈姆林和甘比恩先生。"

保罗看了看他的侄子。"你很疲惫了，今天就到这里吧。这道工序过后只剩下熨烫了。"

威廉还想看熨烫。

"桑德斯先生,这是我的侄子,威廉·贝尔曼。"

两人握手。"晚上好。"

滚烫的金属片被塞进折叠好的布匹褶皱之间,并逐渐冷却。墙边堆满了等待被运送的布匹。

他们离开的时候,保罗对威廉说:"好了,你现在全都看过了。"

威廉呆呆地望着保罗。

"行了,拿上你的外套。你已经累得不行了。"

威廉用双手捧着自己的外套。布匹,羊毛制成的布匹。简直充满了奇迹。

"晚安,叔叔。"

"晚安,威廉。"

可还没等走出保罗的办公室,他就又转过身来了。

"还有染坊呢!"

保罗没精打采地扬扬手:"改天再说吧!"

"今天怎么样啊?"

多拉的儿子回答了三个字,她一个字也没听懂。

他一边狼吞虎咽地吃着多拉做的饭菜,一边叽里呱啦说个没完。多拉只听见他的嘴里不停地迸出什么公山羊、母山羊,什么修绒房、双面纺,还有揉皮器之类的东西,此外再没听懂了。"拉奇负责收发货物,邦顿负责清洗,领头的纺织工叫里格顿夫人,还有——"

"贝尔曼先生在那吗?我指的是老贝尔曼先生。"

他摇摇头,嘴里塞满了食物。

"希弗先生是干漂洗的,克雷斯先生在晒布场……哦,不,我说对了吗?"

"把东西咽下去再说话,威尔。你知道的,你的叔叔没打算让你第一天就记住所有的东西。"

排骨和土豆都已经凉了,但威廉毫不介意。他只管吃,根本不管味道如何。事实上,他的心思还停留在工厂里,回顾着今天的所见所闻,思考着各部分之间的关联;他在脑海中形成了一幅生产图景,包括每一道工序、每一部机器、每一个男人和女人,所有的一切。

"那工厂里的其他人呢?你觉得他们都喜欢你吗?"

他指了指自己的嘴巴,她得等等。

可她没有等到答案。他咽下食物,闭上眼睛,头就开始鸡啄米了。

"上床去睡,威尔。"

他猛地醒了:"我刚才说要去红狮的。"

她看着自己的儿子:眼睛发红,脸色发白,一脸的倦容。她从来没有见过他这么的快乐。

"上床。"

他听话了。

3

说到工厂里的其他人,他们都喜欢威廉·贝尔曼吗?

"侄子"本来就是个惹人好奇的物事,威廉的到来更是激起了热议。

首先是有关威廉父亲的那段陈年丑事被扒拉出来。事件内容大致如下:菲利普,保罗的弟弟,为了娶多拉·芬摩尔而违逆父母,离家出走。多拉的美貌是菲利普坚持的理由,而她的贫穷又确实让菲利普的父母难以接受。一年之后,菲利普再次离家出走,可这一次他抛弃了自己的妻子和襁褓中的儿子。

十七年的光阴不算短暂，却也不算太长。人们对菲利普的记忆也在这十七年中变得深刻而模糊。故事本身好比羊毛，被人过秤、拣选、清洗、上油、纺织成线、编织成布，再经由猪粪的漂洗，最后变得面目全非。假如说能从故事里看到真相，那就好比说能从一顶羊毛帽子联想起一只在田野里吃草的羊。经过上百次的口耳相传之后，即使是菲利普本人不小心偷听到自己的故事，也会以为故事的主角是别人。在每一次的讲述中，好人和坏人，背叛者与受害者的角色都会发生转换，人们的同情心也会相应地进行调整。

其实，事情应该是这样的：

结婚的时候，菲利普可能并不如他自己想象的那么爱多拉，只是受到美色的迷惑以及占有欲的驱使。父亲对他一贯严苛，肯定会铁石心肠地反对他们，唯有母亲有可能为他平息风波。贝尔曼夫人是个愚蠢的女人，她出于对丈夫的不满以及其他私密的理由，对他们的小儿子格外宠溺。然而，在婚姻这桩事情上，她的态度却来了个大逆转，让菲利普大失所望。他万万没有想到母爱也是会嫉妒的。当父亲把他们驱赶到郊外的一所小房子时，他强烈的自尊受到了伤害。

等到儿子出生的时候，菲利普希望父母的态度能软化。可他又失望了，为此他采取了报复。贝尔曼家族本来有三个男性名字可以选择：保罗、菲利普和查尔斯。菲利普一个都没选，反而给儿子取名"威廉"，一个完全没有来由的名字，不为任何事，也不为任何人。他根本不考虑儿子会因为他的报复行为付出多少代价。

失去了父亲家里安逸的生活，失去了经济支持，他发现自己为女人的美貌牺牲了太多。爱情？他可负担不起。施洗礼后三天，趁着妻儿熟睡的时候，他连夜逃出了家。他偷走父亲最喜欢的一匹马，快马加鞭地离开了惠汀福。谁也不知道他去了哪儿，做了些什么。从那以后，就没人见过或听说过他了。

多拉和公婆之间没有达成妥协，她独自抚养孩子。没有哪一方愿意把家丑张扬出去，而且唯一知道事情始末的人已经不在了，谣言便有了足够的想象空间。

因此，真相是一回事，工厂里流传的故事又是另一回事。人们会说，如果父亲给孩子取一个家族以外的名字，其中必有隐情。多拉是个容易被抹黑的对象，总有人愿意把一位娴静、美丽的妻子想象成恶妇。不过，此事搁在多拉的身上是大为不便：威廉拥有跟菲利普一样宽大、灵巧的手，一样昂首阔步的姿态，一样洒脱的笑容和关切的眼神。他百分之百属于菲利普。他也许没有贝尔曼家族的名字，但他浑身流淌着贝尔曼家族的血液。

"简直一个模子刻出来的！"一位老工人评价说，没有任何反对的声音。

故事被讲述的次数如此之多，以至于讲述的人把所有能演化出来的版本都讲完了。这下子，谣言调转了方向。侄子不等同于儿子，有人提出这一点，并很快得到认同。儿子很容易理解，明白无误、直截了当。相反，侄子却是弯弯绕绕、难以说清的。小贝尔曼先生非常爱护威廉，这毫无疑问，可老贝尔曼先生呢，据说是不拿这个年轻人当回事的。仔细一想，你就会发现："侄子"就等于一具四处行走的不明物体。它可能什么都是，也可能什么都不是。

一时间谣言再起、众说纷纭。直到最后，唯一可以确信的一件事由负责染坊的洛先生口中说出，他也是工厂里唯一还没有见过威廉的人。"他不是继承人，他管不了我们。"

4

"洛先生，"威廉伸出一只手，"我是威廉·贝尔曼。"

对方摊开双手，好让他看到一双从手掌染黑到手肘的脏手。他昨天已经接触过不少长满老茧、落下刀伤和烫伤的手。他看不出一点儿染料能带来多少伤害，可对方冷冰冰的眼神告诉他最好别坚持。

除了不想握手，洛先生似乎也不愿意开口。

"我叔叔昨天已经带我参观过工厂了，你可能已经听说了。"

对方点头。好像在说，我听说了，但我不太感兴趣。

"不过我们没来染坊，我希望你能抽出几分钟时间带我看看你们的工作情况。"

对方扬起眉毛："我们的工作就是染色。"

"当然了。"威尔笑了。可对方没笑，一点也没有开玩笑的意思。

"可能你更希望我改天再来拜访。"

对方的脸上抽动了一下，那是个小动作还是个表情呢？不管怎样，它都不是欢迎的意思。

当自己不受欢迎的时候，威尔总能看出来。

院子里正在卸货。

威廉向拉奇走去。

"需要帮手吗？"

"又是你？还没看够吗？"拉奇友善多了，他一边微笑一边伸出他那皮手套般粗硬的手。他们握了手。

"我今天是来干活的。"

"就凭你这双手？"

威尔砍过不少木材，割过不少干草，他清楚干活的滋味。

拉奇递给他一根铁撬棍，他花了半小时打开板条箱。接着他把羊毛拖出来，挂到钩子上。其他的工人一开始觉得别扭，话都不敢讲，但干活要紧，容不得他们多想。威尔干得很卖力，第一批羊毛过秤的时候，他已经送来第二批候着了。他逐渐融入整个流程之中，让其他人忘记了他的身份。他们随意地冲他喊"下一批""预备"，真正把他当成了自己人。他也大声回话"到位""预备"，好像他从来都是干这份活的。

手掌磨破了,威尔抹上润滑油,再包扎好伤口。"刚开始的时候,羊毛很割手,像几百把小刀子。"他们一边安慰威尔,一边继续干活,直到所有的货物都清理完毕。收工的时候,威尔向大家道别,所有人都说他已经竭尽全力了。

接下来的日子,威尔总是殷勤地找活来干,尽量参与到生产的各个环节。在纺纱间,他和女工们打情骂俏,也能安静地坐在纺机前好几个小时,笨手笨脚地用自己包袱里的绒毛纺纱,直到双手生疼。疼也不稀奇,因为每一份工作都能从他身上找到一块娇嫩、完好的皮肤来折磨他。他的纱线不知断了多少回,他的纺机不知空转了多少时辰。然而,一天下来,他好歹有了成果:一段又粗又不匀称的纱线。

"对于初学者,这个算不错的了。"克莱瑞·里格顿表示认可。有一个俏皮的、使劲向他抛媚眼的黑头发女孩插上来一句:"而且对于男人来说,这简直是个奇迹!"

在漂洗间,威尔吸入了满满一肚子从揉皮器的发酵桶里散发出来的毒气,当即晕倒。等他醒过来的时候,仍然觉得恶心,还大口大口地喘粗气。直到他气喘匀之后,他才笑话自己没用,跟扶他出来的小学徒说:"你是卢克·史密斯的兄弟吧?他现在还掰手腕吗?"他知道,盖子正好在他路过的时候打开,这不是偶然。可他在当天下班之前就适应了漂洗间,还和学徒们凑足了人坑牌,他甚至赢了一点小钱。

在晒布场,威尔蹲到地上,向双手粗糙的童工学习如何将湿布挂到架子下方的挂钩上。他推着独轮车运送羊毛,再跟着哑巴格雷格返回。他把发酵液倒入揉皮器。就连给驴子喂食、铲粪这样下等的活儿,他也不介意。

尽管如此,威尔的资格并不低,够得上和水车工打交道的。他站在那北方佬的旁边,一边观察水轮运转,一边聆听教诲。水轮有多种,分为上射式和下射式、胸高式和胸低式。他不明白,使劲地追问。刚开始,水车工只是稍加解释;可到了后来,威尔的求知欲和智慧打动了他,他讲解的内容也越来越详细。比如,河流在改变流向的时候会产生巨大的能量,通过计算和控制水流能提供持续稳定的能源,人类利用各种高超的手段来征服自然、造福人类。

水车工去了保罗的办公室,威廉还一动不动地留在原地。他两手插进裤兜,茫然地盯着流水和转动的水轮。他一遍又一遍地思索水轮的原理,完全忘记了时间。直到保罗轻轻拍了他的肩膀,问他怎么还在这里,他才回过神来。

"几点钟了?"

刚一听到答案,他立马转身跑了。

"和别人约好了,"他回头喊了一声,"红狮酒吧。"

仅一个月的时间,威廉·贝尔曼就几乎把工厂的大小事务、方方面面摸了个遍。他学不会纺工或织工的本领,但他有其他的收获。他操作过每一部机器,哪怕只有一个小时,他也能搞清楚机器的动力来源、必要的维护措施、可能发生的故障,以及维修的技巧。他听得懂行话,不管是正式的说法,还是工人们自编自创的说法。他了解系统运作,知道各工作之间如何协调,各团队之间如何配合。他记下了所有人的名字,不论监工、老工人,还是学徒。他与每一个人都有眼神和语言的交流。

只剩下两种工作他没有做过。在修绒房,哈姆林先生(也可能是甘比恩先生,他们长得太像)开玩笑地把刀片递给他。

威廉遗憾地摇头:"你们做起来倒是轻松!"

修绒很可能是工厂里最有技术含量的活儿。而且,这种活儿要是做得不好,带来的损失也最大。"就算干上三十年,我也赶不上你们。"

另外,染坊也是他尚未实践的地方。

随着时间的推移,工人们见到威廉的机会越来越多,但他们仍然不知该如何给威廉定位。他和查尔斯念过同一所学校,他的谈吐比保罗更加绅士。可如果他的手腕不小心被熨布的金属片烫到,他会像漂洗房的学徒一样破口大骂。如何称呼他也是个麻烦：有人叫他威廉，有人叫他威廉先生。他本人倒无所谓，别人怎么叫，他都乐意回应。他对待所有人的态度是一样的；不管你是谁，他都会微笑、握手。

"他没什么架子，"一个喜欢他的纺纱女工跟自己的姐妹说，"他从来不居高临下，也从来不拍马屁。"

那他到底处在什么地位？老板还是工人？现在看来，他的出现并不是一个错误，只是一个谜，一个大家都在慢慢习惯的谜。

5

"他干得不错，"保罗告诉多拉，"你听没听说晒布场的克雷斯是怎么评价他的？如果有什么方法能让太阳永不落山，年轻的威尔肯定会找到。"

她大声笑了。

保罗喜欢在她的面前说她儿子的好话。

威廉还待在礼拜室里没有出来。墓地实在太冷，多拉站到教堂的背后等儿子。那里虽然暖和不了多少，但至少把风给挡住了，外面的风吹得耳朵生疼。

"他不怕吃苦，而且他学起技术来简直不得了。连水车工都夸他是个人才，我猜要是有半点机会，水车工肯定想把他挖走。"

"那他现在进办公室了吗？"

"内德·哈登一开始很排斥。他完全知道我不可能安排自己的侄子上漂洗房工作，他肯定在担心他的位置会受到什么影响。但我看威尔不是个整天闲在办公室翻资料的人，你觉得呢？他需要更广阔的天地。"

"威廉已经把我做干果蛋糕的配方给内德·哈登的母亲送过去

了。他们回赠给我们一筐核桃。"

保罗微微一笑:"他有办法和人搞好关系,内德现在也不担心了。"

"他和某些人的关系也好吗?"

"纺织女工吗?"

她抿了下嘴唇。

"要是我听说了什么过分的事情,我会立马制止。他是个年轻小伙,多拉。你知道小伙子们的事情。"

多拉瞟了他一眼,他弟弟的影子突然冒出来,他真希望自己能收回刚才的话。

"有人说起玩牌的问题……"多拉继续询问。

"有人在说玩牌的问题?"

"我是听人这么说的。"

"我来跟他谈,交给我吧,"他弟弟的影子消失了,"威廉是个好小伙,多拉。你别担心。"

"查尔斯呢,他怎么样了?"

现在轮到保罗忧心忡忡了:"他呀,还是老样子。应该是在读书,但我听说他忙着画画,连考试都懒得管。"

"画画也比玩牌强啊,我觉得。也没有纺织女工诱惑他。"

"诱惑的形式多种多样。查尔斯喜欢旅游,我父亲当然不希望他离开。"

"他希望留在工厂,这再自然不过了。"

她的语气有些冷淡,但谁能怪得了她呢。同样是老头子的孙子,那个没在厂里的倒是被寄予厚望,这个在厂里的反而遭嫌弃。

保罗叹口气:"恐怕查尔斯不觉得这是什么自然而然的事情,至少现在不是。我可能说得有点多了。"

威廉和其他唱诗班的成员从礼拜室走出来。

他们友好地道别,找到自己的家人,然后三三两两地踏上满是冰雪的回家路。为了抵御寒风,他们裹紧了衣服。

"今天怎么这么久不出来，威尔？"

"聊天。弗雷德要结婚了。"

"是面包坊的弗雷德·阿姆斯特朗？对象是谁？"

"珍妮·奥尔德里奇。"

母亲从眼角看了他一眼："我以为你有一阵子是喜欢珍妮·奥尔德里奇的。"

威廉耸耸肩，随便应付了一声。他的潜台词可能是"对"或者"不对"，或者"什么意思，你能再说一遍吗？"但最有可能的是"妈妈，这不关你的事"。

6

保罗并不担心纺织女工的问题。他的印象中，威廉总是到工厂外面去寻花问柳。可玩牌，那就太不明智了。他必须跟他谈谈，那小子才会明白为什么不能玩牌。唯一令保罗担忧的是，这件事万万不能传到他父亲的耳朵里。

可就在当天晚上，老贝尔曼先生和小贝尔曼先生进行常规性会谈的时候，有关威廉的话题被提起。

"他可没有做好自己的本分啊，嗯？你请过来的这个叫威廉的小子。"老贝尔曼说。

"我认为他做得很好。"

"我听到的可不是这么回事。"

老贝尔曼每周都会到工厂巡视一次。从他提问的口气来看，他并不排斥大家对威廉的批评和指责。也总有这样的人，出于对老头子的忠诚或者唯恐天下不乱的心态，愿意为老头子效劳。

"那你听到的是什么？"保罗喝着他的威士忌。

"其他人工作的时候，他无所事事，两手插进口袋，盯着空气发呆。"

老贝尔曼严厉地看着保罗，保罗小的时候就被这副表情吓到过，以至于他相信自己的父亲是个无所不能的人。可放到现在，这么一张瘦削、皱巴的脸，这么一双潮湿、发红的眼睛，同样的表情只会让他忧伤。"另外，他和纺织女工举止不雅，我也不满意。他带坏学徒，让他们学会嚼舌头、搬弄是非。"

保罗喝了一小口威士忌，尽量温和地回答。

"父亲，有没有可能说，那些向你汇报的人都存心要抹黑威廉呢！到处都有心怀妒忌的人，工厂也一样。"

父亲摇摇头："有人看见他无所事事地站了一个钟头，就盯着温德拉什河看，像个——像个女诗人。"

"啊哈，"保罗忍不住笑了，"应该是水车工过来的那一天，他给威尔上了一堂工程课，威尔当时正在默记。"

"他是这么跟你说的吗？那他总没有理由解释自己为什么以下犯上吧，我敢肯定。"

"什么以下犯上？"

"他不尊重洛先生。"

"洛先生告诉你的？"

保罗不相信。洛先生金口难开，他的学徒甚至打赌，看谁能让他一次性说出十个字来。很难得有人会赢，赢的人可以在红狮酒吧享受一大罐苹果酒，酒钱由输的人均摊。如果洛先生要向老头子告状，他得说多少个字呢？他又是出于什么理由费这么多口舌呢？

"他的影响不好，保罗。学徒都不干活了，工作怎么按时完得成呢？"

保罗皱起眉头。近来染坊的工作确实进展缓慢。

看到儿子的犹豫，老贝尔曼趁热打铁："你最近去看过样品柜吗？我周五下午去看过，但你得亲自去一趟！自己亲眼看看。我告诉你，那个小子不是什么好东西。"

保罗闭上眼睛，好让自己冷静下来。当他再次睁开眼睛的时候，父亲老态龙钟的样子变得愈加清晰，脆弱、愚钝，还有死抓住不放的权威。他心生怜悯，强压住内心的不快。

"没必要老是'小子，小子'的。他有名字，父亲。他也是贝尔曼家的。"

老头子的脸突然从生气变成了嫌恶，然后拼命地摆手反对保罗。

这样的表情和手势让保罗不禁感慨。父亲年轻的时候还能克制自己的不满，尽量不表现对小儿子的反感。可现在年纪大了，他也越来越情绪化。父亲呱啦呱啦地数落威廉·贝尔曼的不是，保罗则把他的话当成温德拉什的流水，任由它闹去，只需独处一隅垂钓即可。

"他也是贝尔曼家的。"他刚说出这句话，父亲就把它哗啦啦地冲走了，像是遇到什么脏污不堪的东西。

连傻子也看得出威廉千真万确是菲利普的儿子，要矢口否认是多么的荒唐可笑啊！

除非另有一种可能。这想法突然溜进了保罗的脑袋，舒舒服服地躺到了某个角落里。这太明显不过了，他几乎没办法让自己感到意外。他甚至想不通自己为何这么久才明白过来。

父亲的恼怒，母亲的愁苦，各人只宠爱一个儿子。要说有人不是自己父亲的亲生骨肉，那个人并非威廉，而是菲利普。

难怪父亲会如此气愤。

他想到了母亲，那个愚蠢、不幸的女人，真希望自己能对她多一点关怀，而不是完全漠视她。他想到了菲利普，这个同母异父的弟弟，竟发现自己对他的爱与责备从未改变。他想到了多拉，为她没能遇上一个比菲利普更好的男人而遗憾；他甚至遗憾当初多拉碰到的不是自己，可即便是他，事情也不见得有多少好转的余地。最后他想到了威廉，他算是贝尔曼家的吗？

保罗还在思考着这些，父亲的数落终于到头了。他正等着保罗给他个响应。

"我会去调查一下，"他听见自己说，"明天。"

他回到自己的房间。

"威廉是我的侄子，他在工厂里干得不错，我爱他，"他想，"从某些方面来看，这事再简单不过了。"

7

"你说样品吗？"威廉面露喜色，"是的，我的确从样品上剪了几块下来。我给你看看！"

他从兜里掏出几块皱皱巴巴的布条放到桌子上，是几块色度不一的红色布条，有紫褐、石榴红、茜红、樱红、砖红，还有紫红，等等。

"这一块是漂洗过久的。这一块是四月份的，记得那时候下雨吗？布料必须完全在室内晾干，一点也不能晒到太阳。还有这块，很有意思，你看，是罗珀的手艺。她纺出来的纱没那么大捻度……"

看起来，威廉能根据每一块布条的外观和手感说出它来自哪一架织机；他能区分各个纺织女工的手艺，他把每一块布条的来历都牢记在心里。不过，这些都不是今天的重点。

"威廉，"保罗打断了他，"告诉我，你干了什么得罪洛先生的事？"

"要说得罪洛先生的事，我干得可不少。不过他可能知道得不多，我想。他有什么抱怨吗？"

"你干扰他的学徒，这是其一。"

"不然我怎么学习染色呢？洛先生是一丁点儿都不肯教我。"

"你在这儿待了这么久，应该知道染色是一门专业的技术。你不能指望洛先生把秘诀透露给你。染色带有艺术性，它是……"

"点金术,没错。他就是希望我们这么想!"

"威廉!"

他的侄子看起来不好受。

"我之前解释过了,威廉,我最后再说一遍。洛先生的父亲找到了一种蓝色染料的配方,染料非常纯净,我们就是靠它成为了方圆百里第一大蓝布供应商。洛先生能为我们工作,完全是我们的幸运。他过来的时候,正是斯特劳德地区工厂萧条、前景黯淡的时候。形势好转之后,他们不止一次地想要洛先生回去。所以,我们得罪不起他。"

威廉没有表现出坐立不安的样子,也没有闭起眼睛或旁顾左右。他听得很认真,但显然不大买账。

"如果洛先生不欢迎你到他的染坊,你得尊重他。他可不希望张三李四的偷学他的技术,那等于是在拿他的饭碗开玩笑。"

"他的红染料可没什么价值,"威廉嘟囔,"不管怎么说,这是你的地盘、你的房子、你的工厂。"

"要尊重传统。染工总要自己做主,按照自己的方式来,而且,他们起着关键性作用,工厂离不开他们。我不会让洛先生因为你的调皮捣蛋而返回斯特劳德的。"

短暂的沉默。威廉的表情告诉他,问题还没有得到解决。威廉张开嘴想辩解,但保罗抬起一只手阻止了他:"别不相信人,威廉。洛先生知道他在做什么,假如红染料不稳定,也不必跑到他的跟前去说。是水的原因。"

威廉坚定地摇头:"他也是这么跟你说的。他在撒谎,跟水一点关系也没有。"

"你才来了不到一年,威廉。我警告你别乱说话。"

"他说什么雨水稀释了河水简直是胡扯。他根本不用河水,他用的是泉水,状况稳定的泉水,从没变过。"

保罗迟疑了。

"狗屁的点金术。他以为我们这么相信了,他就能推卸责任了。

他的蓝染料做得好，是因为他有配方；你肯定会为了这个配方一直留用他，他心里清楚。至于红染料，他怎么弄出来的又有什么关系呢？他尽管用些老的染料，随便刹几下，更改下剂量，要是出来的效果太暗太黑，就直接怪罪到河水的头上！"

他正准备做出沮丧的手势，却无意间看到他拿出来的那堆布条，便立即止住了："你看，保罗叔叔！"

保罗用力把布条推开："是他的黑染料？"

"他的黑染料做得好，是因为这附近的水含有铁元素，失败的可能性太小。"

此话有理吗？保罗没办法否认。这片区域正是以黑染料出名的。

威廉不停地摆弄他挑出来的布条，似乎要为某件事下个定论。

"他的蓝染料不错，叔叔。他的黑染料也没问题。但其他颜色就难讲了，完全碰运气，因为他的样品柜乱糟糟的，他根本没有做好记录。"

保罗把头埋进双手，威廉发现自己多嘴了。

"你去看过洛先生的样品柜了。"

"是的。"

保罗感到心力交瘁。他非常愿意在父亲面前替他的侄子辩护，但他需要威廉的配合。这小子现在连一点悔改之心都没有，根本没有意识到自己已经出格了。

"你还有帮手。"这都不用问了。

威廉不吭声了。一个朋友的朋友的兄弟在染坊，他们到红狮酒吧喝了几杯，钞票换过了手，接着便是耍花招、分散注意力和借钥匙的情节。

"我要是有别的办法，也不会这么干了。洛先生不给我留半点余地。"

"洛先生特别看重自己的样品柜，不容许有任何侵犯。"

"现在我知道为什么了。"

威廉不吱声了。他从桌子的黑色皮衬垫上拿起一块布条，摊在自己的手掌心里。那是一块血红的布条，新鲜、纯净得就像一柄刀片刚刚划过他的皮肤。

"回家去吧，威廉。"

"什么？现在吗？"

保罗点点头。

"还让我回来吗？"

"暂时休息几天，我得仔细考虑下。"

保罗听见身后的门关上了，无奈地叹了一口气。

8

多拉准备给儿子洗衣服，正在翻他的口袋。口袋破了不少洞，以前是因为装了石子儿和铅笔，现在换成了一把小折刀以及其他随手用来解纱线或松螺栓的小工具。而今天，她从里面不仅搜出来一块手绢，还有几块鲜红的布条。布条有厚有薄，纹理、重量、色度各不相同。颜色从最深的红色到最浅的红色都有；大部分染色均匀，只有少数深浅不一。布条大概几英寸长，剪得并不齐整。不管这些玩意是什么，反正威廉没去工厂了，它们也派不上用场了。

威廉还没有回来，多拉坐到窗户边上，想借着最后的光线干点活。她把布条剪了剪，折叠成花瓣的形状，然后给每片花瓣缝上几针定型。接下来，她开始拼凑花瓣，最小的放在中间，慢慢地拼出一大朵花来。

做这件事让她回忆起自己的过去。少女时代的她经常用碎布做成花朵来点缀一件外套或一顶帽子。遇见菲利普的那天，她正戴着一束金色的玫瑰胸花。胸花的材料来自一件旧围裙，她曾亲手给围裙染色，染料不过是半勺姜黄根粉末。然而，胸花赢得了菲利普的赞许。

对于自己的丈夫,多拉从不埋怨,也不说句好话。她的嘴里也确实没有吐露过任何与他相关的片言只语,这是她老早就做出的决定。一旦话从口出,它便永远收不回来,只能被别人拾了去,再三地重复,走了样,接着又再三地重复,不管它变得多么离奇古怪、牵强附会。所以,最好什么也别说。有人会以为她把菲利普·贝尔曼忘得一干二净,但事实上,她的情感依旧浓烈,只是情感的本质发生了变化。最初的几天,她替丈夫担忧,以为他是出了意外或受了伤才失踪的。直到一个月过后,丈夫依然音讯全无,保罗四处寻访也毫无结果,她才接受自己被抛弃的现实。

之后她成了一个哀怨的弃妇。她整日整夜地照顾儿子,给予他爱,教导他认识世界,保护他不受伤害;他逗她开心的时候,她几乎能忘记忧愁;可一旦他睡着,她便开始伤心落泪。不知有多少个夜晚,她都为逝去的快乐悲痛不已,以至于现在回想起来,她仍心有余悸。那是她所经历过的最大的苦痛,什么时候转变成怨恨的呢?她说不上来,应该经历了一个缓慢的过程。这些情感同时充斥着她的心,直到她发现怨恨占据了上风。

她首先恨的是菲利普的家人。她曾在心里恨过菲利普的父亲,他为了教训私奔的儿子而强迫他过清贫的日子。菲利普曾抱怨房子太小,没有仆人服侍,感觉很丢人。她也恨过菲利普的母亲,她让儿子失去的不是金钱,而是母爱。最后,她的怨恨转到菲利普身上,毕竟他才是抛弃他们的人。父母的过错怎么能为一个抛弃妻子的人开脱呢?想到这里,她觉得自己不应该继续追究下去了。直到后来,她才意识到自己满胸怀里装着的不是失落或怨恨,而是忧伤,一种被生活欺骗的忧伤。她曾经拥有的那些最快乐、美好的时光不过是一场虚妄。菲利普的爱算不得真爱,她的爱也好不到哪儿去。她被他迷昏了头,被他英俊的相貌、溢美的言辞、令她羞于启齿的他的财富迷得神魂颠倒。他是第一个欣赏她美貌的男人,面对他的追求,她想不到自己竟有如此巨大的动力,以至于答应了他私奔的请求。她从未质疑过，这么凶猛的情感凭什么就不是爱呢？

他们俩唯一的不同在于，她全心全意地呵护了他们的孩子。如果她的努力能换来什么结果，她希望威廉·贝尔曼强过自己的父亲。这，是她的救赎。

可现在，被赶出工厂的威廉失落至极，她忍不住替儿子的前途担忧。儿子就是她的生命。跟儿子的痛苦相比，她那些经年的愁苦不值一提。他倒是没有对保罗的安排忿忿不平，反而第二天就直接去找之前的雇主戴维斯，想尽快找到活干。他只是想念工厂，那是他的一部分，他属于那里；离开了它，他心情糟透了。

这一会儿，她的玫瑰花差不多快缝好了，威廉也回来了。

"妈妈，这么暗的光线你看得清针脚吗？什么东西这么漂亮？"

"玫瑰花。不是给我这样年纪的女人的，我把它保存到抽屉里，等你哪天带着你的对象上门儿。"

他发现母亲的玫瑰花是用他的染色布条做的，心里一阵紧。但他很快压抑住痛苦，冲着母亲微笑。站在母亲面前的，是他有如父亲一般高大、英俊的模样。他从母亲的手中拿起玫瑰花，举到她的额边。

"戴上它。参加婚礼的时候，你就把它镶到帽子上。你成了惠汀福最漂亮的妈妈，你挽着我的手，我得有多幸福啊。"

儿子正在努力掩饰自己的不愉快，她有些感动。养育了他这么多年，她还没有习惯他保护母亲的孝心。

"我去跟保罗说说，"她告诉他，"我可以跟他说你就是一时头脑发热，现在已经学到教训了……"

他的脸上突然一抽搐，立即把脸别开："好，你去说吧。"他的声音有些干涩、低沉。

"我都想哭了。"她想。她从挂钩上取下帽子，这才意识到天已经黑得没法做针线活了。

在她的身后，她感觉到威廉转过了身，快速而有力地握了一下她的肩膀，然后走开了。

可他到底学到教训没有呢?威廉的麻烦在于,他的热情没有节制。作为母亲,她当然知道:一旦他想到要去做什么事,就是八匹马也拉不回来。

9

保罗离开温德拉什河,走上了大街。思考令他心烦意乱,需要找点什么人和事来消遣下。

走近教堂的时候,他看见威廉穿着唱诗班的长袍站在教堂的台阶上。墓地里有一群人乱哄哄的,多拉正在其中,她的帽子上戴了一朵玫瑰花。

现在见他们也没用。他还没有想好怎么办。

真是举办婚礼的好天气。他早听说今天有面包师的儿子结婚。他不认识新娘,但她是个外表甜美的姑娘。她的新婚丈夫同威廉握手,无比热情地拥抱他;她始终保持微笑,双颊还泛起红晕。威廉冲着新人鞠躬行礼,面带笑容。这让保罗骄傲得像个父亲。他了解威廉有多想待在工厂,了解他为自己的过错承受了多大的痛苦。可今天是朋友的大喜之日,他仍然在微笑、握手。只有保罗,还得加上多拉,知道他做出了多大的努力。

保罗同样怀念威廉在工厂的日子。仅一年的时间,威廉就已经成了他的得力助手。不管出现什么问题,机械的、人事的、管理的,都有威廉抓耳挠腮、绞尽脑汁、全力以赴地解决问题;不论花费多少时间和精力,他都能坚持到最后。他维修设备、消除误解、解开纱线、核对数据,还要处理文件。他靠自己灵巧的双手、旺盛的精力和出色的与工人沟通的能力,胜任了许多超出他阅历的工作。"那件工作可以交给威廉""这个问题威廉能解决",这样的念头每天都会在保罗的脑子里出现上百次。可现在,每当他想起这些,他都不得不问自己：离开了他，我该怎么办？

然而，威廉已经让他到了进退两难的境地。

保罗并不喜欢洛先生，是他的父亲聘请了洛先生。早在老贝尔曼时期，洛先生就掌握了染坊的权威。保罗痛苦地发现，这个问题涉及两位父亲。洛先生能染出漂亮、纯净的蓝色，是因为他的父亲有此技艺；而他，保罗·贝尔曼，从未踏足洛先生的染坊是因为他的父亲养成了这样的习惯。习惯和技艺就如此这般地固定下来，老子儿子地传承下来。

至于威廉，他没有父亲，他的父亲也没有父亲。他全然是个自由的人，习惯约束不了他，传统迷惑不了他，事物对他呈现出本来的面目。历史也没办法遮蔽他的双眼。也许这才是他能够对未来坚定信念的原因。摆脱了历史的阴影，你难道不能更清晰地看到未来吗？你几乎要羡慕起威廉了。

保罗被看到了，多拉就站在了他的身边。

"帽子上的玫瑰花很美。"

"现在不是讨论玫瑰花的时候。保罗，他今天可能表面上很开心，心底里却很难过。事情难道没办法挽回了吗？"

他深吸一口气："也许有办法。"

多拉不明白。

"把花给我。"

她满脸疑惑地伸手去摘帽子："这个吗？它可是缝上去的。"

她眼看着保罗用小折刀去割帽子上的鲜花。

"叫威廉过来。"

她示意儿子过来。

"这些是同一批次染色的，我说得对吗？只是布料不同而已？"保罗指着一片片的玫瑰花瓣。

"是的。"

保罗把颜色最鲜艳的红色花瓣割开，通过窥镜来观察切口。他发现布料从里到外都红透了，染料渗透到羊毛最核心的地方。他又检查了几片颜色没有那么鲜艳的花瓣，中间都留下了白点。

接下来，保罗和威廉开始交流。他们说得很快很专业，多拉真切地感受到他们激动的心情，对谈话的内容倒是一知半解。她听见安妮·罗珀和她的低捻度纱线，哈里斯家的新鲜茜草而不是查恩特雷家的，还有风干、二次染色、做记录，等等。

"要是我们都如此操作，"威廉总结道，"没有理由染不出质量稳定的红色，像这样柔和、鲜艳的红色，每次都一样。"

多拉把视线从儿子的脸上转移到保罗的脸上。她不是很清楚目前的状况，只知道她可怜的玫瑰花被糟蹋得支离破碎，恢复不了原状了。可她从两个男人的脸上看到了希望，让一切恢复正常的希望。

"还有洛先生……"

多拉屏住了呼吸，祈祷威廉别再说下去。

保罗的笑脸变得谨慎："他怎么了？"

"要是让他以为这些都是他自己的主意呢？"

保罗把威廉的一只手放进自己的手里，紧紧地握住它："洛先生的事情就交给我吧，好吗？"

10

"下次你得提前跟我们打个招呼啊！"拉奇先生一边走进保罗的办公室，一边说道。

"打什么招呼？"

"亮眼的红色啊！简直刺到人的眼睛里去了，我告诉你，就是走到河谷的正对岸也能看得清清楚楚。那个亮的哟，直叫我的眼睛噼里啪啦地冒火花，像要把我的脑子炸开花。"

保罗亲自跑去看。

正是晒布的绝好天气。阳光温暖而不热辣，空气热度均匀，伴着微风。漂洗间的气味，保罗现在已经适应了，几乎对他不造成干扰；头顶着蓝天，望着不远处青黄相间、错落有致的田野，保罗心情大好。

绕过染坊，晒布场的热闹景象便展现在他的眼前。他戛然止步，晒布架排成一条长龙向左右两侧延伸，一眼望不到尽头。架子上铺陈开的是一匹又一匹红色的布料，艳丽得像刚溅出的鲜血。一时间，保罗满眼都是这艳丽的红色；拉奇说要把脑子炸开花，保罗认为并不过分。他的脑子里正涌动着一股令人愉悦的兴奋劲，令他血脉贲张，嘴角也忍不住上扬。过了好半天，他才注意到这里有其他人。

晒布场的监工格雷斯正沿着晒布架走走停停，似乎在检查上下方横栏的受力是否均衡。这显然是做给老板看的。他留在那儿的原因只有一个，就是要细细品味这热烈的红色。

保罗向他打招呼。

"你见过更漂亮的红色吗，格雷斯先生？"

"不敢说有过。"

"我也没有过。不仅是这里，其他地方也没有。"

洛先生也亲自出来看他的杰作，就倚靠在染坊的门口。

"这颜色够鲜艳了吧，贝尔曼先生？"他问道。

"太棒了，洛先生。"

洛先生点一下头，又回染坊去了。

由于保罗的到来，有十几个低级工人慌慌忙忙地跑回去工作。很明显，这红色已经在工厂里传得沸沸扬扬，但凡有点机会，人人都想来看上一眼。而且感兴趣的不仅是工厂里的人，晒布场的围栏边上早就聚满了翘首观望的人群，骑马路过的人也放慢了脚步，几乎所有人都在争相目睹新产品的风采。

"它看起来如何？"威廉着急地想知道。

"可喜可贺啊,"保罗告诉他,"我们能靠它大捞一笔了。"

威廉松了一口气。

"你没有单干,这一点做得好。洛先生一直低调,假装不知道自己是大功臣,但他分分钟都很享受。你在想什么,威尔?"

"晒布架。"

"晒布场里的?它们怎么了?"

"我们能在场地最后多放一排晒布架,但那里地势较低,又有灌木遮挡阳光。格雷戈里先生也不见得要把东边的场地卖给我们,不管是看在人情还是钱的分上。"

保罗笑了:"有什么关系吗?我们很少把五个晒布架全用上。"

"话虽如此,不过要是有了新产品的订单……"

"慢慢来,威廉。新产品能有多少订单,我们都还不知道呢。"

可威廉慢不下来。"依我之见,我们要么在另外一边买些土地——德里菲尔德先生的土地就没什么遮挡,而且价钱合适,他也愿意出让——要么就再修一间风干室,多做一点室内风干的工作。有了高品质的色彩,如果再有室内风干的柔软手感,我们就能提高价钱。我倒是倾向于这后一种方案,不考虑修建风干室的时间的话。除非德里菲尔德先生肯把土地租给我们一段时间,我们好趁此机会把风干室建好……"

"你是不是太着急了?"

"现在几点了?"

保罗看看表:"三点差十分。"

"他应该在路上了。"

经销商是从伯福德路过来的,他有足足十分钟的时间来好好欣赏那一览无余的红色海洋。

到五点钟的时候,保罗已经接到了一大笔红布订单,九月底交付一千码,一个月之后再交付一千码。

回家的路上,他直接去找了德里菲尔德先生,希望租用他的部分土地。

不过一年的时间,年轻的威廉就取得了如此的成就。要是他放开手脚、自由发挥,又会有怎样的作为呢?

11

对于幕后的争论,威廉毫不知情。

"父亲,你任命我来管理工厂,就必须放手让我管。我打算任命威廉来担任我的秘书。"

"可查尔斯才是继承人啊!你的亲生儿子!"

"查尔斯对管理工厂不感兴趣。我很清楚这一点,相信你也一样。他不仅不感兴趣,而且老实说,他也没有这个能力;如果强迫他接受,到最后只会出现一种结果,那就是工厂倒闭。威廉是家里的一分子,他有意愿且完全胜任。两年以来,他比查尔斯学到了更多管理工厂的东西。而查尔斯呢,学校毕业之后,就没有哪天过问过厂里的事。"

"查尔斯很快就会感兴趣的。一旦他继承——"

"查尔斯一心只想着旅游和绘画,他根本不知道该怎么和工人以及顾客交流。他厌倦金钱,一旦他继承工厂,第一件事情就是要聘请一位经理人。我们要确保身边有这么一位合适的人选,无论对工厂,还是而查尔斯而言,都是最好的。查尔斯一点儿也不想待在工厂;威廉却只想待在工厂。为什么不让他们都过上自己想要的生活,各取所需呢?也好让工厂继续繁荣下去!"

老贝尔曼先生坚持不肯改变主意,保罗也难以动摇。事情陷入了僵局。两人最终达成的妥协是:准许查尔斯外出旅游一年的请求,在这一年之中,威廉可以受邀担任保罗的秘书。可一年之后呢?

保罗的父亲之所以让步,是因为他看准了事情发展的趋势。

"等查尔斯回来,他就会准备好工作了。等年轻的威廉认识到利害关系,他就会惶恐不安。难道要给别人的工厂打一辈子工吗?他会打退堂鼓的,相信我的话!"

然而,十二个月过去了,查尔斯已经对意大利的时装和教堂痴迷到不愿回乡的地步了;威廉不但没有打退堂鼓,反而全力以赴地开展了新的项目,做了新的风险投资。贝尔曼家的工厂进入了前所未有的繁荣期。

有一件事情还是发生了:

老贝尔曼先生开始打喷嚏,然后咳嗽。虽然是普通的夏季感冒,但症状始终没有好转,反倒发生了恶化。他在一楼的卧室里点起了火,终日用毯子盖住膝盖。窗外能看到田野里的风鸦,它们俯冲下来,用坚硬的喙啄地。

女仆发现了他。

如果说,他在生命的最后时刻回顾了自己的一生——不幸的婚姻、妻子的不忠、对小儿子的报复,并最终改变了心意,意识到家庭的不幸有部分原因在于他冷酷的秉性;那么,他临终的脸上并未留下任何的蛛丝马迹。那仍然是一张刚硬、凝视的脸,眉头紧锁,几乎与他活着时无异,女仆和他说了三次话之后,才发现他的离世。

当时威廉正在伦敦,与印度通用公司进行一系列会晤。他是主动请缨的:"派我去吧。他们会以为我初出茅庐,对我放松戒备的。"他回来的时候,手里攥着一大批订单,可那位他从未视作爷爷的老贝尔曼先生已经溘然离世且入土为安了。

"听到这消息,我很遗憾,叔叔。"

"给我看看订单,"保罗点点头,"你干得很好,这些交货日期跟普利茅斯的订单很契合。你想到过自己的父亲吗,威尔?"

威尔摇头。

"你不想知道他在哪儿,是死是活吗?"

威尔开始想这个问题,好像他用力想就能从记忆中找出一点被忽略掉的对父亲的好奇心。

他仍然摇头:"不,从来没有过。"

12

事情的经过是这样的。

多拉·贝尔曼感到疲惫,她觉得这不像自己。

她拿了一只碗到外面去摘黑莓,也许新鲜空气能让她振作点。农田的边上,不远的地方就是晒布场:白色的布匹绵延成一条长河,中间游动着几个棍子般大小的人儿。不是威廉,即使隔着这么远,她也能认出他来。今天是个晒布的好日子吗?强风晃动起树梢,风鸦在高空乘着气流翻滚,发出俗不可耐的欢叫声。

肥美的黑莓已经装了大半碗,她的指尖也被染红。可就在此时,巨大的疲惫感向她袭来。碗掉到地上,黑莓滚得满地都是。她的腿站不住了,她又不想一屁股坐到黑莓上面,便把手伸向旁边的树篱。但她还是没能稳住自己,她重重地摔了下去,手划破了,黑莓汁染红了她的裙子。

多拉惊恐万分,为她的脏裙子,为她露出来的小腿,还为她即将结束的生命。

快想想威廉……做一次祈祷……

但她必须先整理好裙子……

她还有时间整理裙子。

是杨家的姐妹俩带来了多拉的消息。她们从来没有要去工厂的理由,因此,她们的突然到访只能说明有什么非同寻常的事情发生。猜测的范围很小,她们脸上的神情将范围缩到更小,而当她们指名要找威廉的时候,结果就显而易见了:威廉先生的母亲过世了。

可威廉并不知情。

"噢，威廉！""威廉，亲爱的！"杨氏姐妹走进威廉所在的房间，异口同声地表达遗憾之情。

威廉转过头来，脸上露出惊讶又有点想笑的表情。杨氏姐妹居然到工厂来了，这还了得！她们身穿滑稽的裙子，头戴夸张的帽子，眼睛瞪得溜圆，以一种高深莫测的眼神看着威廉。不知什么原因，姐姐的手里还拿着一只染红的白碗。她们是直接从厨房赶来的吗？太古怪了！

"有什么事吗？"他问。

两双眼睛紧盯着他。让他自己明白过来吧！至少先有个心理准备吧！

威廉有点疑惑。他本来要等对方说点什么，可对方却冲他瞪眼睛，好像该由他来说点什么。这是为何呀？

姐姐张开口想说点什么，但威廉的茫然无知令她难以启齿。于是她默默地将碗递给他，希望他明白。

满头雾水的他没有接碗。

然而，保罗明白了过来，只有一件事情能引起如此强烈的悲恸之情。他从座位上站起来。

"是贝尔曼夫人。"他说。

事情终于被说出了口。杨氏姐妹轮流着说，她们的声音飘忽不定、断断续续又相互重叠，但好歹道出了原委。两人在小路上散步，风越吹越大，大得差点把苏珊的帽子给掀掉，走捷径回家，到拐角的地方，看到什么东西在边上，原来是贝尔曼夫人！可怜的贝尔曼夫人！还有黑莓，还有这只白碗！看，它竟然没有摔碎，真是奇迹！

此时的威廉就像个旁观者，眼睁睁地看着自己的叔叔来接收这个消息。在他看来，世界已经脱离了正轨、偏离了正确的方向，只需要他的一句话或一个手势就能回到正轨，但他完全动弹不得，连舌头也变得僵硬了,因而暂时没办法让世界恢复到原样。

直到姐姐把碗递给他、好让他亲自看个清楚的时候,他的舌头才有了活力。

"是的,"他表示同意,"我看到了,一个缺口也没有。"

那天晚上,还有之后的几天,保罗都在悉心呵护他的侄子。他放手让杨氏姐妹来帮忙,这样能保证威尔不会受冻、挨饿,或者没有干净的衣服穿。保罗的职责在于给威尔找事做,这也不难,多得是主意要拿:葬礼定在周三还是周四?上午十一点?唱什么赞美诗?必须写信通知下威奇伍德的舅舅,以及其他亲戚。此外,还有上门的客人要招呼:唱诗班的成员,工厂的工人,红狮酒吧的酒客,他帮忙修理过围栏的老处女,和他玩过一次牌的男人,屠户,面包师,做蜡烛的商人,以及所有这些人的姊妹、女儿们。事实上,保罗从来不知道镇上居然住了这么多漂亮女孩。有谁是他的侄子不认识的么?在威廉的面前,有无数双手伸过来要握手,有无数张嘴在表达他们的哀悼之情。"谢谢,你真好。"威廉不停地重复这样的话。

周旋于叔叔、杨氏姐妹和其他人之间,威廉一刻也没有孤单过,除了睡觉的时候。他带着一种无法言明又确信无疑的期望上床,以为世界会在一夜之间恢复原貌。他睡了很长时间:没有止境或不停做梦的睡眠,并不能让他精神振作,而在他醒来之后,仍然偏离正轨的世界令他困惑。他感到身体下沉,软弱无力。脑子里仿佛有一团迷雾在阻碍他看到自己的想法,迷雾的背后,是一句未经公式化和未经核对的疑问:要经过多少时日才能回归正常?

他的母亲去世了,他已经看到尸体。然而,他始终没能接受这一事实。这件事对他若即若离,每次不小心碰上它的时候,都能吓他一跳。他还有一万个理由不去相信。母亲不在了,但是你看:这里有她的衣服、她的杯子,挂衣钩上面的架子还搁着她的礼帽。母亲不在了,但是你听:花园的门口,她随时都有可能从那里进来。

他总感觉一切都虚假得可笑,等到了葬礼的那天上午,他还在为玩笑开到这种地步而生气。他穿上礼服,系上鞋带,依然坚信下一个出现在门口的人可能就是母亲本人。母亲会说,怎么连周三也穿得这么隆重?你到底怎么了?当男人们成群结队地出发去教堂的时候,杨氏姐妹留在小屋里沏茶,好让女眷们在舒服的家里寄托哀思。等我回来就能见到她了,他想。

威廉为许多葬礼唱过赞美诗,他很熟悉这项工作。在他看来,今天的一切都同样的虚假。他的位置在前排的长椅,而非唱诗班的席位。教堂也不是他熟悉的教堂,反而成了一个舞台:波利特牧师在扮演他自己,棺材不过是件拙劣的道具,搞得人心神不宁。当波利特牧师以淡淡的哀伤念出多拉·贝尔曼的名字时,威尔真想上去给他一拳。

唱歌的时候,威尔的声音嘶哑了。

他的胸口有股焦躁不安的劲儿。它在威尔的体内痛苦地膨胀,压迫住他的心脏,挤压着他的双肺。

他到底怎么了?

哑着嗓子唱了几小节之后,威尔不得不降低嗓音,轻声吟唱。失去了他的指引,其他人的声音开始离谱地跑调,唱得十分艰难。

现在新的麻烦又来了。他想挠自己的后脖颈,就在他的发际线底下,衣领下方的位置,靠近脊柱最上方的椎骨,那块只要有人盯着就会肉跳的地方。

威尔真想抓一抓脖子后面,再转过去看看究竟是谁在看他。"不要在教堂里乱动!"他听见母亲说这句话时的声音。今天可不是捣乱的日子,他只好强忍住冲动。

可闹了半天,他是怎么跑到这儿来的呢?怎么会有这样的事情,这样愚蠢可笑的事情发生呢?

他叹息、生气,连那只急于挠脖子的手也抽动起来。然而,那股压迫他心脏、挤压他双肺的劲儿将他的叹息变成一声哭喊,接着他感觉到保罗的手臂搂住了他的肩膀。他们走出教堂的时候,他的叔叔一直扶着他。

来到坟墓的边上，九月的阳光白花花地洒在棺材和墓穴上，仿佛无数根手指在向威尔昭示着什么。刚才的波利特牧师和棺材看起来真有那么假吗？那你现在再看看清楚！

胸口的那股劲儿已经胀到他的嗓子眼了，他没办法吞咽。它顶住他的下巴，他张不开口。它冲进他的眼窝，模糊了他的视线。

坟墓的周围站满了吊唁者：多拉的兄弟和侄子，几个表亲，邻居和朋友，喜欢并欣赏过多拉的人，说过闲话的人，听过闲话的人，还有没听过闲话的人。

引起威尔注意的是一些极细微的动作。站在后面的某人，只瞥见了一眼，刚才在那，马上又不见了，像个影子。

就是那个在教堂里盯着他看的男人！他知道是他！

威尔稍稍移动重心，向左边倾斜了一点。他想看看那个人，但什么也没看到，那家伙肯定挪了位置。他又略微往右边倾斜，从两人之间的缝隙中能看到一个结实的肩膀。是那家伙吗？要不就是那边那个，露出披肩一角的？然而，那么多人都穿着黑衣服，都哭丧着脸，根本分不清谁是谁。

保罗以为威尔是因为站不稳才往两边倒的，于是更用力地抓住他的肩膀。

那股劲儿在威尔的身体里"哐哐当当"地乱撞。他的双臂不听使唤地抖动，他的双腿颤得厉害。他的肚子里发凉，浑身不禁哆嗦。他的胸腔被关闭，他的喉咙被堵上，他没法呼吸了。

他短暂地闭上了眼睛。

一切都回不去了，他想。

当他睁开眼睛时，迎接他的是刺眼的阳光，还有泪水。墓的那边是有人在向他打手势吗？好像是一个手势。劝他？鼓励他？威尔眨眨眼，又眯起眼睛看。有一只抬起的手臂，他想。一件黑色斗篷，宽大的披风，袖口的地方露出几根张开的手指头。不知什么东西这么晃眼。他感到一阵眩晕，不敢再直视了。黑洞洞的墓穴正好给他的眼睛找个休息的地方。然而，他从余光中仍然感知到那斗篷扫过后的遮天蔽日，连天空和太阳都变得暗淡无光，吊唁的人，所有人，所有的事物，最后是威尔自己，都没入了黑暗之中。

葬礼结束。没有刻意的安排，威尔在工厂的朋友都是晚上来照顾他。他的脑子已经变得愚钝、茫然，根本不知道苹果酒和威士忌能对他起什么作用。但其他人是清楚的，他们把他带到红狮酒吧。杨氏姐妹已经对他进行了整整三天的贴心抚慰，这帮人粗犷的慰问方式对他很受用。桌子上摆着一大壶苹果酒，刚一喝完便立即满上。面包坊的弗雷德顺路过来，紧紧地拥抱他，几乎要把他抱起来。"她是个好女人，你的母亲。我不能久留。家里有个小女人了，你知道的，是吧？"哈姆林和甘比恩先生专程进来跟他握手。酒吧里太吵，听不见他们讲的话，但意思是够清楚的了。"谢谢，"威尔说，"你们真好。"拉奇先生将粗硬的手重重地打在他的肩膀上，以此来表达一份深深的同情。哑巴格雷格的表达方式则十分细腻，他默默地用手指和太阳穴来说安慰的话，令威尔比任何时候都更受感动。一批人走了，另一批人又来了。酒吧老板娘波尔随时随刻地守候在威尔身边；她把酒壶里的酒满上，再随手摸摸他或拍拍他，似乎他是一条被酒吧收养的流浪狗。周围闹哄哄的，尽是男人们的笑，男人们的叫。威尔的嘴角边上，有一丝肌肉抽动了一下。突然爆发出沙哑的吼叫，有人在骂别人牛皮吹得当当响……几个男人歪歪倒倒地靠在一起，把那些正经女人的纯属瞎编乱造的风流韵事说得有鼻子有眼。威尔只在一旁听着。"在说我们，嗯？"波尔慈爱地抚摸他的头发，一边往酒壶加了不知第几回酒。

气场太强大了，威尔只能让自己漂浮其间。

在苹果酒的作用下，威尔的意识进入了一个远离喧嚣的僻静之地。当他恢复意识的时候，他发现自己正高唱着一首下流的歌曲。他的嗓音如此嘶哑，几乎就是聒噪的鸦叫。

有人从他的肩膀后面伸手过来，放了一瓶威士忌在他的面前：

"看这个能不能润润你的嗓子。"

他一时没反应过来,他比其他人都慢了几秒钟。他想出来几个字,然后跟他的老相识、那个铁匠的儿子说:"卢克!谢谢你。你自己可没得喝了吧?"

卢克拉长脸:"波尔现在不给我赊账了。"他的头发油腻腻的,失去了光泽;他的皮肤也变得暗黄干燥。"不能怪她,"他耸耸肩,"你还好吧?今天上午看见你在墓地昏倒了。"

"噢,你也在那儿吗?"

"帮忙挖墓的。我为她盖上土,让她舒舒服服的,"他做了个鬼脸,露出牙床上立着的黑牙齿,"唔,你知道,我也尽力了。"

能说什么呢?"谢谢你,你真好。"

"你的母亲,她很好。"卢克清晰的视线开始飘忽起来,或许他看到威尔的母亲正敞开自己的食品柜等候某个饥饿的男孩,或许他什么也没有看到。"我得走了。看别人喝得痛快,自己却渴得难受,这也太不是回事儿了,对吧?"

"我给你买点喝的。"威尔跟跟跄跄,摇摇晃晃。

"不用了。"他敞开外套,让威尔看见一瓶喝的。那是廉价的劣质酒。

"它会害死你的,你知道。"

他向威尔道别致意,又露出了黑黢黢的牙齿:"不被它害死,也会被的东西害死!"

波尔又斟满了酒。大笑声。一只胳膊搭在他的肩膀上。唱歌声。波尔抚摸他,又斟满了酒。一个看似脸熟的人说:"你现在没事了吗,我的老伙计?"唱歌声。波尔斟满了酒,拍他的肩膀。唱歌声。有人把一只手放到他的双肩上,再轻微地摇晃他,看他是否要散架。他没有散架。大笑声。唱歌声。波尔斟满了苹果酒……

万籁俱寂。威尔睁开了眼。没有人了。他躺在红狮酒吧窗边的高背长靠椅上;盖在身上的灰色毯子已经滑落到地上,他有点冷。

天已经蒙蒙亮了。他将双脚踩到地板上,呻吟着站起来。

一扇门打开了。波尔的头从门后出现,睡帽底下还伸出来几缕卷发:"没事啦?"

他点点头。

"你要走?"

他又点点头。

"那把毯子给我拿过来。"

他从房间的这头走过去,递给她,再亲吻她。在她的小床上,她脱下睡袍。不一会儿,他已经进入她的身体,几次猛攻之后就完事了。

"你看,"她说,"还是带点面包在路上吃吧。去大桶上方的架子上拿,从后门出去。"

威尔沿着树篱往家走。他掰了一块面包,揉进嘴里,咽下。确实饿了,他又吃了第二块、第三块,然后朝着一条沟呕吐起来。很好,他想,要是能从哗啦啦的发酵苹果汁中流出点什么秽物就好了,应该是一团散发恶臭的血腥的东西,它正在腐烂,黑乎乎的,类似于肝脏的颜色。但他只吐出来一股金黄色的苹果汁,一团带甜味的泡沫。

接下来他感觉到肚子里还有点别的东西,很硬很疼,就是它了。他又大张开口,可出来的只是一个咯人的饱嗝——咳啊!

榆树的树梢上,一只风鸦正歪着脑袋往下看。

睡了一小时之后,威尔去了工厂,繁重的工作能让他把体内剩余的酒精挥发掉。机器的轰鸣、人的吼叫也不容许他思考。第二天,他又花了十三个小时在办公室里处理那些没算完的账目,除了手指不停地拨弄算盘,整个人几乎没动弹过。

工厂依靠自己的能量和节奏运转,人也可以加入到它的运转当中。正如梭子能拉动毛线,工作本身也能驱动威尔。他满足工作的必需,运转得像机器上的一个零件、被河水推动的一只轮子。他从来不感觉疲惫，难得有懈怠的时候；他完成一个又一个任务，毫不停歇。连睡觉也简化了：他都不记得自己的头是怎么睡到枕头上的，太阳刚一露脸，他就起床待命了。

他要尽量缩短从床前到工厂的时间。他偶尔玩牌，赢一点，输一点。他偶尔去红狮酒吧，有那么一两次，其他人都回家了，他还不愿意走。"别以为你能老这么胡来。"波尔警告他。到了周日，他上午参加唱诗班，嗓音依旧清脆、嘹亮，下午则跟着保罗钓过几次鱼。

"杨家的两姐妹还在给你做饭、洗衣服吗？"

"是的。"

"嗯。"

他知道保罗的意思。杨氏姐妹是抱有希望的，希望往往就变成了期待。

"我会找个女人来帮我洗衣服，做好饭等我的。"

"好主意。"保罗说道。

刚到降临节的时候，威廉打破了一只茶壶。他根本没有用它，连碰也没有碰它一下，可它就是被打翻了，直接落到石板上摔碎了。这感觉就像有一个复仇的灵魂被困在茶壶里，它知道只有打碎了茶壶才能逃脱。他把碎片清理干净、埋掉，然后他的心底下打开了一条裂缝，一阵可怕的眩晕感俘获了他。

这不是第一次了。你能理解这一次发生的原因：他母亲的茶壶，一次掩埋的动作，都让他想起那不堪回首的丧亲之痛。然而，这种脏腑下沉、让人恶心且两眼发黑的感觉能随时偷袭他，他无法预见的偷袭。也许一次意外的中断、两次任务之间的间歇、早上醒得过早或夜里独处的时候，都能诱发这种感觉。

它难以形容。有时他体会到的是一种巨大的虚空，一种无边无际、永不停止的虚空。通过观察其他人——保罗、内德、弗雷德和珍妮，他开始相信自己是唯一觉察到它的人。还有些时候，也是更糟糕的时候，这样的阴郁仿佛是他体内的某种黑暗、险恶的存在。他的血液、他的思想，正被某种腐化、丑恶之物所侵蚀。他为此感到羞愧，又庆幸没有别人发现这一点。

要回想起那个处处充满温情的世界，是件令人困惑的事情。在那个曾经的世界，他几乎不生病，即使病了，也不会很久；他从来不感到饥饿；他的所到之处都有微笑和友谊；他的努力得到回报，他的过错得到原谅。尽管他是个爱惹麻烦的毛头小子，但他总有办法脱身。可那些无忧无虑、天不怕地不怕的日子已经随着被遗忘的童年而消逝；作为男人，他曾无所畏惧。而现在，一双巨手已经将这童话世界的温情外表撕开，让他看到自己正站在深渊的边缘。

当然他并非手无寸铁。他有三大武器——睡觉、喝酒和工作，工作是其中威力最大的。

威廉从不怠工，可他现在白天的每一分钟都在工作。他害怕无所事事，他总要找点活儿把每个工作日都填得满满当当，不留一丝缝隙。如果某项工作比他预计的提前五分钟完成，他就会焦躁不安。于是他试着给一些琐事列清单，以便填补那些危险的空白期。有一次，他陪同保罗去牛津会见一位男装经销商，顺路跑到特尔街买了一个小牛皮封套的记事本，专门用来罗列工作清单。这个记事本几乎和他寸步不离：在办公室的时候，它总是躺在他的办公桌上；在工厂或路上的时候，它藏进他的口袋里；连威尔睡觉的时候，它也倚靠在床边，这样威尔一醒来就能摸到它。一旦那怪物向威尔伸出魔爪，他只消一摸这记事本的小牛皮封套，就立刻以工作武装自己，让怪物无法近身。

这些危机的时刻来了又走，他尽量不让别人看见。每当他逃过一劫，感觉自己快要断气、心脏快要跳出胸膛的时候，他都希望不再经历这样的痛苦。

从外表上来看，葬礼后的三个月，威廉表现得和以前一样：精力充沛，面带微笑，生气勃勃。只有他最亲近的保罗发现了他的变化：他工作得过于卖力了。保罗建议他休息，拿本书到河的上游去读、骑马去拜访舅舅、钓鱼，等等。可威廉不喜欢休息，也不喜欢独处。他拥有一个精神饱满、行动敏捷的躯壳。但他的内心，连他自己也察觉不到的内心，是在小心翼翼地穿越生活的旅途，仿佛他知道脚下布满了地雷，稍有不慎便会万劫不复。

风鸦幼年的时候，喙是细致的黑色。等到成年以后，喙就变成粗糙的灰色。不仅如此，在喙靠近脸的部位上还有凹凸不平的类似于疣的东西，我可以毫不讳言地说，那东西看起来很丑。有人认为这是传说中报复未遂的结果：一种本来要将它彻底化作一尊石雕的魔法，不想才刚碰到它的喙就让它给跑了。事实上，这更应该是生存环境造就的。任何刚刚脱范的工具看起来都很细致，用上它几年来啄泥土、咬骨头、敲贝壳，就能看到它变成什么好模样了。风鸦的喙是完全为环境而生的，再漂亮的喙也会快速磨损、变丑。

风鸦的生存能力很强，它的祖先在地球上出现得比人类还早。你能从它的歌声中辨识出这一点：多么嘶哑、刺耳的声音，是为了一个尚未发明任何乐器的蛮荒世界而设计的。在音乐发明以前，它只能向地球学习歌唱。它模仿大海的波涛声、火山喷发的惊骇声、冰山碎裂的咔嚓声，还有大地痛苦地撕裂、重塑的呻吟声。了解到这一点，你就不再惊讶于它歌声中所缺乏的甜美，那种春天时来到你家花园啼唱的乌鸦的甜美。（但是，如果你有机会，就用心地去聆听一下风鸦漫天飞舞的音响。美不足以形容，那是壮美。）

无数个世纪的生存挑战磨砺出风鸦坚韧的性格。它能在暴雨和疾风中飞翔，它与闪电共舞，雷声响起时，它第一个冲出去狂欢。它满不在乎地飞越空气稀薄的山峰、人迹罕至的沙漠。瘟疫、饥荒、战争，都是它熟知的。这些它都曾经历过，知道如何趋利避害。对一只风鸦而言，几乎哪里都是舒服的家。它在高兴的时候离开，在高兴的时候回来。笑声朗朗。

气温、海拔、危险……所有阻碍人类的都无法阻碍风鸦。它具有更宽广的眼界，这也是为什么，它能陪伴离去的灵魂穿越重重迷雾，达到那不需要空气、不惧怕干旱的地方。在那里，它将你脱离肉体的灵魂安置妥当，然后经由其他的世界，从龙肝或独角兽舌头的盛宴中返回到这个世界。

有不少集合名词可用于风鸦。在某些地方，人们会说一"闹腾"的风鸦。

13

多拉·贝尔曼的葬礼过去几个月了。又过了几个月，等差不多一年的时间过去以后，一个无所事事的周日下午，威廉骑马到七英里以外下威奇伍德的舅舅家。他下周要和钢板供应商讨论运输的问题，因此他一路上都在反复推敲谈话的方式：对方会提出什么反对意见，他又该如何规避？舅舅家的房子是一间方方正正的石头农舍。当威尔"噔噔"走进舅舅家的小院时，他已经想好了一个两全其美的办法，一个能让供应商相信对双方都有好处的办法。很好！

他参观了一下舅舅的农场。他们刚坐下来准备吃点面包、黄油和香饼的时候，厨房的门突然打开，有人跑了进来。一个六七岁的小男孩，他气喘吁吁、言辞急切："我们家最好的母牛掉进沟里了，我们没办法把它弄出来。托马斯先生能过去一趟吗？现在就去，你要是愿意的话，我想请你把他也带上。"

威尔和舅舅同时起身，把只咬了一口的面包和黄油放回盘子里。

沟很深，沟底有一英尺深的浑水。沟的堤坝已经垮塌，那是几乎全用石头垒起来的堤坝，垮了也不奇怪。堤坝的土壤太少，又薄又没有养分，植物扎不下根，也就无法稳固堤坝了。威尔察看了现场的情况。堤坝上本来有一道围栏，看样子也是先前垮塌之后才修起来的，可最近发生的二次垮塌已经把围栏毁掉一半了。母牛被侧身卡在一侧的堤坝和另一侧的垮塌处之间，只剩下一条前腿在拼命挣扎。可就是这条腿还给营救它的人造成了不小的麻烦。

两个跟威尔年纪相仿的年轻人正在奋力挖掘垮塌的土石。靠近母牛的时候，由于它的惊恐，他们只能用手来挖。一个年纪稍大的人站在沟里面，轻轻地拍着母牛的肚子。他的身体很结实，泥水没过他的膝盖，显得他个头矮小。他的脸上满是汗珠，金色的头发贴在脸上也成了黑色。"我们动不了它，"他说，"人和母牛，真不知道哪个更受罪。"

威尔脱下外套，小心翼翼地爬到沟底。"要把土石挖得差不多了，然后从它的身子底下想办法把它弄出去，是这样吗？"

"唯一的办法了，我想。"

威尔向男孩转过头去："再多拿些铁锹？"男孩又跑开了。

他们拼命地挖。刚开始的一小时，母牛妨碍了他们；它不知道他们是在救它，总是踢自己唯一能动的前腿。后来他们用马鞍做成套把母牛的腿套住，工作瞬间轻松很多，母牛也只有哼哼的份儿了。

男孩拿着铁锹回来了。下一步，威尔叫他反复敲打业已毁坏的围栏，把木桩打松；其他人则先用铁锹挖，然后徒手伸进母牛身子下面那冰凉的浑水中清理残渣和石块。他们干活的时候没说话，只有母牛的主人时不时地皱着眉把腰板挺直，转转肩膀，然后跟母牛说悄悄话。"别担心，小可爱，"他告诉它，"一切都会好的，等着瞧。"

有一群毛头小子发现这里有热闹可看，纷纷聚集到堤坝上，起劲地看起来。"向后退！"他们得到命令。五分钟过后，又是"向后退"的命令。然而，好奇心驱使着他们不断地靠近堤坝的边缘，直到他们的脚下也松动起来，眼看就要把别人的劳动成果全糟蹋了。

威尔向母牛的主人小声提了个建议，对方点点头。"小子们，"他说，"快到农场找我的妻子。告诉她我想要的，她会给你们的。我想把地下室的门拆下来，然后带到这儿来，你们尽快去吧。"

接到任务了！要把门拆下来！他们一溜烟跑了。

到了第三个小时，他们已经将围栏的木桩安放到母牛的身子底下，还有一扇结实的门平平整整地覆盖在十二条支柱上。六个男人合力抬起母牛，每根木桩边各两人。要想把她直接抬到地面是不可能的，堤坝肯定会被他们压垮。因此他们把它抬到沟的另一边，用门来搭了一座桥。"看到了吧，小可爱？我跟你说过的。"母牛发现自己的四条腿都能动弹的时候，便主动跨过桥，回到熟悉的田野里去了。

它不敢相信地看看周围，然后伸嘴去吃草，大嚼特嚼起来。

"依我看，它好得很嘛。"威尔的舅舅说道。

男人们长出一口气，猫起了腰。

"威尔，这是汤姆·韦斯顿。汤姆，我的外甥威尔。"

"很高兴见到你。"

大家的手都又湿又脏，没法握手。况且经历了刚才那一段，握手礼也可以省了。

"你到家里来吗？"汤姆·韦斯顿举起一只拳头，把它稍稍往嘴边倾斜。这是在发出邀请。

到了汤姆·韦斯顿的农场，一个妇女跑出来迎接他们。她很亲切，蓝色的眼睛周围笑起了皱纹，金色的头发也没有一丝灰色。是个漂亮女人，可惜结婚了。"它被救起来了吗？"

是的，是的，它被救起来了又跑出去了，现在应该没问题了。也没什么损失，就是耽误了点时间，累坏了六个大男人。噢，这是威廉·贝尔曼，杰弗里的外甥，从惠汀福来的。

她放心地笑了，然后冲着威尔微笑示意。她的牙齿排列整齐，只是有些小缝。这模样更招人喜欢了。

"罗斯！"她冲屋里喊，"摆好桌子。面包黄油，把火腿也拿出来。还有蛋糕。"

男人们在厨房脱下衬衫擦拭身体，再解开被沟水泡透的靴子。汤姆的妻子生起火，汤姆说话算话，大方地往杯子里斟满了暖身子的东西。

"你今晚不会回惠汀福吧，贝尔曼先生？"汤姆的妻子一边问，一边看着火炉边上挂满的湿漉漉的衣服。当她得知威尔确实要回去的时候，又冲屋里喊："罗斯！有个年轻人从头到脚都湿透了，可他今晚必须骑马回惠汀福去。你别管其他的，先把他的鞋拿去。看我们能不能在他走之前尽量把鞋弄干一点。"

隔壁房间里摆弄盘子和刀叉的"哗啦"声停止了，一个女孩走出来，靠在门框上。金发，蓝眼，她完全继承了母亲的美貌。

"我们能不能把爷爷的衣服给他试试，罗斯？大小合适吗？"

女孩拿眼睛上下打量他。"合适的，"她看着他的眼睛，她的目光直率而坦荡，"你不会介意樟脑丸的气味吧。"

"不介意。"

她转身去取衣服了。

"我下周日把衣服送回来。"他告诉韦斯顿夫人。

女孩从隔壁房间扭过头来看他，冲他微笑。她的牙齿上也有一条可爱的细缝。

保罗已经在头天晚上把东印度通用公司预定细纹布的所有事宜都告诉了他，可今天来看，他显然一个字也没有听进去。保罗不得已交代了第二遍。

"好的，"威廉说，"我现在听懂了。"接着他又埋头做笔记。

"有什么不对劲吗？"保罗问。

"没有。"

但保罗看得出，威廉状态不佳。有什么事干扰到他了，也许又该带他去钓鱼了。在一个平静的周日下午，保罗也许能诱导侄子吐露心声。然而,他刚提出钓鱼的建议时,威尔就面露难色。他去不了,还有事要办。

好吧,他反正试过了。不管什么心事,都有过去的一天。而且话说回来,就算只有一半的心思放在厂里,威尔同样表现出色。

威廉的小牛皮套记事本整整七天没有被打开过了。白天,他根本不需要找什么琐事来打发闲暇,因为他的每一分钟都被罗斯填满。她的眼睛、她的头发、她的牙齿——他能花上半个小时来想象自己的舌头舔上那些牙齿的感觉。不仅如此,罗斯的其他部位都正合他的意。她是个标准的美人儿,无论你从正面、背面或是侧面看她,第一次正眼瞧过威尔之后,她就再也没有抬起眼睛看他,直到威尔告别。这并非出于害羞。她实在忙不过来,哪有时间害羞呢。她忙着用陈米来给威尔的靴子除湿,忙着切面包和火腿,忙着倒茶和取蛋糕,忙着照看襁褓中的妹妹,还忙着制止想要偷对方蛋糕的弟弟们。然而,他心里清楚,她不看他,正好说明她喜欢被他看。

结果证明,用舌头去舔罗斯牙齿上的细缝,那感觉和他的想象是分毫不差。

"每次你笑的时候,我看到那条细缝,就非要吻你不可。"他告诉她。

"那得吻多少次啊,"她回答说,"我可是一直在笑的啊!"此话不假。她边说边笑,他又吻了她。

到今天为止有多少个周日了呢?三个,包括第一个。才两周的时间,可世界已经截然不同了。

他们两人躲在野外的一棵大树下亲吻、爱抚、相依相偎。他的手指早就摸索着伸进了她的内衣,她的手指也没有闲着。手指替他们传递和接收一阵阵的酥麻感,令他们很享受。然而,他们想要更高层次的愉悦。

"我想要……"他说。"我也是。"她说。

问题在于，自从他帮她的父母把母牛从沟里救出来之后，他就欠下了人情。那个善良的女人，一开始就想到了他的靴子。要让她难过吗？真不敢想象。还有那个温柔的男人，细声细气地安抚受惊吓的母牛。不行。这是个幸福的家庭，威廉不能给他们带去痛苦。

但是，等等。他和罗斯不可能一直这样下去。是福是祸，随便你怎么说，那事儿早晚要发生，他们不可能控制得住自己。真是进退两难啊！

星期四的时候，在晒布场，他想到了解决办法。

"保罗叔叔！"

威廉闯进去的时候，保罗几乎吓得跳起来。"什么事？"他做好心理准备，想听听发生了什么意外，有人被烫伤了或溺水了，还是布料被烧焦了、扯破了或吹跑了。

"我得找匹马，我要赶往下威奇伍德。"

"现在？为什么？"

"那儿有个姑娘，我必须娶她。"

"立刻就娶？当然不行。坐下说。"

威廉没有坐下。他连门把手都没有松开，只要一得到许可，他立马就能出门。尽管如此，他还是回答了保罗的问题。她有哪些家人？这个罗斯，每天都做些什么？你为什么必须娶这位姑娘？

之后他们一起骑马去了下威奇伍德。保罗看到韦斯顿一家都是好人，韦斯顿一家也喜欢他们眼前的保罗。威尔和罗斯面色苍白地坐在高背长椅上，手拉着手。日期就定在了两周以后。

14

杨氏姐妹的希望还没有来得及演变成期待就已经落空了。内德邀请威尔上红狮酒吧喝酒，算是他告别单身之前的最后一顿酒。波尔抚摩威尔的头发，像在摸一只宠物犬。"是个漂亮姑娘吧，她？"得知答案后，"那就太好了。"工厂的女织工没完没了地逗威尔，一直逗到他脸红为止。一旦他结了婚，她们就再没机会逗他了。他无论走到工厂的哪个角落，都有男人和他握手，说几句恭喜或者善意提醒的话。哑巴格雷格送给威尔一对小人儿，是他亲手用稻草扎出来的新郎和新娘。

威廉在大街上碰见手挽着手的弗雷德和珍妮。珍妮丰润得像只肥母鸡，弗雷德也被面包和蜜糖般的生活养得圆滚滚的。"好消息，威廉。真是甜蜜的日子！"

"这是查尔斯写来的。"保罗说。查尔斯写来一封信恭喜威尔，并告诉他有一件礼物要寄给他和他的新婚妻子。礼物是一幅威尼斯的风景画，可以挂在他们家的墙上。

此时午夜已过，威尔的新婚前夜，他正走在回家的路上。四周黑灯瞎火的，他没看见墙边有一个蜷缩的影子。等他反应过来的时候，他的一只脚已经被绊到，整个人飞身出去，不得不伸开双手来稳住自己。绊倒他的东西四仰八叉地躺到地上，发出哼哼的声音。还有什么东西在响，玻璃的，一只瓶子打翻了。

"卢克？是你吗，卢克？"

"谁在喊？"

"我是威尔·贝尔曼啊。"

黑暗中的影子好像在摸索什么东西，一阵轻微的叮叮声之后是一句满意的喃喃声。看来瓶子还没有摔破。对方的身上散发出浓重的酒味，威廉不确定卢克是否意识到他是谁，或者是否知道自己跟前站着人。他放了一只手在卢克的肩膀上，发觉卢克甚至比童年时期更瘦了，虽然这不太可能。他轻轻地摇了摇卢克。

"卢克，你还好吗？你这几天上哪儿去了？"

对方好久都没有回应，威尔还以为他已经醉得不省人事，可他又清醒过来，张开了口。

"我记得……"他说不下去，只好用颤抖的双手来比画。他往手心里吐口水——看起来像这么回事——恍惚地拿指尖和拇指相碰,接着做了一个手势,好吧,是挥了一下手,不知所谓的挥手。卢克又吐出几个音儿——说的是"弹弓",至少听起来有点像——然后"咯咯"地笑起来。

威廉等着对方解释,但没有等到。

"我明天就要结婚了。"他说。

看不出卢克有听到威廉的话。又沉默一阵过后,威廉打定主意要走,可卢克的声音再次响起:"你还记得吗?我记得……"

威廉转身走了。他要回家度过最后一个单身之夜。

我明天要结婚了,他走进房子的时候对着房子说。我明天要结婚了,他吹灭蜡烛的时候对着蜡烛说。他躺到枕头上,对着枕头轻声说,我明天要结婚了。接着,就在他即将入睡的时刻,他又想起那个在红狮酒吧喝得酩酊大醉的夜晚:我为她盖上土,让她舒舒服服的。

但这也没有妨碍他睡觉。他明天就要结婚了。

15

威廉·贝尔曼再也没去红狮酒吧喝酒了,他也不会躲在揉皮器的后面玩牌了。他偿清了债务,从此面貌一新。以前的生活彻底结束了。这个年轻人在他二十六岁的时候拥有了稳定的收入、健康的体魄,还有别人的喜爱和尊重。相比五年前刚结婚的时候,他发现自己有了更多理由去爱妻子;即使是争吵,他们也会快速、有效地解决,再怀着爱意与对方和解。他的女儿多拉是个健康的孩子,充满好奇心,学东西很快;他的儿子尚在襁褓,他们为他取名保罗以继承贝尔曼家的优良传统,他见到什么都爱笑,长得也很结实。

生活对威廉·贝尔曼来说很美好。就算那些不认识他的人在街上碰见他,也会忍不住被他身上的气息所打动:他的步伐矫健,让你知道这是一个健康、幸福、成功的男人;乃至他浑身上下的装扮,从帽子到靴子,都像是在为这么一位积极向上的主人做着无言的赞美。

威廉并非不知道自己是个有福之人,然而他更习惯于行动,而非思考。他享受自己的快乐,很少花时间去想。

其他人就没有这么幸运了。

一个冬日的清晨,小屋的房门被"咚咚"敲响。威廉打开门,雪花顺势吹了进来。是哑巴格雷格,他肩上落满了雪,身子发颤,眼睛里透出急切。

失火了吗?遭强盗了吗?机器坏了吗?不可能是工人们闹事吧,不然他早该知道了。那就是其他工厂主,妒忌心起⋯⋯

威廉在睡衣外面套上衣服,就赶紧和哑巴格雷格跑去工厂了。当他正要往厂房跑的时候,格雷格抓住他的胳膊使劲拽他。不是那个方向。他在寒风中用手画了一个圈:是水车。

天与地根本分不清界限,到处都是雪,只有橡树没有被雪染成白色。高处的树枝上托着黑色的细枝编织的球,是去年风鸦们建的巢。几个工人正在等他们。这些工人是无家可归的人,只能留宿工厂,上半夜挤在给保温板加热的炉子旁边取暖。到了下半夜,如果实在太冷,他们就挪到发酵桶边上去,一边享受发酵产生的热量,一边忍受桶里散发的恶臭。

威廉站到他们的身边。他们正担心水车的问题,有什么东西阻碍了它的运转。很可能是一根大树枝,也许是大雪把树枝压折了,又或者是法勒家的木材堆打翻了,有一根圆木滚落到河里,然后顺流而下,阻塞了水车。还有一种可能,某个急红眼的混蛋偷了一桶啤酒,把酒喝光以后,因为害怕被发现而将酒桶丢弃到河里。

威尔脱下外套和上衣,犹豫只会让事情变得更难办。就在众人惊叹的一瞬间,他已经踏入河中,刺骨的河水让他稍稍皱了皱眉头。很快,趁着河水还没有把他冻僵之前,他蹚到水车的位置,透过飞溅的水花和泡沫察看那黑色的物体。至少他要感觉下它有多长,卡在什么地方。他必须在第一时间牢牢地抓住那东西,否则双手就被冻得不听使唤了。他抡起胳膊去抓那东西的肩部,抓紧以后又猛地向外拖。

第一次拖的时候,那东西只略微松动了一下。到第二次,它就被拖出来了。一只手从水里"哗啦"冒出来,重重地打在威廉的嘴上。威廉一开始以为那是自己的拳头,只是被冻得失去了知觉而已。他拖着那具湿漉漉的尸体走到岸边,其他人抓住尸体的衣服,哑巴格雷格伸手去拉贝尔曼。就这样,活的人和溺水身亡的人同时从水里出来,身上都淌着冰冷的河水。

"发生什么事了?"是保罗的声音,他刚刚接到消息,慌忙跑过来。"老天啊!这是谁?有人知道吗?"接着是更紧要的嘱咐,"送威廉回家,赶紧的,可别让他冻坏了。给他擦干,暖和起来。"

威廉却感觉体内烧得慌。他没办法移动自己的身体,需要两个人扶着才行。他的两条胳膊都搭在别人的肩膀上,由别人支撑着,好像他只剩下挪脚的力气了。

在他的身后,尸体被翻了过来。

"是史密斯家的小子,"有人说,"最好给铁匠铺子送个信,告诉他的兄弟们。"

"他们才不愿意管呢。他向来不跟他们来往,跟别人的交道也不多。"

"他肯定喝得烂醉,然后失足掉下去了。就这么回事。"

保罗说话了:"他不是帮忙挖过墓的吗?可怜的家伙。"

威廉回头看了一眼。

雪地上,有光在闪动。那是宛如铜丝的头发,被温德拉什河冲洗得闪闪发亮。

树梢上,一只急不可耐的风鸦冷酷地报了一声信,只有亡者能听见它的啼叫。

罗斯帮威廉脱光衣服,给他擦干身子,再裹上几层毯子。她生起火,烧了开水,他喝下掺了酒的蜂蜜水。她又烧了些水倒进澡盆,他就坐进齐腰深的热水里,任由她一桶一桶地把热水浇到他的肩膀上。她又给他擦干,穿上比任何时候都多的衣服。她把扶手椅拖到火堆边上,让他坐下。

起初他很热,接下来便是透心、透心的凉。

儿子在睡觉,女儿多拉对这一切不寻常的举动感到好奇,跑过来搅和。罗斯骂了她,把她赶走。他听见女儿在哭。

"让她过来吧。"他说。

多拉爬到他的膝上,他忍住手指的疼痛把毯子裹到她的身上。对多拉来说,下雪和白天在家的父亲都很新奇。她享受着这份新奇,静静地依靠在父亲的身上。他感觉到她的呼吸慢慢变得平稳,女儿就沉甸甸地压在他的大腿和肚子上。多么温暖啊!

威廉的眼皮重得抬不起来了,疲惫令他的身子动弹不得。将睡未睡之时,记忆冲进了他毫无防备的意识:是红狮酒吧的卢克在说"你的母亲,她很好";接着是另一个时间,深夜的街道,卢克在说"你还记得吗"。

不安的情绪让威廉突然醒来。就在眼睛睁开的瞬间,它们捕捉到短暂的一幕:有什么东西一闪而过。它刚才正在窗口上,挡住了光线。他确实看见了,就算没有看得很真切,也至少瞄到了一眼。一个黑色的影子,从窗外盯着他。他紧张地凝视窗口,什么人也没有,只有一片白雪茫茫的景色,中间点缀几棵橡树,黑色的枝丫在白色的天际伸展。如果要站起来走到窗口去看,这必定会弄醒多拉;况且,他的手脚还没有恢复知觉。

多拉在他的膝上微微动了一下。

他往怀里看的时候,正好多拉也睡眼惺忪地看着他。她一脸严肃地抬起手,接着他体验到她试图拨下他眼皮时的那种指尖触碰的奇妙。可心的小家伙!他的心跳回归到正常的节奏。温暖的感觉是如此美好。他能听见火苗跳跃的声音,能闻见厨房里飘出来的美食的香味。

他踏踏实实地坐在自己的椅垫上，同时坚定了自己的信念：不论别人遭受什么痛苦和磨难，他，威廉·贝尔曼，都不受侵扰。

这里曾经是有风鸦的，它们就驻在屋子周围的橡树上。威廉慢慢沉入梦乡，回忆之门也敞开了。整个童年时期，他都在风鸦的吵闹声中醒来。漫长的冬季，风鸦的老巢总是醒目，就跟今天上午在水车附近看到的一样。不过鸟儿们是飞走了的，早就走了。

卢克入土为安了。他的家人都不愿意掏钱为他办理丧事，只好由保罗和波利特牧师商量着办。"总得为这个可怜人操办一下吧。"他说。既然威廉伤风在床，保罗认为只有他出面了；令他吃惊的是，年轻的面包师也出面了。

葬礼结束后，那个曾经替他人掘墓的小子安然地躺进了自己的墓穴。保罗和弗雷德·阿姆斯特朗握手。

"我听说是威廉把他拉上来的。"弗雷德说。

"的确如此。"

"你能顺便提一句吗，给你在意大利的儿子写信的时候？"

保罗有些疑惑："他们相互认识吗？"

弗雷德不确定，只记起某个在田野里度过的特殊日子。"也许不认识，不算真的认识。我们那时候都还小。"

16

"我们是不是应该安插些眼线在斯特劳德路的客栈里？"威廉问道。

他完全可以换一种更有命令性的口吻。"我们派些探子出去吧，"或者，"我们必须打探出斯特劳德路的工厂主有何企图。"可他用了

"我们是不是"来向保罗提议,把决定权交给保罗。

这种言语上的谨慎让保罗有所触动。他的侄子和他一样清楚,他们两人无论是在知识、经验方面,还是经营头脑方面,都已经旗鼓相当。当然了,所有权是另一码事。如果威廉和保罗偶有分歧,所有权就起到决定作用。"是你的工厂,叔叔。"威廉会摊开手掌,笑嘻嘻地说。然而,对于威廉提出来的意见,他基本都接受了。直至今天,当他的看法与威廉相左时,他否决的往往是他自己。

九年前,他聘请威廉做他的助手。九年以来,工厂的业务蒸蒸日上。账本上满满的全是订单。工人们生产效率高,组织有序。工厂的利润也持续上涨。他们投资引进了新的设备、新的蒸汽动力提升方案,不断地扩张工厂。没有威廉,他不可能取得这些成就。眼下,如果威廉担心斯特劳德路的工厂主会挖他们的墙脚,那肯定是有充分的理由。

"你知道派谁去比较好吗?"

"我心目中有个人选。"

"那就试试吧。"

威廉看了一下钟,已经五点钟了。"我回家的路上来安排。"

威廉很愿意待在家里。以前他总是在工厂加班到很晚,眯着眼睛查看账目,直到天黑得完全看不见为止。可这样的生活老早就结束了,他现在有了新的生活。

"你周日有什么安排吗,威尔?带罗斯和孩子们来吃午饭吧。这房子里也好有点生气。"

"就这么定了,"威廉说,"明天见。"

保罗本来可以把威廉当作自己的亲生儿子。他也可以看着多拉和两个男孩儿,然后把他们当作自己的亲生孙子。然而他没有放纵自己的欲望。他比父亲更明智的是,他清楚查尔斯不可能结婚,不可能回到惠汀福。无论有关查尔斯的什么消息从意大利传到他的耳朵,他都不会改变对查尔斯的爱。对查尔斯来说,外国人口中的风言风语,还有那些不了解他童年的陌生人的小声议论,也总要强一点。保罗·贝尔曼爱他的儿子和侄子,但他不得不在私下承认:他对威廉的爱更直接、明显。

晚饭过后,威廉把小保罗和小菲尔放到膝上,多拉则依偎在他的手臂上。他们在玩一种智力游戏。只要稍动脑筋,就能把三块白蜡木雕成的小棋子连到一起。威廉故意装笨,老是不成功,逗得孩子们哈哈大笑。

门响了,罗斯开的门。一个小女孩,和多拉一般大,气喘吁吁地站在雨里:"我母亲说,威廉先生能过去一趟吗?"

"你是玛丽,对吗?莱恩夫人的女儿?"

罗斯去找威廉。"他们要你过去,你叔叔的家里。"她替他拿来了外套,皱着眉头。"能有什么事呢?"

威廉一副无所谓的样子。

兴许什么事也没有。

到了磨坊屋,保罗的管家满嘴是话。话太多,说得太快,而且颠三倒四的。有什么事已经尽快办了,但还是没来得及,还是太迟了。威廉始终听不明白她的意思,直到她打开书房的门,让威廉看见保罗坐在书桌旁边,背对着门。

"到底怎么回事,叔叔?"他问道。

莱恩夫人的嗓子里倒抽一口气,她的身子凝固了。威尔盯着她。

"他已经死了,"她说,"我刚才一直跟你说的,他已经死了。"

他摇头,似笑非笑。"不可能,我两个小时以前还跟他在一起。他当时一切正常。"

"的确如此。"莱恩夫人说。两个小时以前,贝尔曼先生从工厂回到家里,一切正常。可现在他就离开了。无声无息的离开了!

她想领他进屋,去看看情况,亲眼证实一下。可威廉不愿意挪步。

"米德夫人要过来殓尸,但尸体必须弄到楼上去。你觉得我们能行吗？就我们两人？"

保罗的背十分僵直。威廉现在看清楚了，他的坐姿有些不寻常。并非是他自己内在的力量使他挺直。他的身体重心保持了很微妙的平衡，死亡也来得很轻柔，因此他没有前仰后翻，或者东倒西歪。他只是身子下沉了而已。用手轻轻碰一下他的肩膀，他就会失去平衡，轰然倒地。

威廉想找点什么来稳住自己，有点什么可抓拿的。他找到了，是一份任务清单。

"我去找人来搬运尸体。我会通知米德夫人，还有教区牧师。我要给查尔斯写信。"

最好马上去办。这时，头重脚轻、两眼昏花的症状减轻了。

"你脸色很不好，莱恩夫人。你肯定吓得不轻，我叫女仆给你泡杯茶。你就坐下休息，等其他人来。"

他走出房间，又一个急转身回来了。

"钥匙在哪儿？"

"什么钥匙？"

"工厂的钥匙。"

"怎么了，应该在他的口袋里。"

威廉看了一眼保罗的粗花呢上衣。他不能去碰，他碰不得。

"是他的大衣口袋，在客厅的橱柜里。"

这样就没问题了。

威廉叫女仆泡茶，拿上钥匙，然后离开了。

一帮子闹喳喳的风鸦从头顶上掠过，边谈论哲学，边哄笑不止。

威廉先去了文书的家。他找到内德和他的兄弟，派他们去保罗的家。听说了噩耗之后，内德的母亲想帮忙去找米德夫人，威廉接受了她的好意。他在牧师家门口留了信，让波利特牧师回来之后即刻赶往磨坊屋。待这些事办妥，他便飞奔到工厂。他以前从来没有打开过工厂的大门,他现在打开了。

在叔叔的办公室,他找出查尔斯的地址,写了一封语言平实、内容丰富的信给他的堂兄。他把睡在毛驴旁边的哑巴格雷格叫醒,将信封交到他的手里。"交给罗宾斯。必须现在去,今晚发出,不得延误。"

接下来他查看了钉在墙上的图表和清单,大致了解了订单情况和后续几周所需要的生产力。他走进侧室,将他自己的计划表和叔叔的日志并排在一起。显然,叔叔的工作要由他来完成。与其把叔叔的笔记誊抄到自己的本子上,不如直接利用叔叔的日志来得快。他把自己手中不能委托给他人的工作添加到日志上,在整洁的字里行间留下潦草的字迹。

那他的其他工作呢?能委托给谁呢?他脑筋动得飞快,列出来一个人员清单;这些人是他身边最不可或缺的,最理解他的想法、最可依赖的人。他开始专注且巧妙地安排工作。目前什么事最紧急,什么事可以放一放,什么事必须取消、延后或重新安排,他都一一列出清单,做好笔记,然后再将它们合理地安插到一起。

威廉浑然不觉时间的流逝。他既要考虑工厂经营的方针策略,又要考虑如何贯彻到底的细枝末节,因而整个身心都沉浸在思维的来回转换中。他心无旁骛,数个小时的时间宛若只过了几分钟。这件事要通知叔叔的律师。本地的供应商和客户要由威廉亲自通知,要当面向他们保证万事尽在掌控中,避免他们从其他渠道听到消息后陷入恐慌。至于牧师那边,最好把葬礼安排在周三,不必给出任何理由。若说以确保工厂的正常运营为前提来安排一个人的葬礼,这合适吗?也许不合适。但是,对于一个牧师来说,选择哪个工作日不都一样吗?既然能最大限度地减少损失,威廉就没觉得有什么不妥。

哑巴格雷格回来了。威廉递给他十几封刚写好的信:"现在去送这些,格雷格。尽快。"

为了应对如此紧急的情况,威廉非常投入地工作,并获得一份他尚未觉察到的轻松与惬意。他的注意力能畅通无阻地从某个细节转移到另一个细节；他的脑子能同时进行多项任务：分清主次、组织规划、决策指导，还有精打细算。

当他最终从注意力高度集中的状态中抽离出来的时候，天已经蒙蒙亮了。他到熨烫间把围在火炉边睡觉的工人们叫醒，并给他们下达命令。"到大门口去等着，等这些人来了"——他列出人名：克雷斯、拉奇，还有其他几个人——"就让他们直接来找我。"

七点钟，所有念到名字的人都出现在他的办公室。从他们的神情中可以看出，他们已经得知消息了。他正式公布叔叔的死讯，大家纷纷表达哀悼：这太意外了；保罗先生是个好人；天有不测风云；他昨天都还好好的，云云。

等该说的客套话都说完之后，威廉表示应当尽量避免这件不幸的事对工厂的影响，并向每一个人提出他认为该如何保障运营的意见。"是的，"每一个人都说，"就该这么办。"

"你们现在就是我的左膀右臂，"他告诉他们，"我需要你们来帮忙维持工人的稳定，确保这段时期的工作进度。担心是难免的，变化总是让人担心的，但我相信没有必要去怀疑、去迷茫。你们的任务就是让手下的人切实感受到这一点。你们能完成任务吗？"

他们看着他。他沉着、自信、可靠，根本想不出会有什么不对劲的地方。

"是的，威廉先生，"他们点头，"是的，贝尔曼先生，阁下。"

17

周三到了，葬礼的日子。威廉有点焦躁。叔叔去世后，他把所有的精力都花在了工厂里，不断地做计划、下指令、解决问题。他至多睡了几个小时，可仍然有不少事要办。

葬礼是什么？不过是起起坐坐，唱唱歌，做做祈祷罢了，傻子都能办到的事情。威廉快速运转的头脑已经上百次地想过要找人代为出席，但遗憾的是，他没法接受这样的想法。况且，这也行不通。必须有人来主持大局，以工厂最新一代贝尔曼先生的身份出现在公众场合，让所有人亲眼看到。查尔斯很可能还没有收到信，即使他收到信，赶回来参加葬礼，也达不到预期的效果。因此，只能由他威廉先生，保罗·贝尔曼先生的侄子出面。必须这么办。

早上在工厂工作了足足五个小时之后，威廉赶回家换衣服。炉火前面的洗澡水已经放了一个小时，有点凉了。罗斯早就替他准备了最好的套装和一件刚洗好的衬衫，正满脸愁云地等着他。可今天是葬礼，谁会向最主要的送葬人发脾气呢？

等他差不多收拾停当，罗斯站到他的面前，替他把仓促中弄乱的领结重新戴好。他整个人紧绷绷的，明显感觉不耐烦。

"你太过于操劳了。"她长久地看了他一眼。有几秒钟的时间，他却在想着别的事情，几乎没有正眼看她。

"葬礼过后，你就回家来。你听见我说的吗？"

"当然了。"

"那好。现在去吧，你要迟到了。"

他确实到得太晚，大家都等不及了。"他终于来了！"莱恩夫人半安慰半生气地说。他站到送葬人的队伍中间，和大家一起向教堂出发。

葬礼开始，威廉与其他人一样起身、坐下、跪下，必要时轻声念"阿门"。唱歌的时候，他放声高歌，为现场的工人们领唱。歌词他已经烂熟于胸了。因此，他一边唱着，一边琢磨着其他事情。

斯特劳德……有消息了。他在斯特劳德附近的旅店酒吧安插了眼线，而且眼线不光能看，还能用嘴把一切得来的消息悄悄汇报给他。斯特劳德的工厂又接到了订单。他们欢迎以前被辞退的工人回去干活，开出的工资也和贝尔曼家的一样。"他们有些动心了，"眼线告诉他，"至少，那些家还在斯特劳德的人动心了。"对此，威廉并不感到吃惊，只是失望而已。如果他们走了，他就会失去不少好手。

最简单的办法是涨工资。但是，斯特劳德的工厂主难道不会跟风吗？而且，涨工资容易，要想重新控制工资水平就难上加难了。必须找到更好的解决办法，他得想个招。

超负荷工作和缺少睡眠让威廉的眼睛生出眼袋，皮肤失去光泽。他的双眼布满血丝。若说他在整个葬礼过程中都表现得心不在焉，别人也会自然地以为是忧伤造成的。

走出教堂，威廉的前面挤满了送葬的人群。他仍然沉浸在思考中，走路难免跌跌撞撞。发生了一次小的磕碰之后，有人回过头来，那是一张熟悉的脸，他的头侧向一边，好奇地盯了威廉一眼，眼神中带着直率、讥讽和质疑。威廉没法确定他是谁，这让人有点不安。

回到磨坊屋，威廉同保罗的朋友、邻居，还有几个工厂最资深的员工喝了几杯。

"今天葬礼上的那个人是谁？"他问内德，"我认识他，但想不起他的名字。"

"他长什么样？"

威廉张开嘴想描述他的样子，但疲惫不堪的他实在回忆不起那个男人的具体特征。

"他不在这儿吗？"内德问。

"不在。"

"对于保罗先生的朋友，你比我更熟悉。如果连你都不知道，我大概也不会认识了。"

"我想也是。"

威廉是第一批离开聚会的人。他没有控制脚的方向，想让它们自行其便，结果它们就自动转向了工厂，反正它们又没有向罗斯承诺什么。为表示对逝者的尊重，工厂整个下午都闭门歇业。正好可以趁着这安安静静、无人打扰的时候处理点文件。

工厂难得如此平静。威廉习惯了各种噪声：机械的轰鸣、人的叫喊、水轮的转动，都有着各自的声调和节奏；它们混杂在一起，让听习惯的人完全不觉得难受。奇怪的反而是头顶上吵闹的风鸦，居然工作日也能听见它们。此外，威廉还能听见自己心脏的跳动，血管里血液流淌的声音。他打开办公室大门，发现自己的办公桌上似乎伏着一个黑影。就在他开门的瞬间，那黑影腾空而起，呼扇地向他袭来。

威廉大喊一声，抬起手护住自己，但那东西没有过来。

幸好只是布料而已。原本敞开的窗户，他开门所造成的气流，再加上那块精细的黑色美利奴呢绒样品。样品上还有叔叔留下的字条：威尔，给普利茅斯的？保罗。

威廉用笔蘸上墨水，准备提笔在字条上回复，这才意识到他的叔叔已经过世了。

我以前见过那个人，他想，他参加过我母亲的葬礼。

他不得不扶住座椅靠背，以免自己摔倒。

数小时过后，威廉起身，离开办公室。文件没有被动过。他从下午一直坐到晚上，根本不清楚自己干了些什么。他的思绪乱糟糟的，跟送往纺纱间的羊毛差不多。一颗心在他的胸膛里乱跳，呼吸时快时慢，许多激荡不安的情绪猛戳他的心口，让他感觉自己的胸都快炸了。

回家的路上，天光渐暗的空中看起来危机四伏。他需要一个四面有墙、顶上有瓦的地方，他想要罗斯的怀抱。茂密的树冠在黑暗中窸窣作响，他吓得不敢看。等真正走到家门口了，他才松下一口气。

"威廉·贝尔曼，你是怎么回事？你答应了要回家，却又跑到工厂，一待就是几个小时。"

罗斯怕吵到睡觉的孩子们，因而不敢大声嚷嚷，只能哑着嗓咙表示不满。"你难道忘了自己还有一个家吗？你想到过我吗？我们可是一心只想着你，你却这样回报我们！"

尽管她把脸转开，双手伸进装满水的水槽里，他还是看见了她脸颊上闪烁的泪光。

他扫了一眼餐桌。饭菜还在收拾，但时候已经不早了。

"我们在等你。孩子们都饿了，可我们还在等你。我们等你，是因为你去参加了葬礼，我们想安慰你！"

威廉在厨房的角落里跪倒。他把双拳举到眼睛那里，做出儿子们哭泣时的样子，但他没有哭。他的肩膀微颤，胸口的疼痛顺势而上，卡住了喉咙，让他喘不过气来，他哭不出来。

他听见罗斯轻轻放下正在清洗的盘子。接着她蹲到他的身边，用抹布擦手。她的手臂还是湿的，但她已经紧紧抱住了他。他感觉罗斯把脸贴到了他的头顶上。

"对不起。今天是葬礼的日子……他就像你的父亲，威廉。我真是不该。"

她给他吃了点面包、奶酪，为他切了些晚熟的梅子。她带他上床，他们激情了一番，之后相拥而眠。

第二天天没亮，威廉就从温暖的被窝里溜出来，直奔工厂去了。

工厂的生产一刻也没有停歇。他承担了叔叔的工作，又同时履行自己的部分职责。内德帮他处理办公室里的大量事务，拉奇和格雷斯等人也尽量为他分担。另外，他还关注了几个年轻人。他们可靠、聪明、积极主动，受到威廉的器重。要把他们培养成理想的人才，威廉得花不少宝贵的时间。然而这种投资是值得的，四到六个月之后，他们就能担当起威廉为他们设想的角色。况且，除了他之外，谁还能教他们呢？与他们相反的是，那些消极怠工的、没法信任的人，统统遭到威廉的解雇。如果斯特劳德想要人手，就让他们先把这些挑剩下的捡回去吧。

每一天，他对找上门的人都来者不拒。要让所有人知道这里并非群龙无首，这是最关键的。信心对于目前的事态起着决定性的作用。因此，他一整天都会出现在外人面前。哪里需要他，他就去哪里。他解答所有的问题，不论大小、难易；他与所有人交谈，不论工头、文书、织工、修布工、漂洗工、染工、挑夫，还是纺纱工。每次遇见哑巴格雷格，他都要点头示意。如果距离够近，他还会往毛驴的身上安抚性地拍一下。总之，不能让任何人怀疑工厂的安危。

只有等工厂平静下来，他才能专心处理文件、计算数据、核对订单、撰写书信。这些工作完成之后，他还要管理叔叔的私人财务。他自掏腰包为叔叔偿还一些小的债务，给莱恩夫人提供所需的家用开支，向园丁付工资，找银行经理商谈。

"这样的日子还要持续多久？"罗斯问道，已经有整整一周的时间，威廉每天都工作十七个小时，"你会累垮的。"

"还有五周吧。"他估计。

"真的吗？这么精确？"

他点头，他已经算好了。

提醒一句，等这五周的时间一过，他的心思又会转移到别的事情上了。

18

有人在院子里下了马。他身着异国服饰，手脚慢慢吞吞，古里古怪的。从办公室的窗户望出去，威廉看见他招呼了一个挑夫。

他连路都找不到，他想。

几分钟过后，查尔斯出现在办公室门口。

"我一收到信……就立马赶过来了。还是太迟了，肯定的。"

威廉礼节性地表示慰问，查尔斯接受了慰问。"我也该安慰一下你，"查尔斯说，"过去的几年，你跟他更亲近，尽管他是我的父亲。"他的话不带任何怨恨，纯粹在阐述事实。

威廉请查尔斯就座，但他不太愿意。他还和以往一样高大、挺拔、养尊处优，他的肌肉是松弛的。威廉想：他的腿脚很适合爬山观景。威廉把账目打开，想让他看看工厂的效益，他却连一根手指头也没有伸出来，反而把那双柔嫩、白皙的手紧紧地背在身后。他的身子微微前倾，表示他愿意看看，但绝没有到有任何兴趣的程度。威廉用他那双长满老茧、指甲满是脏污的手给查尔斯指点，尽可能地说些外行能听懂的话来解释工厂过去和目前的经营情况。

"是的，"查尔斯说，"我知道了。"他的声音里夹杂着无法抑制的颤抖。查尔斯的眼睛在数据和订单记录之间来回移动，威廉的话语也极其简洁易懂，但威廉知道，查尔斯什么也没看懂，什么也没听懂。

"问题是，"他说，"我在威尼斯还有事要做……"

这句话一听就是被反复演练过的，好像他从意大利开始就一直不停地默念过。在他的脑海里、在马车上、在马背上、在海上，这句话听起来都恰到好处，仿佛每一个字都成为他排忧解难的咒语。依威廉看来，也许只有在这个办公室里，仅仅是现在，查尔斯才能听出这句话是多么的苍白无力。

这对堂兄弟你看着我，我看着你。

"如果你不想留下，就没必要留下，"威廉说，"一切都很顺利。无论你在意大利还是哪儿，我都能通知到你，没必要搅乱你的生活。"

"不不……只要你觉得这样没问题。"

威廉点头。"我会领一份薪水，"他说了一个数字，"这些是过去五年的盈利数据，我们五五分成。将来我想做更多的投资，比以往的都多。但我希望用我分得的那份利润来投资。如果将来有任何高于目前水平的利润增长，都算作是我的收益。我能确保你得到这个数的收入……"他快速写下数字，递给查尔斯："你认为如何？"

数字远远超出了查尔斯从父亲那里得到的贴补，也超出了他的目前所需。他完全可以按照自己的方式生活了。

"这个嘛……"

他努力想回忆起父亲可能说过的话，那些谈论金钱和生意时说的慎重而留有余地的话。可他始终没想起来。查尔斯能谈论诗歌、历史，以及路易十五时期的家具，还能分别用英语、意大利语和法语来说，但他对简单的商务英语却一窍不通。无奈之下，他只得点头。

两个堂兄弟握手。

查尔斯的脸色开始恢复正常。他得救了，是威廉救了他。

需要五分钟的时间，查尔斯要等威廉把他们刚才达成的协议写成书面的文件。既然已经免除了下半辈子被囚禁于此的担忧，查尔斯大可以拿局外人的眼光来观察办公室，但他除了钦佩主人的勤恳之外一无所获。威廉显然是对工作驾轻就熟。有两次，别人上门找他，问些费解的问题，威廉每次都只说几个字就解决了。至于那几个字的意思，查尔斯完全不懂。又有两次，他在一个小巧的小牛皮套记事本上做笔记，然后又接着起草协议，没有片刻犹豫。

查尔斯用来签字的笔是他在工厂唯一接触的东西，威廉也跟着签了字。两个人再次握手。

"谢谢，"查尔斯忍不住说，"现在看看这是什么？"

那是一幅小孩子画的铅笔线条画，出现在威廉笔记本的空白页上。一头毛驴。威廉笑了："我的女儿喜欢在我的笔记本上画画玩儿，要是她找不到其他可以画画的地方。"

相比工厂里的其他东西，查尔斯对这幅画更感兴趣。他把笔记本往前翻，发现还有别的作品：一朵花，一头羊，一只猫。"她多大了？"他想知道，"在上绘画课吗？"

威廉意识到他的堂兄是个爱闲聊的人。他不习惯工作，不习惯钟表,更不习惯按照待完成的工作量来规划未来几个小时的工作时间。

"到家里来吧,"他提议,"今天就来家里吃饭。多拉会很乐意告诉你她几岁了,如果你够乖,她还会给你画肖像。"

等查尔斯离开后,威廉志得意满地拿起笔和空白的纸。有一个项目已经在他的心里酝酿很久了。由于投资巨大,保罗曾担心项目有风险。可威廉精通水力学,他不仅熟知整套理论,而且对细枝末节也十分了解,甚至可以自己画一些草图。他对整个地形做了评估,对该领域的专家也做了研究。只要选对了人,风险是可以忽略的——他知道谁是正确的人选。在和查尔斯签订协议之前,他没办法采取行动。现在,时机终于成熟了!

他给选定的工程师写信,沉浸在绘制示意图的乐趣中。一晃几个小时过去了。

他看了看钟,晚饭的时间到了。他该回家了。

此外,这也是去特纳家的农舍找他的最佳时机。他要给那块地出一个特纳没法拒绝的价钱。

19

查尔斯发现他的堂弟媳妇是个漂亮、能干的女人,正好和他堂弟那样的男人般配。孩子们活泼可爱,好奇心强。家里的小客厅还和他童年记忆中的一样。以前,他的祖母不高兴他到堂弟家里来,可他的父亲并没有反对。他不禁怀念起他的婶婶,威廉的母亲,还说了一些有关她的小故事。

这些小故事竟然引起了听众们的强烈兴趣,这让查尔斯感到意外。罗斯看到他吃惊的表情,解释说:"我们才和你相处几分钟,就知道了这么多事情,比我的丈夫几年内说的还要多呢。""你要留下来跟我们一起吃饭吗？我做饭的时候，多拉会给你看她画的画。"

天还是亮的，空气带着热度。查尔斯坐在花园里，旁边有个不停忙活的小艺术家。她把素描一页一页地翻给他看。每一页都只有潦草的几笔，画到一半就被中断或是放弃的未完成的作品。可至少在查尔斯看来，这些作品明显与鸟类有关。

多拉翻得很快，气呼呼地把画纸都弄皱了。

"小心点，"他伸出一只手挡住她，"这是什么？"

"一只凤鸦。他飞到院子里来，就在那儿。我从窗户里看到它。"

查尔斯把素描本凑拢来看，问题不少。没人教过这个孩子如何正确地握笔，因此她画得过于用力。她想画出羽毛，但画法太幼稚。画出来的鸟没有眼睛，但它显然是一只乌鸦之类的鸟。爪子抓在树枝上，腿部有弯曲，包括身体的平衡感和质感都体现出来了。除了缺乏经验之外，这幅画的表现力还是很强的。

"这个地方不对，"多拉在说，"还有这里，这里。"她边说边用铅笔把查尔斯所看见的不足之处都指出来。很好，她知道自己的问题所在，说明她有发展前途。她具备鉴别好坏的眼力。

查尔斯也知道自己的问题所在。有一个最大的问题，让他背井离乡，又带给他快乐，让他想恨也恨不起来。还有些小问题，其中一个是他没法成为一个伟大的画家。曾经有人告诉他，渴望是天赋的印证。这句话放在他的身上却是错误的。他根本没有艺术的天分。他热爱艺术，是个鉴赏的行家，但无论他多么渴望，他的努力总是白费。他知道该如何看待世界，也能构想出传达思想的作品，但他就是缺少创作的能力。他至多能当个好老师。可有钱的人是不会教小女孩画画的。这真是个天大的讽刺。因此，命运留给他的只剩下他现在所从事的：艺术收藏。搞收藏能帮助那些比他更有天赋的人，让他们生存下去，继而创作下去。他的生活离他的渴望仍有半步之遥，但他大体上是妥协了。

兴许多拉正好拥有他所欠缺的。她没有受过正规的训练，画法随意，但她擅于观察、下笔准确，她不畏惧纸张。

"你看，"他拿起一支铅笔，给她展示拿笔的姿势，"然后你可以这样，这样……"

她从他的指间把笔拿走，想自己试一试。

"我知道了，就像这样。"

"对了，就是这样。"

此时，仿佛听到了画中鸟的召唤一般，那只凤鸦模特不知从哪里冒了出来。它降落的姿势相当笨拙，好在着陆的时候略带沉稳。多拉非常投入地观察它，连神情也变得严肃起来。查尔斯被多拉的认真劲儿逗乐了，同时又有所触动。多拉靠得很近，看那只鸟儿拿嘴往草坪的根部东敲敲、西啄啄，对身边的人类毫不在乎。

她一直没有想要动笔的意思，只是静静地观察。直到鸟儿丧失了兴趣，漫不经心地展开翅膀，再一跃飞上天，这时候，她才用笔在纸上画起来。

在一张白净的画纸上，凤鸦以崭新的模样出现了。查尔斯注意到，她已经掌握了拿铅笔的新方法，她的线条画得更随意、流畅。等她实在没法继续的时候，她就歪着脑袋欣赏自己的作品。"现在好多了，是吗？要想画一只鸟啊，"她边说边把作品递给查尔斯，"首先得观察得非常仔细才行。这样一来，就算它飞走了，你也把它印进脑子里了。"

"这方法很妙啊。"

"你明天要回意大利吗？"

"是的。"

她把脸完全正对着他，长久而认真地凝视他。

"你打算把我也印进脑子吗？"

"在你飞走之前，"她点头，"好了，我已经记住你了。"

20

出发当天上午,查尔斯会见了父亲的律师。

"我不会待在英格兰。我在国外有事情要做,"查尔斯告诉他,"至于工厂的经营问题,威廉·贝尔曼和我已经达成协议。"

他把协议的副本递给律师,律师开始审阅。读到有关威廉薪水的部分时,他将一只手放到下巴,轻轻地抚摸自己的小胡子。"薪水够高的。不过,"他瞄了查尔斯一眼,"他是个能干的人。你也不希望他跑到对手那边去。"

查尔斯的心里"咯噔"一下。这一点,他从来没有想到过。

律师继续往下看。"利润五五分成……"他皱眉了。

"怎么了?"

"不正常。"

查尔斯无从判断。

"而且你的堂弟还要对工厂进行投资,投资所得的额外利润归他所有。这也不符合常规……"

查尔斯正在琢磨,如果威廉跑去经营对手的工厂,那将意味着什么。"他可是我的堂弟,我们不能忽视血脉亲情。"他对自己微微一笑。他的父亲大概也会这么告诉他的。

律师替他分析:"你的父亲非常信任威廉·贝尔曼。他聘请威廉担任秘书时签的协议就充分说明了这一点。当然,如果你想重新解决利润分成的问题,也可以和贝尔曼先生再讨论下协议的内容,这是再简单不过的了。协议签得太匆忙,问题似乎也没有考虑清楚;你千里迢迢地回来奔丧,肯定还没有从父亲的死讯当中缓过神来。如果哪天你突然想修改那部分,我们可以向贝尔曼先生施压,让他重新起草……"

施压？向威廉施压？查尔斯犹豫了。无论如何，他都要在三点以前赶到牛津，有司机等着送他去码头，准备明天渡海。

"协议完全符合我的心意。"

听到查尔斯的口气变了，律师抬头看他。

"如此的话……"如此也罢。通过这一纸协议，查尔斯已经得到他想要的了。不管他得到的是什么，他都不会放手。那就这样吧，反正他也没有想过要和威廉·贝尔曼讨价还价。

律师后来私下考虑这件事情，不过是想确信自己已经维护了当事人的最高利益。"应该不会很多的，是吧？超出目前水平的利润……"他摇摇头。工厂正在全速运转，哪里还有多少利润上涨的空间呢？

查尔斯提前做好了出发的准备。既然马车也就绪了，那还等什么呢？他一点也不留恋这里。现在意大利才是他的家，那里有他爱的人。他对这里一无所求，工厂或房子；挥别了这两样东西，他如释重负。可尽管如此，一想到以后再也不用回来，他的心里仍然怪怪的。

离开惠汀福的时候，马车一直沿着通往威廉家的那条路走。他和威廉没见上几面，但他看得出，工厂交给威廉是万无一失的。威廉的生活很令人羡慕，可老天知道，他没法过这样的生活，一天也不行。值得安慰的是，他和威廉的女儿一起画过风鸦，共同度过了那无比快乐的一个小时。他甚至产生了从未有过的念头：他希望有个像多拉这样的女儿；阳光灿烂的下午，他们坐在花园里，他教她画画。这念头吓了他一跳，希望的泡沫在它产生的瞬间破灭了。

想到他们一起画的风鸦，他转过头，朝另一个方向望去。河岸过去，穿过田野，就能到达那一片橡树林。橡树茂密得一如他十岁那年。曾经有一颗石子在那里画出了一条完美的弧线，弧线的一头连着威廉和他的弹弓，另一头是树枝上的一只风鸦幼鸟。那时候，这看起来简直是奇迹。即使放到现在，他也觉得不可思议。当时弗雷德也在场，还有卢克。他想起卢克已经死了，是父亲写信告诉他的。正是卢克把风鸦的一只翅膀张开，让五彩斑斓的光芒从黑色的羽毛中释放出来。那光芒到现在都依旧刺眼，以至于他不得不擦去眼中的一滴泪。

他提前到达了牛津，因而有时间去特尔街买素描本和铅笔。他安排人把这些东西给多拉送去，之后便换上新的马车，开始下一段旅程。

21

威廉在考虑斯特劳德的问题。那些工厂主想挖他的墙角，把他为贝尔曼家族工厂量身打造的团队——织工、漂洗工、打包工挖走。大家都以为钱能解决问题，而实际却并非如此。为什么要为同样的产出支付更高的工资呢？他不愿意用钱来维持现状。钱应该有更大的用途。

他想到一个更妙的主意。

一个晴朗的早晨，面包师的儿子来送面包，威廉正好在厨房里。"回去告诉你的父亲，说我想见他，好吗？他可以到这儿来找我，今天下午。"

下午三点，面包师弗雷德·阿姆斯特朗出现在威廉的厨房门口。

两个男人握手。

曾经有一段时间，弗雷德·阿姆斯特朗是这座小屋的常客。那时，他们都还是毛头小子。威廉要跟着贝尔曼家的堂兄去上学。上学之前，他和弗雷德会一起在这儿吃苹果，就在这个台阶上。

可现在回忆起来，面对威廉本人，陌生人一样握手的他，弗雷德觉得一切都恍若隔世。他该叫这个人威廉吗？几年前，他们还偶尔在红狮酒吧喝酒。而如今,他的童年伙伴摇身成为工厂的经理,与他形同陌路。也许他该称呼他为贝尔曼先生?

弗雷德看了看四周摆放的打包箱:"你在搬家,我听说。"

"是的,我们明天就住进磨坊屋了。"

"面包还好吧?要是有什么问题……"

"面包很好,我还想多要些。"

他们两人俯身靠在餐桌上,威廉摆出了他的计划。每天都要有那么多的面包圈送到工厂,而且必须在某个时间点之前。

弗雷德懵了。

"这是我支付给你的价钱……"威廉把数字写在一页纸上。这是个不小的数目,足以让弗雷德瞪大双眼。"单价就是……"威廉给出了每个面包圈的价钱。

面包师摘下帽子抓自己的脑袋:"这可办不到啊。"

"办不到?"

"不是价钱的问题。我目前只有两个帮手,另外,要做这么多面包的话,必须多两台烤炉才行。"

"坐下。"威廉用下巴指了一个板条箱。

接下来,工厂经理和面包师并排坐在一起,共同探讨了一系列的数据问题。不管他们过去有过什么交情,他们现在都成了精明的生意人。他们计算出大批量订单可能节省下来的面粉开销,再把这笔省下来的开销计算到购置两台新烤炉的费用里面。另外,他们还算出了额外所需的人工费用。

"我有一个手下在面试来工厂求职的年轻人。如果他发现有人适合面包坊的工作,他就让他们过去。"

终于,经过每一个细节的协商、每一个数据的计算,那笔看似不可能的买卖有了结果。所有的困难都得到了解决:大到威廉为购置新烤炉向弗雷德提供的贷款,小到让弗雷德的父亲临时出面指导前期的工作,没有一处障碍未被扫清。最后剩下的是弗雷德能赚取的额外利润。"这是每周的……"铅笔快速地划动,"每个月的……"

又是潦草的一笔,"每年的……"铅笔一挥而就。

直到买卖敲定、两人握手的那一刻,弗雷德才找回了与威廉打交道的感觉。

"你的堂兄查尔斯是不是刚刚离开惠汀福?"弗雷德想在临走之前顺便聊几句。

威廉点头。

"说到卢克……"

威廉在检查一只板条箱,同时从清单上划掉什么东西。

"是你把他从引水槽里面拖上来的,我好像记得?"

威廉含糊地点头,他的眼睛看着别处,明显没有真正在听。

"好吧,你明天要搬家,会很忙的。"他清楚忙起来是什么样子,他也是个大忙人。

他们再次握手,弗雷德回家了。

"这是威尔·贝尔曼为我的人生带来的第二次重大转折。"他回家后告诉珍妮。

"那第一次呢?"

"如果当时不是他鼓励我,我不会有胆量追求你的。我不太会和女人打交道,要是你还记得。"

珍妮确实记得。她回忆起那一天,小河边上,她光溜溜的大腿掩藏在莎草里。而她丈夫回忆起的那一天,有一副完美的弹弓射出一颗石子,石子在天空划出一道完美的弧线,击中了一只完美的黑鸟,那黑鸟的身上闪耀出紫色、淡紫色、蓝色的光亮。

"他明天就把家搬到磨坊屋去了,"他告诉妻子,"不消说,他的堂兄查尔斯不想自己管理那地方。"直到吃晚饭的时候,他都还想着过去的事情,说道:"我就知道他会有出息的,那个威尔·贝尔曼。"

在一个小镇上,面包师要购置两台新的烤炉,此事必然会传得沸沸扬扬。消息不胫而走。原来是威廉要给工人们免费提供早餐。

除了面包，奶牛场的人也会配送牛奶。这消息逗乐了他的对手们。难道这家伙的脑子进水了吗？

威廉是在冒险，他自己知道。每天要为四百个工人提供一个面包圈和一杯牛奶，这到底能减少多少生病和缺席的人？有多少家庭会为了这份早餐而甘愿留在贝尔曼工厂？

谁也说不准这个办法能否奏效，但生活中有什么是说得准的呢？不过是在估量各种可能性罢了。而贝尔曼估量的结果是，他的计划很有可能成功。必须大胆尝试。

结果证明，他发现自己多少有点低估了面包圈和牛奶的威力。缺席的人少了，生病的人少了，产量增加了。雇人也越来越容易，人们争相来贝尔曼工厂应聘，只有被他淘汰下来的人才有可能被斯特劳德捞走。

人手的问题解决了，他现在可以专注于扩大产能的问题。通过铁路来运送煤炭，再加上他想要在特纳家的土地上建造蓄水池的计划，他可以将产能扩大一倍。他的工程师下周一就动工。

22

菲尔拖了一只红色毛毡口袋到桌子边上。保罗扛了一只在肩上，活像个偷东西的贼。多拉端来大碗，他们的母亲罗斯则拿来大壶。等餐桌上的一切都准备就绪后，菲尔和保罗爬上椅子。威廉打开系口袋的扣，每个男孩各负责一只口袋。

"各就各位，预备，开始！"

硬币从口袋里哗啦啦地流出，又发出叮叮当当的巨响，令男孩们惊叫不已。菲尔把手伸到口袋的底部摸索，以防有漏网之鱼，还好没有。保罗在检查已经装了大半碗的硬币。"这儿有个很黑的硬币，看。"他一边用手指搅动硬币，一边说道。

接下来该多拉上场了。她小心翼翼地把大壶倾斜,开始倒里面的醋。她感到自己责任重大,不敢漏掉一滴。浓烈的醋味立即充满了他们的鼻腔。只有保罗提前做好准备,用手指捏住了鼻子。

"我们能搅醋吗?"男孩们想知道。

威廉看看罗斯。对于这类每周都有的活动,他愿意放手让孩子们做。

"他们的手肯定整天整夜都能闻见醋味的。"她说,但她知道自己的丈夫喜欢看到孩子们这么高兴。"那好吧。"

于是两个男孩把手伸进碗里搅来搅去,好像醋和硬币成了圣诞节的蛋糕。等到保罗认为它们已经充分搅拌均匀时,威廉用一把大钥匙将碗锁进了一只大铁箱。男孩们则不得不反复洗手三遍。

可不管他们如何用肥皂搓洗,醋的味道始终无法去掉。他们带着满鼻子的醋味入睡,梦里都想着第二天会看到的精彩场面。醒来之后,他们闻到的第一件东西就是那股子醋味,可期待的欣喜让他们哧溜下了床。

尽管多拉比他们年龄稍大且参加过上百回此种仪式,她也看不腻这样的场面:那黑了吧唧、浑浑浊浊的醋从漏勺的孔里流出,剩下崭新的硬币在漏勺里闪闪发亮,跟铸币厂新做的一样。用清水漂洗几次过后,罗斯叫保罗和菲尔把硬币擦干再按照面值分好类,多拉则负责捡那些不听话的、要滚落到地上的硬币。

今天,威廉把女儿拉到一旁:"你现在几岁了,多拉?"

"我十岁了啊。你知道的。"

"真是凑巧啊!我今天下午正好需要一个帮手,这个人必须至少有十岁。"

她不敢相信父亲在询问她那件事:"你是想让我帮你给工人付工钱吗?"

这种事一般由母亲出面。可她现在身怀六甲,下午偶尔要休息。因此,多拉有了代劳的机会,这让菲尔和保罗眼红得不得了。等苏西和梅格把桌子从大厅搬到走廊之后,多拉被安排坐到父亲的身后。她从托盘里把硬币数出来,她的父亲则把支付给每个人的数目记录在账簿上的姓名旁边。

整个下午她都忙着数数。给漂洗工的是这么多,给纺纱工的是这么多,还有给她最喜欢的哈姆林和甘比恩先生的是这么一大堆。尽管工作的节奏很快,周围又有那么多嘻嘻哈哈的声音干扰她,她还是没犯一丁点错。最后拿到钱的工人是哑巴格雷格,他因为有毛驴而多得了一份。等他把钱拿走之后,多拉糊涂了。托盘上怎么还剩了一枚硬币呢?她的计算应该精确到每一个便士呀。她满脸疑惑地看着父亲。

"难道你漏掉谁了吗?"他问。

"没漏掉谁啊!"她说,"也没有谁的工钱会是每周一便士吧。"

他吻了她着急的小脸蛋。

"那数钱的这个小姑娘算不算呢?她能得到每周一便士的工钱吗?"

她埋怨父亲让她误以为自己犯了错,父亲欣然接受。占了上风的多拉不依不饶,为帮忙清洗硬币的弟弟们也讨要了一便士的工钱。"你总不希望他们跑到别的工厂去清洗硬币吧,父亲?"

"当然不了。"他必须表示赞同。

"她可真会讨价还价。"他后来大笑着告诉罗斯。他当时正在为妻子脱下那双挤压脚踝的鞋。

"那我呢?"他的妻子问道,"我能得到什么?我可是拿了装醋的大壶的,记得吗?"

"你也想要一便士吗?都像这么给的话,我不知道工厂还能坚持多久。"他假装往口袋里摸硬币。

"我要个吻就可以了。"她笑了,露出牙齿上的小细缝。

"你能要上一千个,且价格实惠!"

他从她圆滚滚的肚子上俯身过去吻她。

接着又是一吻。

那天晚上，时候已经不早了。他用手指耐心地为罗斯散在枕头上的头发打了一个死结。"如果没有你，我都不知道自己该怎么办。"他小声说。

"嗯，"她迷迷糊糊地应了一声，"你洗手了吗？我还能闻见醋味儿。"

他们睡着了，但没有睡多久。

罗斯在半夜里惊叫着醒来。几个小时后，又一个婴儿来到这个世界。是个小女孩，名叫露西。

23

它确是一幅好画，也许都超过了一般的好。题材处理得很恰当。那只鸟瞪着黑眼珠，以智慧和不逊的目光面对观众。它的身后是典型的意大利风景，可在查尔斯的心里，它勾起了温德拉什的回忆。他应该买下它吗？

他现在偏离了以前的生活轨迹。他跑到了都灵，因为那所被他称为家的房子让他难以忍受。过去的十八个月，本来有个年轻画家与他分享那所房子，可他走了。"我必须结婚了，"他解释过，"我有双亲要顾虑。我的生活不像你。"查尔斯流过眼泪。他还能指望什么？这不是第一次了，也不会是最后一次。每个人到最后都要结婚。可这一次的伤痛超过了上一次，因为他有了一些不切实际的幻想。他无法承受幻想破灭的痛苦。

因此他选择了离开，眼下就到了都灵，站在一个画廊里欣赏一幅画，并联想起另一个令他难以忍受的家。

这幅画令他回忆起自己童年的某一天。那天也有一只风鸦，一架弹弓。当他想到威廉，想到他简简单单的幸福，他的聪明才智，他那自然而然、水到渠成的生活，他的眼眶一时闪起了泪光。他想到了多拉，他堂弟的小女儿。又想到了黑色与五彩缤纷的颜色。

他要把这幅画买给多拉。

他挤掉眼泪，转头去找画廊的老板。能否把画送到他的旅店呢？就今天晚些的时候？他用意大利语说了声"谢谢"。

几个小时之后，旅店的前台收到送过来的画，并招呼一个小伙子给楼上那位英国先生送去。小伙子敲门没人答应，他就以为贝尔曼先生出去了，自己打开了门。查尔斯的尸体就是这样被发现的。

一封信从意大利寄来，是陌生人写来的陌生文字。威廉不得不从牛津找人来翻译信的内容。

"可我们没听说他病了呀，"罗斯不愿相信，"是意外吗？他究竟死于什么？"

翻译轻轻咳了一声："这封信没有说明死因。"

威廉让这意大利人出去说话。

"我的堂兄是自行了断的吗？"他站在门口低声问道。

翻译舔舔嘴唇："信的内容允许读者做这种推断。"

自从上次奔丧回来短暂停留之后，查尔斯还写过几次信。罗斯把信从她的桌子上拿过来，大声朗读了几段。查尔斯在某杂志发表了几首小诗，尽管杂志并不出名。他去了意大利某个风景独特的地方，还仔细描述了那里的山峦。他在去巴黎的路上买了一张小的法式桌子，桌子的做工一流，可惜不适合摆在他预先想好的地方。

威廉不喜欢妻子手里的那几页纸，白纸黑字的，看起来像一个死人在通过妻子的嘴巴说话。他也不知道怎么跟妻子说。

伴随一阵尖利的哭声，妻子放下了信纸："噢，威廉！想想看，他可不比你大多少！"

他比我大三周，威廉想。

威廉去找他的算盘，留下罗斯继续读信。

一周过后，第二封信到了。这一次，信上全是英语。语言的组合方式很怪，是那种风格浮夸的法律条文，必须读上两遍才能看懂。信的意思倒很明确。

作为一个有钱人，查尔斯的生活方式不算太奢侈。他喜欢品点酒，抽点雪茄；他热衷于绘画作品与家具，但他租住的房子却不大，装潢得也还适中。除此以外，他没有过多的花销。

查尔斯的家具留给了一个指名道姓的被称为"画家朋友"的人。尽管不是太出人意料，但这的确是一笔丰厚的馈赠。

他的钱、工厂和磨坊屋都留给了威廉。

多拉得到了他收藏的画作。

24

在威廉的脑子里，有一根神经始终在算计。不管威廉愿意与否，反正他阻止不了它。他只比查尔斯小三周，准确地说，就是二十一天。查尔斯死后六天，他们得到消息，剩下的日子也就十五天而已。威廉尽量不让自己闲下来，希望工作能麻痹自己，忘记脑子里的那把永不停歇的算盘。然而，他收效甚微。

倒计时终于结束，他等到了那一天。我现在到了我的堂兄去世的年纪了。那天是周日，没有工厂里的喧嚣和忙碌来分散他的心思、安抚他的焦躁。还有什么东西在他的胸口里小鹿乱撞似的，更增添了他的不安。

"罗斯！"

正在玩球的孩子们停了下来。保罗去看多拉，她判断得出来他们是否过于紧张了，她已经十岁了。

吼声又来了，这一次更像是咆哮："罗斯！"

多拉扔下球。"照看好露西。"她告诉弟弟们。

保罗和菲尔站成警卫的样子，守护着熟睡中的小妹妹。多拉穿过草坪，跑进屋子。

多拉跟着父亲的声音找到了他。他正躺在书房的地板上，一面痛苦地呜咽，一面无助地喘气。他面如白纸，浑身都在抽搐、颤抖。

"母亲还没有回来，"她试着告诉他，"莱恩夫人也出去了。"

"壁炉！"他颤抖着说。

她看看壁炉，昨天晚上的炉火已经熄灭了。

"听！"

多拉听了听。她的听觉很敏锐，她听见走廊里老钟的"嘀嗒"声，远处河水的奔流声，她前倾时地板发出的"吱呀"声，她转头时头发在耳际滑动又停止的声音，还有父亲急促的呼吸声。

"没听见什么呀。"她说。她说话的同时，父亲大喊一声："来了！"

这一下，她确实听到点动静，可那一点动静全被她自己的说话声淹没掉了。太过于轻微、难以察觉的响动，几近于无声。

她靠近壁炉架，把耳朵贴上去仔细听。

她的父亲由于惊慌而喘着粗气。她将一根手指放到嘴边，示意他安静。他瞪大眼睛看着她。

响动又来了，沉闷的响声，好像有什么东西在动的响声。而且，这一响伴随了簌簌落下的煤灰，吓得她父亲浑身一哆嗦。

"有一只鸟困在壁炉里了。"

他盯着她。

"就是这么回事。"

他没办法站起来，她就扶他起来，带他到客厅，让他坐进一张宽大的扶手椅，脚抬起。她又拿来一张毯子轻轻地裹住他。她伸手摸他的额头，把他的头发向后梳。

"好了,"她说,"现在没事了。"

接着她回到书房,锁上门。她踩到椅子上,把窗户尽量打开。她一边等,一边玩起了算盘,并在父亲的记事本上加了一条任务:"给多拉一便士。"

壁炉里的煤灰"沙沙"直掉,一个黑色的小不点终于冲了出来。它仓皇地扇动翅膀,想突出重围,却"砰"地撞到天花板上、窗户上、墙上。接着,有一阵翅膀带动的风拂过她的脸庞,那只头晕眼花的小鸟竟然奇迹般地找到敞开的窗户,一跃而出了。

灰色的粉尘仍然在房间里飞舞。煤灰的味道直呛多拉的喉咙,也刺激她的舌头。

好了,看看吧!多么糟糕!多么美妙啊!那只鸟在墙上和天花板上留下了一幅幅画作,全是模糊的羽毛印迹。连窗户上都印上了一抹幽暗的灰色。

她再次爬上椅子去关窗户。她把脸凑近玻璃,仔细研究起煤灰的形态。这里有羽毛构造的精准再现:包括一根中心羽轴和密集的羽支。这里不过是羽尖的抽象表现,可不能让父亲看到这些。

天花板和墙上的印迹都够不着,窗户上的倒是被多拉用袖子抹去了。她的袖口上多出一团黑色的污渍。

可怜的小家伙。

既然房间里没什么等着要看的,多拉盯着天空看了一会儿。天上也没什么可看的。

她又再看了一会儿。

几周之后,多拉和母亲坐在一起欣赏画作。她们把玛丽叫了过来,她是莱恩夫人的女儿,多拉的朋友。等她们决定好哪幅画放在哪个地方之后,玛丽就帮忙把画搬进不同的房间。女孩们对某些画作倾心不已,对某些又嗤之以鼻。她们一起从板条箱里拖出来另一幅画,并拆开了上面裹着的麻布。

"噢!"多拉惊叹。她正看着一只风鸦,一只黑得发亮的风鸦。

"你喜欢这幅,是吧?"罗斯对女儿的品位感到不解。

"它正看着我呢!"多拉笑了,"你看不到吗?我觉得它在笑。"

她把画举起,好让母亲和多拉也能看清楚。罗斯歪着脑袋,不经意间模仿了画中鸟的姿态。她微笑着说:"你怎么看出来它在笑的,我实在搞不清楚。不会是用那张尖嘴来笑吧!话说回来,这幅画准备放哪儿呢?"

多拉的脸色变了:"父亲不喜欢鸟。"

"他不喜欢?"

多拉拿起麻布把画重新裹好,再用一根细绳系好。"我把它藏到我的床底下。等我长大了,结婚了,有了自己的房子再说。"

罗斯没有反对,她觉得那幅画确实太怪异了。

25

工厂经营得很好。免费早餐实现了应有的价值,生产力提高了。新修的铁路运来了更廉价的煤炭,也就意味着布料晾晒对天气的依赖性减小了。工厂最新投入的烘干房,采用煤炭供热的蒸汽管道来烘干布料,能让布料质地更柔软,卖价更高。威廉已经从特纳手里买到了土地,等他规划的蓄水池建好之后,水位对生产力的影响就更小了。降雨量低的时候,他们只需从蓄水池中放些水到引水槽,就能最大限度地为生产提供水能。一旦影响动力的不确定因素减少,威廉就能预测产出,确保交货的时间,从而留住客户,吸引订单……是的,所有的一切都在按照他的想法运行。

总有新的客户找上门来。他有办法将陈旧过时的设备淘汰掉,为梳毛机引进新的、改良过的原材料。他还非常英明地给其他工厂主提供了几笔贷款。如果他们的经营遇到麻烦——正如他所期待的那样,他将是第一个得到消息的。他已经开始琢磨如何在贝尔曼工厂以外进行扩张。

有消息带过来，说罗斯娘家的农场出了一场事故。她哥哥的孩子本来在骑马，谁知马扬起前腿，把孩子摔了下来。孩子本人只受了点皮外伤，可罗斯的母亲，因为冲过去救孩子而被马蹄子踢中，正神志不清地躺在床上。

罗斯能回去一趟，照顾她的母亲吗？

莱恩夫人同意照看孩子们，罗斯便去了。

六天后，她给威廉送来消息，说她的母亲去世了。

他早上骑马赶到农场，和他的岳父、舅子们一起参加葬礼。罗斯和姐妹们则待在家里哭丧。

事情早有安排：威廉和罗斯将在第二天一起返回惠汀福；今晚，他们要在农场过夜。罗斯服侍了母亲六天六夜，又伤心了两天两夜。现在她的眼泪都流光了，想哭也哭不出来了。悲伤和疲惫令她憔悴不已，只剩下睡觉这唯一一点慰藉，当然，还要加上爱人的陪伴。她吹灭了蜡烛，转身朝向他。他躺在她的身边，木呆呆、紧绷绷得像个陌生人。

"葬礼上有个男人，"威廉在黑暗中说，"我不认识他。"

罗斯知道他希望得到回应："葬礼结束后，他和其他人一起回农场了吗？"

"没有。"

那他干吗问她呢？问一个没见过这个人的女人有什么用呢？出席葬礼的都是男人。为什么不去问问他们？这些话她一句也没说出口。"我的哥哥应该知道，我猜。"

她的语气捎带着尖刻。但她很快原谅了自己，因为她确实有太多的情绪。同时她也原谅了丈夫那不合时宜的问题。

她向他伸出一只手臂，想寻求点安慰。"你失去母亲的时候，是什么滋味？"她以为让威廉回忆起自己的伤心事，他或许能知道如何安慰她。

"他也在那儿,她的葬礼上。"

他的语气里带有她熟悉的感觉:紧张、无休无止。于是她的心也跟着紧了,今晚她别想从他那里得到什么了。

"他一身黑衣。"

她在黑暗里皱起眉头:"他肯定穿黑衣啊,威廉。其他几十个人都穿的黑衣。"

罗斯收回了手臂。他没有意识到她刚才把手放在他的胸口上,也就没有去握那只手,更没有把她抱进怀里。

要是她没法让威廉的手轻轻抚摸她的头发,她就干脆一睡了之。她至少得让自己有觉可睡。

她翻了下身,把头靠在枕头上。

"他也在保罗的葬礼上。"

她一言不发,就快就要睡着了。

"应该有办法找到答案的。有谁是既认识你的母亲又认识我的母亲和保罗叔叔的?同时认识他们三个的人不会多吧。"

她的眼皮越发沉重了,脖子和肩膀的肌肉也松弛下来。下颌微微张开……

威廉却开始坐立不安。床要么垫得太高,要么太矮。他热得难受,必须打开窗户。好了,现在屋里有风了。

罗斯忍不住叹气:"他长什么样,这个男的?"

她朦朦胧胧地听见威廉描述这个样貌独特又无法用简单的语言来形容的男人。

罗斯觉得他根本不清楚那男人的长相。"他比你高还是比你矮?"她有气无力地提点他,"他留胡子没有?是白皮肤还是黑皮肤?"

信息太少了。他和威廉的身高差不多,至于他是留了胡子还是刮得很干净,威廉觉得他应该记得,但不知什么原因想不起来了。不过,他确实是黑皮肤。这一点毋庸置疑。

我能睡着,她想,只要他安静下来,别烦我就行!

她太了解威廉了:但凡有个什么问题,他都要找到解决办法才肯罢休。可他的描述太模糊了，套在谁的身上都可以。况且，她的母亲刚刚去世，她只想睡上一觉。

"我猜可能是我的杰克叔叔吧。"

"他长什么样？跟我说说看。"

"跟你差不多高，黑头发，以前经常留胡子。现在说不一定了。"

"你的杰克叔叔怎么可能认识我的保罗叔叔呢？"

"我觉得他年轻的时候在惠汀福住过。"

"啊哈！所以他有可能认识我的母亲？"

"很有可能。"

他现在心情好多了。他又在床上翻了一次身，这是他最后一次、彻彻底底地变换姿势。好不容易！她想，这下，他该睡了吧。

他确实睡了。

罗斯曾期待这样一个夜晚能带给她同样的慰藉。然而，他没有。她的母亲去世了，她躺在一张陌生的床上，身边睡着一个形同路人的丈夫。此刻，她反而疲惫得不能入睡，正如她心痛得无法流泪。

26

吃早饭的时候，罗斯打开了她的信，然后皱起了眉头。

"有麻烦？"

"我叔叔死了。"

威廉舀粥的勺子停在半空："哪个叔叔？"

"杰克叔叔。"

威廉心中一喜，但他没有多想自己怎么高兴得起来："什么时候举行葬礼？"

"周四。不过你不必去,修蓄水池都够你忙的了。我长大以后就没有见过叔叔,没人会介意的。"

威廉咽下了粥:"我能空出半天去一趟。"

享受着安逸生活的威廉发现自己很期待这次葬礼。那个从未和他说过话的男人,既然他已经命归黄泉,也没有必要再对他心存芥蒂了。在骑马去上威奇伍德教堂的路上,威廉心情舒畅得感觉不像是去参加葬礼。

教堂的门口似乎有人在等他,是那个黑衣男人。威廉大惊,胸口一阵刺痛。那家伙的眼睛正朝着威廉的方向眺望,眼中带有不合时宜的戏谑的神情。他仿佛只是被威廉诧异的表情逗乐了,宛若他早就知道了威廉的误会,正准备拿他开涮。

当那个家伙向他走来,像要迎接他的时候,威廉吓了一大跳。此时此刻,他就等着黑衣男人开口说一句话:"你正是我要等的人!"事实上,这些话全都写在他的脸上了。可其他参加葬礼的人也到达了教堂。黑衣男人不得不把路让出来。等那些人通过以后,他也随着人流离开了。离开之前,他还回过头,冲着威廉做了一个得意的手势。像是在说:下次吧!别着急!

任何人注意到这手势都会以为它表达了祝愿和友好之情。

威廉气不打一处来。

有一个比现在流传的要古老很多的故事。故事说的是两只渡鸦（渡鸦其实就是个头大点的凤鸦），它们给北方的神做伴，并充当顾问。其中一只名叫胡金，在当时当地的意思为"思想"；另一只名叫穆尼，意为"记忆"。它们住在一棵神奇的白蜡树上，那里是不同世界的交汇点。所以它们能轻松地从枝头飞到各个世界，为欧丁神搜罗消息。别的生灵都无法跨越边界，从一个世界到往另一个世界。只有"思想"和"记忆"，它们高兴去哪里就飞到哪里，随随便便地离开，再乐呵呵地回来。

"思想"和"记忆"有不少后代。它们都具有超强的智慧，能把祖先们积攒的丰富知识继承下来，再流传下去。

有一些后代就正好居住在威尔·贝尔曼家附近的橡树上。那只被射中的幼鸟不知是第几代的后辈了。

在威尔·贝尔曼十岁零四天大的那天，这些凤鸦为死去的幼鸟做了哀悼，之后便离开了那个危险之地。它们再也没有回来。

那棵橡树依旧挺立，你随时都可以去看它。是的，就是现在，你存在的时间。但你看不到一只凤鸦驻留枝头。它们仍然记得过去的伤害，"思想"和"记忆"就刻在它们的骨子里。它们什么都知道，从不忘却。

既然说起了渡鸦，顺便提一句，用于渡鸦的集合名词是"无情"，可以说一"无情"的渡鸦。对于"思想"和"记忆"来说，这可有点难解了。

27

"太棒了!"

贝尔曼和建造师、工程师站在一起,看着分流出来的河水逐渐填满蓄水池。在引水口,河水惊讶于自己被改变的流向,形成惊涛拍岸、飞沫四溅的气势。在更远处,河水慢慢停歇,变得平静而驯顺。真是壮观的场面。几千加仑的河水被蓄积于此,即使将来遇上干旱,河水水位下降,工厂也能凭借这蓄积的水维持生产。它能排除运气、风险和不确定性因素,确保工厂的效益。

一个小子从工厂跑过来,上气不接下气。

"有什么事先等等,"贝尔曼告诉他,"我正忙着呢。"

二十分钟过后,这小子又跑回来,抱歉地说:"贝尔曼夫人执意要你即刻回去。她说你不回去,我也不能回去。"

贝尔曼蹙额。他想留下来见证这一时刻,此外什么也不想要。这是他多年的梦想。在他第一次见到水车工的时候,他曾驻足观察水车的运转,从那时起,他就知道工厂需要这样一个伟大的工程。现在,这梦想终于实现了!

可罗斯需要他。她知道今天是什么日子,她不会无缘无故地派人来找他。

他刚走进大厅就闻见一股刺鼻的烧焦的味道,他拉下了脸。

没等他来得及找到那气味的来源,一个面目全非的罗斯跑下楼来。她的头发从发夹里跑出来了,乱蓬蓬的,她的脸忧虑、苍白。

"谢天谢地,你总算回来了!"这个陌生的罗斯开口说道,连声音也变得很陌生,"露西发高烧了。"

"你请医生了么?"

"医生刚走。我们正要隔离她，"罗斯气呼呼地说，"我们必须让别的人远离她。"本来一直控制住自己的罗斯此时突然掉起了眼泪。"噢，威廉！我们得替她剪掉头发，扔进火里烧掉。"

这正是那股怪味的来源。

罗斯用袖口"呼啦"一下擦干了眼泪。他安慰了她两句："还会再长出来的，她人在哪里？"

贝尔曼得知连他自己都不能接触小露西。他赶紧把梯子靠墙架起来，再爬到病房的窗口边上。窗户里面，主动为罗斯分担的莱恩夫人正俯身照看着小床。

他用指甲轻轻敲窗户，莱恩夫人转过头来。

小床上的孩子已经不是他之前看到的露西。她白花花的头皮让他大吃一惊，模样也似乎消瘦了。但她不可能消瘦，他昨天才见过她。她对这个世界的美好向往依然强烈，足以让她满怀期待地看着父亲，希望得到一点快乐。可当她意识到父亲不会走进来、解除她脑子里的疼痛时，她皱巴着脸，再次伤心地哭起来。

哭声很响、很大。他和罗斯生出的孩子个个都身体健壮，拥有强大的心肺功能。她会挺过去的。乖孩子！

他往梯子的下方挪了一步，迫使自己不去看孩子那张哀求的脸。接着，他回到了地面。

罗斯颤抖着说："我不能眼看着她这么受苦。我必须去照顾她。"

"我们还是听从医嘱吧。露西是个坚强的小女孩，莱恩夫人是个好护士。一切都会好起来的。"

"会好起来吗？"

他握住罗斯的双手，冷静、沉着地看着她的脸，直到她停止焦虑的抖动。

"是的，"她深吸一口气，露出勉强的笑容，"当然会好起来的。"

桑德森医生当晚又来了。他看望了病人，跟莱恩夫人做了交待。之后他去客厅见威廉和罗斯。

"我已经尽力了。很抱歉，我确实无能为力了。现在还有时间做祈祷。"

罗斯不顾一切地跑去病房，谁也劝阻不了她了。

威廉简直不敢相信自己的耳朵。他一直以为桑德森医生是个好医生，在惠汀福众多医生当中，他的声望是最高的。威廉立即派人去找别的医生，却得到一张字条，上面写着：镇上发高烧的人太多了，医生整晚都要为他们诊治；他只能明天一早过来看露西。

正当威廉读字条的时候，莱恩夫人的女儿进来了。尽管她努力让自己不哭，但她显然已经哭过很久。"贝尔曼夫人说时候不多了。该做祈祷了。"

他微微点头，跟着她去了病房："为什么不是苏西或者梅格来通知我呢？"

"她们都走了，先生。她们害怕被传染。"

刚一走进病房，威廉就开始询问莱恩夫人，问她是否做了这个，是否做了那个，频率如何，持续了多久，等等。"我不是怀疑你做错了什么，"他解释道，"正相反，我非常肯定你已经尽心尽力了。我只是想了解整个治疗的过程。"

他问得很细致。莱恩夫人一边忙着照料垂死的孩子，一边还要回答问题，有点手足无措的感觉。

"威廉，"罗斯小声呵斥了一下，可他继续问个不停，"威廉！"

他吃惊地看着妻子。

"我们现在能做的就是让她安息。别再打扰莱恩夫人了，和我一起跪下吧。让我们为她的永生祈祷。"

他从未见过妻子用这般命令的口吻说话。于是他到她的旁边跪下，双手合十，和她一起祈祷。

祈祷的同时，他的眼睛紧盯着露西，不放过任何一个细节。她几乎变得快认不出了。在高烧的折磨下，她迅速消瘦，只剩下皮包骨头。一张惨白的脸上双眼深陷。她全身都在抽搐,可她对此浑然不知。

他发现,妻子的眼睛同样没有离开露西。可她不是在观察什么,她的眼睛怔怔的,里面透出一股超然的力量。他知道,那样坚定的凝视背后隐藏着一颗激荡的心。但那颗心究竟经历了什么,他不得而知。

露西走了。

威廉困惑地站起来,离开了病房。他在客厅里来回地踱步。坐立不安的情绪令他难受至极。他总觉得自己必须得做点什么。露西走了,他不断地提醒自己,他得去把她找回来。从时间上来说,她不会走得很远,她才刚离开一个小时而已。他必须骑上马去追她,现在立刻赶紧!有一百次,他都抑制住要去马厩的冲动;可又有一百次,那股冲动自己跑上来了。即使不是想去马厩,那也会换成别的冲动:露西出故障了。她有些零件坏了,需要修理。他已经让专家试过了,但专家也无能为力。他必须亲自动手。他什么时候失过手呢?他的工具都在哪儿呢?我要尽快让她恢复运转,和新的一样好。

她已经死了,他反复告诉自己,可他的大脑毫不理会。没有什么是不可能的,一切都能挽回,出故障的东西都能修好。要是有什么办法能让太阳整个晚上都亮着,威廉·贝尔曼就是能找到那个办法的人。

他不停地踱着,试图找到一个解决办法。他没有找到,但他一直思考到天亮,直到新的问题出现。保罗和菲利普也病倒了。

现在他必须亲自出马了。

威廉骑马到牛津,向那里的医生咨询。回家的时候,他带上了硝石、硼砂、盐、乙酸氨与硝酸银。他打开一卷纸,里面裹着骆驼毛制成的刷子。他有柠檬油和柿子油,他还有一种膏药,抹上就能闻见丁香的味道。他教罗斯和莱恩夫人如何混合、计量和使用这些药物。

"把头剃干净,"他吩咐道,"我们没给露西剃干净。头必须要抬高,用事先浸过柠檬油的绸布裹好。脚要抹上丁香膏,用热毛巾敷上。不得有蚂蟥,不得出血。头三天只给孩子们喝大麦汁和米汤。三天过后,只能吃肉汤和鸡肉。把干的鸡肉密封到罐子里,然后蒸煮。孩子们每六小时排尿一次,每二十四小时排便一次。每天晚上都要把硝酸银涂抹在咽喉的溃疡处……"

事无巨细,他统统做了记录。他在小牛皮封套的记事本上列出各种清单和时间表。每次排泄,他都逐一核对。病房里发生的一切都能从本子上找到记录。

起初,男孩们对生病这件事闹不明白。有一堵痛苦之墙将他们和父亲隔开。他们从墙的这头看着父亲,不明白他为什么宁可站在那头写写画画,也不愿意伸过手来帮他们一把。他们苦苦挣扎,在病痛的折磨下缩作一团。

威廉查看他的记录,想从中发现规律和病情缓解的迹象。他尝试着改变时间安排和剂量。现在有缓解吗?还没那么快下结论吗?

当他离开病房的时候,他在每个房间里进进出出。有什么东西曾经是露西的?她玩过什么玩具?她用过什么毯子?她在哪张垫子上坐过?

"烧掉它!"

他们在花园里点起一堆很大的篝火。篝火从未熄灭过,因为总有东西被想起来要烧掉。男孩们的衣服、书籍、床垫。还有威廉在亲吻、拥抱他们的时候穿着的衣物!统统烧掉!还有罗斯,她穿过什么呢?磨坊屋里的每一个房间都被搜了个遍,每一个橱柜、每一个抽屉都没漏掉。这个洋娃娃,这顶帽子,还有这只蝴蝶结,"烧掉!统统烧掉!"

在儿子们的卧室里,他从床底下拉出来几只箱子。翻开箱子里的书、玩具、皮球,几乎所有男孩喜欢的东西,最后剩下两架简陋的弹弓。他把东西从卧室的窗户直接扔出去,吓坏了正在往火堆里添柴的园丁。

"把这些都烧掉！"

他站立的身子在发抖。他双手扶住窗框，想喘口气。等呼吸顺畅之后，他回到病房，拿起了记事本。

观察是首要的。只有通过观察，你才能明白是怎么回事。只有明白了是怎么回事，你才能采取措施。病痛也是一种运行机制，密切的观察总能揭示出其中的原理。剩下的只是时间问题。

威廉去参加露西的葬礼。葬礼时间很短，必需的。有太多的逝者等着入土。穿黑衣的陌生人向他鞠躬表示同情，但威廉几乎没有留意到他。等他回到家，他的两个儿子都先后过世了，时间相差不过几分钟。

罗斯正在他们的病床边上祈祷。她抬头看威廉，两眼放出亮光，喉咙泛红。

"亲爱的，"他对她说，"你病了。"

"那你最好把剪刀拿来。"

她解开了发夹。她从刀鞘里拔出剪刀，开始剪自己的头发。她将碎发扔进火里，然后上了床。

一天过后，威廉把罗斯交给莱恩夫人照料，自己则去参加儿子们的葬礼。真是奇怪的葬礼。亡者太多了，葬礼不光是为保罗和菲利普举行的，还有许多其他的人，有威廉认识的，也有他听说过的。所有亡者都必须在当天下葬，因为明天还会送来更多。前来送葬的人很少：人们要么自己生病了，要么在照顾病人，要么是害怕传染。来了的人或站或坐或祈祷——现场没有唱歌，因为没有唱诗班，也没有心情唱歌。他们三三两两地为各自的亲人哀悼，这个为他的妻子，那个为他的兄弟，另一个为他的孩子。他们没有安慰彼此，因为每个人都无法安慰自己，都想从别人那里得到安慰。做黑纱买卖的肯定能大赚一笔，威廉郁闷地想到。

威廉沉浸在繁复的算计当中。该如何度量丧亲之痛呢？如何为悲伤这种东西计数、称重、估价呢？他过去的确交了好运，他是第一个承认这一点的。可他不知道，好运也要付出代价。他现在就在偿还旧账。他估摸着,某处有个公正之神,看到事情进展到了今天这个地步(什么地步?扯平?),又会重新送来好运。他心里的那把算盘自动算了一笔肮脏的账:露西损失掉了,两个儿子也损失掉了。总共损失了三个亲人,他还有一个妻子和一个女儿。要想保住她们,这样的预期并不算高,也就是四六分吧。对交易的另一方来说,这是笔好买卖了。四六分。太诱人的买卖了。真没想到数字也能带来些许的安慰。

在墓地,威廉又见到了黑衣男人,他丝毫不觉得意外。那男人的丧服颜色很奇怪,不像是丧亲之人。他的模样也不像是有个妻子在家里受罪的人。他的脸上也没有整日整夜守在孩子病床边上的倦容。那么,他究竟为何而来?是因为威廉在这儿,他才来的吗?那男人的目光与威廉的相遇,里面竟饱含了老朋友的亲昵。这对于威廉来说实在难以抗拒,他今天没有力气再质疑那男人的来历了。于是他冲对方点点头。对方也做出一副殷切关怀的表情来回应他。

六四分?

了解你的对手,这是谈判成功的秘诀。可万一他的谈判破裂了呢?威廉感觉脚下突然就站不稳了。

一种办法失败了,就试试别的办法。总能找到办法解决的。

他深吸一口气。重新振作。

他回到病床前,继续料理裹在罗斯头上的湿绸布,涂抹在喉部的硝酸银,用勺子喂的肉汤,脚部的热敷,混合到糖浆里面的芦荟和盐……他想自己找到治病的办法。观察,理解,干预。他会成功的。

这些日子,威廉一直没上过床。他也没睡过一次好觉。有时候在罗斯的床边,等她上一阵抽搐发作完之后,下一阵还没有开始之前,他会在椅子上稍微打个盹。忽然有什么东西惊醒了他。他四下里看看,病房还是原来的病房。没什么显著的变化。

接下来,他意识到:那股刺鼻的气味是从走廊里飘来的。在这房子的某个角落，有人在烧头发。

他警觉地站起来，跑去找多拉。

一身白色睡袍的多拉正站在卧室的炉火边上。是一堆规矩的小火，肯定是她自己才点着的。她用刀刃在自己又长又黑的头发上滑动，再把碎发扔进火里。

"吵醒你了吗？"她说，"这味道太难闻了。我是不是该躺在自己的卧室里？还是到弟弟们的房间里更方便？所有护理用的东西都在那儿。"

他把剪刀从她的手中拿走。她美丽的脸庞显得如此怪异。头发只剩下一半，喉咙和脖子上都有红晕。"没必要剪头发，"他说，"我看不出剪头发有什么用。"

"噢，可我已经开始剪了。我还是继续的好。"

于是他替她剪，一边流着眼泪，一边把剪下的碎发扔进火里。他从她的后面移到侧面，又移回到正面，她的目光都始终坚定。她冲他微笑，一个淡淡的歉意的微笑。

28

罗斯的葬礼当天，威廉的心情并没有因为那陌生人的出现而有所好转。事实上，他很反感见到那男人。当他走近教堂的时候，那男人礼貌地给他让路；后来到了教堂外面，他又看到他，就在坟墓的边上。他四处张望的样子完全像是一个在夏日的午后出来闲逛的人。

当牧师为他的妻子祷告时，那个家伙没有露面，这让威廉松了一口气。可没过多久，当威廉拿起小铲准备给灵柩撒上第一把土的时候，他又看见他了。见鬼，他这个跟屁虫，竟然跑到墓穴的那边，和内德站在一起。厚颜无耻的家伙！他倒是直挺挺地站着看热闹,以为这葬礼是为他演的一出好戏呢。瞎捣乱,除了捣乱还是捣乱。

威廉想和那男人面对面地谈一谈,把话都挑明了,可今天不是时候。他决定不去管他,但他好像知道威廉的想法,特地转过头来看威廉。他甚至轻描淡写、打招呼般地点了点头,又扭头指了指门口,仿佛在说他待会到门口找威廉,有话要谈。威廉提起小铲,准备把土直接从墓穴口撒到那黑衣人可恶的笑脸上。可他"嗖"地溜走,不见了踪影。原地只剩下一脸惶恐的内德。

威廉把土撒进墓穴,接着快步走开了。

现实如此。他亲手埋了自己的妻子,他还埋掉了自己的三个孩子。他现在的任务是回家守候自己的第四个,也是最后一个孩子离开人世。

"她现在谁也不认识了。"莱恩夫人在病房门口告诉他。

面临死亡,他对任何情况都意外不起来了。一切都和之前发生过的一样。他跟他的孩子说话,发现她似乎认不出他来了。莱恩夫人不停地往多拉的额上敷湿毛巾;既然孩子听不见,她也不再说什么亲昵的话了。时间过得很漫长,他数着从眼前经过的拖延得过于空洞乏味的每一秒钟。莱恩夫人在祈祷,他默念"阿门"。

这一次,他们谁也没有抱希望。前几次所抱的希望让他们心力交瘁。威廉的心里仍然在习惯性地反抗,只是反抗的力量已经非常微弱。那种残存在他身体里的做父亲的本能依然对失去孩子愤怒不已。可他能感觉到的,就好比一所空房子里的一只苍蝇在愤怒地撞向一块玻璃。死亡令他臣服,他在死亡的奴役下步履蹒跚。

至于多拉,躺在床上的她连自己的父亲也认不出,这再正常不过了。头发剃光了,苍白的皮肤紧绷在瘦削的鼻梁上,双眼凹陷:这样一个形容枯槁的她,让贝尔曼无法联想起两周以前那个卷头发、红脸蛋的女儿。她的眼珠在眼皮下转动,她的呼吸声粗重、痛苦。她已经有半只脚踏进鬼门关了。

贝尔曼是有准备的。病况进展的每一个阶段,他都了如指掌;

这一刻的情况能让他预知下一刻。他几分钟、几小时地保持站立的姿势，双脚像在石灰浆刷过的地板上生了根一样，双眼则注视着孩子们离去。整个过程，他太清楚不过了。连病情恶化的每一步，他都能预见到。比如，他现在预测该有一次大喘，病人就真的大喘一声；他又觉得该有剧烈地抽搐，抽搐便立即开始。死亡之神把他调教得如此出色，他几乎可以为她担任监工。那工作好比一个乐队的指挥，熟悉所有的动作、节奏，把整个旋律的轻重缓急、抑扬顿挫都铭记于心。

根据他对多拉的判断，他觉得离终点还有一段距离。十小时，很可能是十二小时。

"你为什么不睡一会儿？"莱恩夫人建议，"你看起来累坏了。"

他离开病房，回到自己的卧室。罗斯的连衣裙还躺在床尾的位置，那是她临终前脱下来放好的。裙子的面料很结实，即使是脱下来，也还保持着主人胸部的轮廓。他伸手去摸，那轮廓便塌下来，失掉了罗斯胸中的最后一缕气息。他转过身去。他没法在这儿睡觉，他根本睡不了觉。

他去了红狮酒吧。

波尔接待了他，为他满上一壶苹果酒，对他们的旧谊新交只字不提。他静静地坐着，一杯接一杯地喝。他喝得慢条斯理，没指望能借酒浇愁。苹果酒只能抹平悲伤的棱角，对于饱含其中的无望恐惧却毫发无伤。

将醉未醉之时，威廉领悟了许多之前被他忽略的事情。这世界，这宇宙，还有上帝（如果有的话），都排好队来对付人类。根据这个最新发现的观点，他发现自己过去的好运不过是一个残酷的玩笑：诱使一个人相信自己的幸运，只为了日后更好地将他打倒。他认识到自己有多么的渺小，多么徒劳地试图掌控自己的命运。他，威廉·贝尔曼，贝尔曼工厂的主人，其实狗屁不是。这么多年以来，他都只相信自己的力量，从来不曾想到会有一个如此强大的敌人能在一天之内毁掉他。他的幸福，他的成就，那些他认为是靠自己的努力和智慧争取而来的牢不可破的东西，其实脆弱得就像蒲公英的种子；只消那个潜藏的对手轻轻一吹，一切都烟消云散了。为什么自己从来没有想到过呢？他想不通。他不是无所不知、无所不晓的吗？是什么把他蒙在鼓里这么多年？

他继续喝酒。他为自己能如此清醒地思考一个新鲜的问题感到兴奋，可他的头却不听使唤地越来越沉，直到最后完全压在手臂上。终于，他趴在桌子上打起了鼾。

波尔把他摇醒。她扶他站起来，送到门口。"回家去，威廉·贝尔曼。那儿不是个好地方，可也没得选。回去吧。"

外面一片漆黑。他觉察不出气温的高低，因为酒精已经麻木了他的身体，为他注入了一股令人颤栗的热量。他跟跟跄跄地走着夜路，他不知要去往哪里，只顾向前迈动脚步；一旦停下，痛苦会让他更加不堪重负。自成年以来，他的生活总是为着某个目标而奋斗。每一分钟，他都在积极地实现某个预设的目的。而这一刻，他想知道自己为何而活。在家里，他是无事可做的了，能做的都有人在做。家里不需要他，工厂也不需要他。他的那副惨相只会给工人们增添心理阴影。他们忌讳他，因为他的家庭悲剧令他们谈之色变。那么，他还能去哪儿呢？

在贝尔曼的脑子里，有一个部位能自动思索解决问题的办法。这到底是一种习惯，一种本领，还是天生的特质，他自己也说不上来。反正他从来不需要启动它，只要一想到它，它就立即运转起来。它实在是高效。往往连他自己还没有意识到问题的存在，它都把办法给找出来了。它像一根规律转动的发条隐藏在意识的后台，而意识的前台则处理那些即时的、肤浅而寻常的事务。在这样一个夜晚，他发现自己脑子里的这台引擎正在筛选几个对付强敌的方法。

选项一：达成协议。你得到这些，我得到这些，大家各得其所。可这个办法已经试过了，不奏效。选项二：买卖。多拉怎么能卖呢？即使这个对手愿意买（目前为止，他只干过破坏和偷窃的勾当），贝尔曼也不可能卖。买卖是做不成的了。选项三：藏起来。保持低调，谨小慎微，希望对手不把你放在眼里而放过你。太晚了，他已经被对手盯上了。看看还剩下什么？选项四：合作。到底怎么个合作法呢？这也行不通。回到选项一，达成协议。可他已经试过了……

思考的机器转个不停。冒出来的主意也越来越大胆：他可以破坏对方的组织！压低价格把他的生意挤垮！雇些流氓一把火烧了他的老巢，挖走他最好的人手，造谣说他的产品有问题！可这些主意对于现在要对付的敌人都是驴唇不对马嘴。疯狂的想法令他认不出自己。他从来不知道自己还使得出这样阴险毒辣、不计后果的手段。他不再是曾经的自己。他太累了，根本没法让那台机器停下来。况且，他都不知道怎么关掉它。以前从未有过这个必要。

他将如何生活下去，带着那份为无解求解的永无休止的焦渴？

协议，买卖，躲藏，合作。

这会把他逼疯。他已经快疯了。

为什么他的脑子就不能接受他一败涂地、无力回天的事实呢？

不经意之间，他走近了这里。那所见证他成长的小屋。田野是黑压压的一片，可小屋有一个棱角分明的长方形黑影，老橡树在黑色的天幕下伸展树枝。他开始往小屋走去。

现在有个新计划：如何让他的脑子停下来？

他来到橡树跟前，站到树下。这地方正合适。他感觉到了，他的脑子很清醒，运行平稳。

这根树枝足够结实，高度也相当。他可以从另一边爬上去，然后攀到这根树枝，坐在上面做好准备。等一切准备就绪，他就跳下去，垂直地往下掉，直到最终点。他全盘审视了一番，在脑子里把整个计划细想了一遍，看看哪里有什么纰漏，又做点小小的修改……计划完美了！

他所需要的只是一些绳了，而且他知道到哪儿去弄来！人们用绳子把棺材下到墓穴里,由于最近的葬礼太多,每天都有两三个,因此绳子就没有收起来,挂在通往地下室的台阶中间的钩子上。他之前见到过。那些绳子不怕偷,没有人想要偷送死人进坟墓的绳子。

于是贝尔曼出发去了墓地。终于有了一个可完成的目标!他稍稍好受了一点。

月光皎洁,天空不算太黑,墓地的紫杉树在天空的映衬下显出黑色的影子。他慢慢地走着,不小心踩进路边草丛的时候还跟跄几步。他找到绳子,准备折回墓地的大门口,正好看见罗斯的新坟。

他的脚步放慢,接着停下。

这里不止他一个人。不远处,黑衣男人正倚靠在一块老墓碑上。他什么也没做,只是耐心地盯着夜幕下沉深的树影。

如果刚才有微风在吹,现在也该停下了。空气静止不动,凝固下来。

那男人有一种久候多时又不急于一时的架势。他似乎有的是时间。

他转过头看威廉,眼神中透露出善意和好奇。

"我为今天下午的事抱歉,"他说,他的声音平淡、温和,"我本来可以处理得更好的,我承认。"

"你到底是谁?"威廉说。

"一个朋友。"他仔细观察威廉,想看看他有什么反应。

"一个朋友?我们可没有相互认识过。"

黑衣男人把头歪到一边,想了想:"说的对。可我的本意是友好的,我觉得我们可以谈一谈。"

威廉把绳子放到肩头,准备离开。

"谈一谈不会让你感觉舒服点吗?"男人问。

"原来是这么回事!我现在留下来跟你谈话,等明天一早,大家就在这墓地里发现我的尸体?是这样的吗?"

陌生人的眼睛在威廉扛着的绳子上停留了一会儿。接着,他的眼睛移到威廉的身上,目光温柔而讽刺。

他知道，威廉想。

可黑衣男人做了一个手势，似乎要把威廉的质疑抛到一边。

"不，不，不。我看你完全误会我了。我是来帮助你，或者说是让你开口求我的。两者都差不多。你为什么不把那玩意儿放下，"他用下巴指了指绳子，"然后坐下。"

疲惫不堪的威廉放下绳子，一屁股坐在罗斯坟墓另一边，远离黑衣男人的一块墓碑上。

"看看这个，贝尔曼先生，"那男人抬起一只被斗篷遮盖的手臂，横向扫了一下，把整个墓地都包括进来，"告诉我你看到了什么。"

"我看到了什么？"

他们的面前是座座坟茔。老的坟茔有雕像和墓碑，守护神、十字架和骨灰盒。而新一点的呢，尚且只有泥土。罗斯坟上的鲜花泛着白光。还有些挖好的空坟在等待着明天、后天的亡者。其中一座将是多拉的。

威廉的酒劲上来了，怒火在胸中燃起。"我看到了什么？我要告诉你我看到的。我看到我的妻子。我看到我的三个孩子。我看到他们躺在地下。我还看见那边的新坟，冷冰冰、空荡荡的，正等着我的最后一个孩子咽下最后一口气。我看见痛苦、折磨和绝望。我看见我的枉费心机；无论我做了什么，要做什么，都是白瞎！我看见我的面前没有任何活路。我就该在此时此地了结自己，彻底地结束这一切！永远！"

威廉扑倒在坟冢上。他缩成一团，使劲扯自己的头发，整张脸扭曲得像要皮肉分离了。他希望痛苦能把他淹没、冲走，带到另一个地方。可他没能如愿。痛苦依旧停留在原地，没有变化，没有止境，让人难以承受。他渴望灵魂的释放，可唯一释放出来的是他口中的一声呐喊、一股宣泄、一阵哀嚎、一顿咆哮。这在他的脑子里引起了令人愉快的振颤。

脑子里的嗡嗡声逐渐消失。也许那男人已经走了，也许他压根就没有出现过？他现在能离开，去做他想做的事情吗？贝尔曼抬起了双眼。

还在那儿。站立着,紧扣的双手背在背后,挺胸,一副沉着冷静的姿态。

他俯视威廉。"很好!很好!"他鼓励道。

威廉怒容满面。他在和一个疯子讲话吗?

"这都是过去的事了,"他分开双手,想了一下,又扣上了,"我看问题的眼光不同,你知道的。"

"我猜是的。"由于刚才的大吼大叫,他的声音微弱了不少。

"没错。我所看到的,在我面前的"——他深吸一口气,仿佛在吸一口极为昂贵、稀有的雪茄,再砸巴砸巴地吐出来——"是一个机遇。"

威廉瞪着他。这家伙疯了吧。接着有什么东西在他脑子里涌现出来。

是什么呢?

协议,买卖,躲藏,合作。

是合作。

他想到了多拉。

他点了一下头。"我们合作。"

29

早晨清冽的空气漫入他的鼻腔。过了一会儿,空气稍微暖和了一点,还夹杂着从他口中冒出的酒臭味。

他是醒了吗?这感觉像是醒了。也就是说,他之前睡着了。

像刚刚苏醒的拉撒路[1]一样,他慢慢恢复了意识。他的头疼得

---

1 即 Lazarus,圣经中的人物,曾死后复活。

厉害,他的肺肿胀得就像昨晚奋战了一晚。他的身体躺在一个冰冷、坚硬的地方,还有什么湿乎乎、毛糙糙的东西在刮他的脸。他睁开了一只眼睛。啊!原来在墓地里。一块墓碑做了他的床,一条绳子做了他的枕头。一座新坟就在附近,是罗斯的坟。

他闭上眼睛回忆。首先是他妻子的葬礼,接着他去了红狮酒吧。喝得太醉。然后呢?有什么东西飘进了他的意识……

……跟着又飘走了。

这时,一个非常清晰、急迫的念头闯进了他的脑子。

多拉!

他挣扎着翻身起来,站到地上。

他必须回家。

他这就走了,再也没有回头看一眼那条蜷缩的绳子。他满脑子想的全是他的孩子和那些为了挽回她生命所必须要做的事情。因为她会活下来。他现在有了信心。她会活下来的!而且——尽管他没有想过这一点,他也会活下来。

当贝尔曼走进病房的时候,莱恩夫人没有对他脸上的绳索印痕或身上的酒味、坟墓味道多说一句,只是打开房门,请他进去。处于他那样的境况,做出任何事情都可以被原谅。

大概已经到了病魔的最后一击:多拉浑身都在剧烈地抽搐。这一次,贝尔曼没有退缩,或者揪自己的头发。他的眼睛也没有在房间里游走,绝望地搜索着拯救的办法。他面不改色地站在一旁,僵硬得像块墓碑。

接下来是平静的呼吸衰减的阶段。莱恩夫人将女孩的双手交叉放在胸前,然后在病床边跪下,开始默念主祷文。

贝尔曼和她一起祈祷。他的声音平稳、坚定。

等他们祈祷完之后,生命的火花还在女孩的唇边跳动,不愿熄灭。莱恩夫人略感不安,又念起了主祷文。"我们的天父啊……"

她念到"阿门"的时候,女孩的气息依旧。

莱恩夫人隐约感觉事情不对劲。她不确信地看了看贝尔曼,却发现他的表情如此镇定。

"贝尔曼先生,你是不是也感觉她的呼吸变得顺畅些了?"她问。

"是的。"

他们俯身看着女孩,凝视她那张苍白的脸。莱恩夫人用大拇指轻轻地拨开女孩的一只眼睑,然后拿起女孩的双手,将它们分开,又用自己的手来暖和它们。"仁慈的主……"她开始念,可她突然意识到什么,没有继续下去。

多拉的呼吸仍然微弱,可逐渐均匀起来。她冰凉的手也一点一点地暖和起来,苍白的脸色略微好转了一些。莱恩夫人把照顾的重点从女孩的灵魂又转回了她的身体。大概一个小时过后,多拉似乎动了一下。她没有苏醒,但她现在的状态更像是睡觉,而非昏迷。

贝尔曼一动也不动。他不像是在看莱恩夫人或者听她讲话,他死死地盯着女儿,可他究竟是不是在看她,也说不清楚。

桑德森医生来了,他摇头,对多拉生还的奇迹表示难以置信。这下子,贝尔曼终于允许自己休息了。他把罗斯的裙子扔到地板上,自己再和衣倒在床上,很快就沉入了梦乡。

昨天晚上,一次握手(差不多是这个意思),在坟墓边上,黑灯瞎火的,和一个他几乎看不见的男人。今天,他的女儿从死亡的边缘上回来了。

他的梦里,没有照耀进丝毫的光亮能让人看清威廉·贝尔曼的心如何碎裂、重生。

有些事已经结束了。还有些事即将开始。

第二部分

苏格拉底:让我们来假设,每一颗心灵都驻藏了一个鸟笼,鸟笼里住满了各种鸟类,有些过着大规模的群居生活,有些则小范围聚集,还有些独来独往,在所有鸟儿中间穿行。

泰阿泰德:假设如此。然后呢?

——柏拉图,《泰阿泰德篇》

1

十一点差五分的时候,贝尔曼走进女儿的房间,莱恩夫人则起身准备离开。

"敲锣吗?"她问。

"随意吧。"

下楼以后,她到厨房去找她的女儿玛丽。

"今天怎么办,母亲?"

"我们随便。"

"我们能不能不要在厨房的窗户外面放手枪?"

她的母亲皱眉了。"玛丽,这不是为了你高兴才做的。我们最近都做了些什么?昨天是敲平底锅,周二是敲锣。周一是什么?"

"弹钢琴?"

"我们不可能总是想出新鲜玩意,他没这个指望。要是有用的话,我情愿把点心碟子扔下楼梯,可是——天哪,到时间了!"

她们跑到会客室,打开大钢琴的盖子。莱恩夫人坐下,带着无可奈何的感伤;女儿坐在她的旁边,倒是满心欢喜。她们抬起四只手,眼睛注视着钟;钟正好敲响十一点,二十根手指便重重地砸到琴键上。

"好啦!"玛丽满意地高呼,"要是她连这个都听不见,那她就什么也听不见了!"

楼上,贝尔曼手握着表,站在多拉的身边观察她的脸。整栋房子都回荡着琴弦振颤时所发出的巨大声响。

他在记事本上写下一条简短的记录:没有反应。

"要耐心。"桑德森医生建议道。他看过贝尔曼递给他的护理记录,还有每天测试的结果。多拉的呼吸虚弱、缓慢、持续,她的脉搏也是微弱、缓慢、持续。她看不见,听不见,大部分时间都像在熟睡中;当她睁开眼睛的时候,她的视力仅相当于一只初生的小猫。她的头发再也没长出来;每天,莱恩夫人或玛丽都能从她苍白的脸上发现脱落的睫毛。可以说,多拉正处于一种半生不死的中间状态。

"她刚从鬼门关里回来,"桑德森说,"目前的情况还算稳定,这就是万幸的了。"

奇迹已经降临给贝尔曼,要期待新的奇迹,这不太现实。热病蹂躏了整座小镇,包括贝尔曼一家。它来势汹汹,瞬间击垮了多拉;眼看多拉命悬一线,它却悄然退去。劫后余生的贝尔曼没有问自己为何得到如此的垂怜。他只是想到了这一点,不禁错愕。

贝尔曼整日整夜地守护在女儿的病床前,根本无暇前往工厂。七天之后,一个小伙子敲开门,送来一个口信。万事顺吉,账簿总管先生可否登门向贝尔曼先生汇报?

当天晚上,内德在玛丽的引领下走进书房。格雷斯和内德一起来的。房间十分清冷,空置一个月所积攒起来的寒意还没有被玛丽生的火驱散。格雷斯从未进过磨坊屋,内德也很少有机会。他们默默地站着,眼睛往地板、檐板等无关紧要的地方看;他们的心中充满了好奇和怜悯之情。他们等得很难受。当贝尔曼推门进来的时候,他们几乎要跳起来。也许这样的反应不是没有理由的。因为贝尔曼完全变了一个人,尽管这种变化只是暂时的。他们用疑惑的眼神打量贝尔曼,就像看见什么原本存在的东西消失不见了一样。

他们说了些慰问的客套话。内德知道,他们的神情能把剩下的话传达出来:遗憾只是他们复杂情绪中最微不足道的部分;镇上所有人都在受苦,但没有几个像贝尔曼这样深受折磨。磨坊屋的损失简直无法估量……然而,贝尔曼似乎没有看他,也不像在听他说话。内德看了看格雷斯,发现他同样搞不清楚状况。

"请坐。"贝尔曼含糊地打了下手势。于是他们坐下。他把写字椅搬进房间,好像打算要坐下的,却没有坐下。难道他忘了要坐下?他们是该等等,还是该开口汇报?

一阵沉默之后,内德清了清嗓子:"也许你想听听我们汇报上个月的情况?"

贝尔曼抬起一只手去摸下巴,搓着上面的胡子茬,他们把这个动作当成开始的信号。镇上发生的剧变影响了工厂的员工。尽管如此,仍然有一多半的订单是按计划完成的。至于那些没法按时交货的,他们也依靠良好的客户关系而协商了新的交货日期。仅有少量的订单被取消。总的来说,情况比预想的要好。

这时,贝尔曼疲惫地坐进了椅子,可他仍然没有表现出在听的样子。

内德冲格雷斯扬了扬眉毛,格雷斯立马接过话茬。"在技术和流程方面……"他简要描述了碰到的少数几个问题,解释了他所采取的措施以及理由。

贝尔曼正盯着他大腿上的紧扣在一起的双手。

"我们做了书面的日志,可供你查阅……"

内德递上一叠笔记,发现贝尔曼完全没有要接过去的意思,便自己站起来,将笔记放到桌上。格雷斯急于结束这尴尬的会面,也站了起来。

"多拉怎么样了?"内德问道。他还想试着和贝尔曼说上几句。在他的心目中,这个男人既是老板,也是朋友。"但愿她的身体好些了吧?"

这一次,他的目光和贝尔曼的目光相碰了。他的问题在贝尔曼的眼中激起了某种忧郁之情,但并没有得到回答。

格雷斯提议说,他和内德可以每周过来汇报两次。贝尔曼心不在焉地点点头,他们便离开了。

在回工厂的路上,两个男人想到了贝尔曼家的悲剧,还有他们自己的伤心事。他们经过红狮酒吧,格雷斯五个月前刚在那里庆祝新婚;又经过教堂,正是格雷斯不久前埋葬妻子的地方。他们想着各自的心事，同时也清楚对方在想些什么。当工厂的大门近在眼前时，他们的私人时间也行将结束。内德说："他没有慰问你呢。"

格雷斯耸耸肩："慰问有什么用？而且他也没慰问你啊。"

"我母亲年纪大了。她活到头了。她知道这一点，我也知道。"内德没法替贝尔曼道歉，但他说了他能说的："他是个伤透心的人。"

格雷斯依旧大踏步走着，头也没有抬。"我们都伤透了心，内德。"他冷冷地说。紧接着，他转换了语气，想把话里的刺拔掉。"好啦。有些人即使伤透心，也承受得住。我们还有租金要付呢。"

贝尔曼的时间全花在照顾女儿身上了。她的床边除了膏药、药油和敷药，还有无数的列表，诸如脉搏、吸气的时长和体温之类的。她的父亲学会了对比脸色的苍白程度；他密切地关注她的脸颊上是否泛起红润，就像水手在瞭望天边是否有陆地出现的迹象。贝尔曼老是担心多拉的体温。她太热了吗？太冷了吗？她是不是躺在通风口上了？他把窗户开了又关，关了又开；他叫人拿来多余的毯子，又让人把它们收走。病人的身上添加了短外衫、手套和耳套，之后又被去掉。整个白天，莱恩夫人和玛丽都在听他差遣，能分担部分照料的工作。到了晚上，他只有一个人照料孩子。

午夜时分，最后一次测量完心跳和体温之后，贝尔曼走到房间角落里的一把扶手椅上坐下。他打起了瞌睡，直到整个人陷入一种彻底的无意识状态。夜更深了，浓稠成一团的黑暗逐渐化开，他发现自己置身于一片不知名的灰色海岸，一个介乎于睡眠和清醒的地方。在这里，各种稀奇古怪的念头钻进了他的脑子；他摸出自己的记事本和铅笔，翻开可能是空白的一页，开始在上面奋笔疾书。他的笔记有道理吗？字迹能在光线下看得清吗？这些问题不在他的考虑范围；它们属于另一个遥远的、不相干的、陌生的领域。接着，他的势头减弱了；原本半睡半醒的他抛开记事本，慢慢沉入了昏睡之中。当他早上醒来的时候，他立即想到了他那些数据表和今天要做的测试；想到这些之后，他才隐约觉得自己做了一场梦。可这有什么要紧的？也许只是模糊地回忆起自己在墓地度过的那一晚，太过于模糊，以至于根本没有引起他的注意。

几周以来，贝尔曼都试图从他收集的数据中找出点规律。他急于发现一种潜在的上升的趋势，可做父亲的一厢情愿敌不过做会计师的精确严谨；至多可以说，情况大体上处于平稳。终于，在一个周四，事情迎来转机。多拉突然有了好转。贝尔曼觉得多拉的手摸起来更有弹性，更像人的皮肤。玛丽表示赞同。莱恩夫人虽然持谨慎态度，但她也觉得多拉的脸色稍微红润了一点。

第二天，多拉睁开了双眼。她第一次清楚地认出自己的父亲。

"看看，"贝尔曼拿出他的记事本，对桑德森医生说，"她的脉搏更有力、更均匀了。她的呼吸变沉稳了。她能多喝些汤水了。是时候让她吃点增加体力的东西了，你觉得呢？她的眼睛也在向我这边看呢。"

桑德森医生无法否认病情确实发生了变化，是好的变化，那孩子恢复了意识。可尽管如此，他一看到病人的样子，仍然抑制不住深深的忧虑。面如白纸，极度消瘦，肌肉萎缩，失语，毛发脱落，对声响、接触和人的声音没有反应……多拉几乎集所有的病症于一身，你都能用她的病例写出一本教科书来；她本人也应该被送到大学里展览。有这么多的问题存在，她的父亲却对着自己的数据表欢喜不已；而她的侍女呢，因为没法用梳子来掩饰女孩头皮上的红色环形斑纹而难过万分。女孩的外貌其实是他们最不必担心的，这句话，医生没敢说出口。相比女孩被毁的皮肤和脱落的毛发，热病造成的后果要严重得多。最令医生担心的是，热病已经将女孩的心智摧毁殆尽。

热病在镇上肆虐横行之后又悄然离去。

每个人都失去了亲人，有些人甚至失去了整个家庭。

人们纪念这场灾难。他们哭泣、悲伤。可伤心之余，他们依旧为今年丰收的韭菜和大黄而欢欣鼓舞，为邻居家表亲的帽子而心生羡慕，又为周日厨房里散发出来的烤肉香味而陶醉不已。还有些人，他们发现山脊上、榆树枝后面悬挂的一轮朦胧的月亮也同样美丽。另有一些人，他们从闲言碎语中找到了乐趣。

贝尔曼和他的悲剧在镇上众人皆知，自然就成为了人们议论的焦点之一。玛丽的嘴并无恶意。但凡有人愿意听，她就愿意讲。邻居、雇员、做买卖的，所有人都为玛丽的故事添油加醋：多拉·贝尔曼成了一具枯骨。她软绵绵地躺在床上，简直生不如死。她看不见，听不见，说不了话。她虽然人还活着，可魂儿早不在了。她就是个傻子。

有工匠曾为多拉抬高病床，好让她能看到窗户外面。他们说，多拉是坐在自己的病床上，那一头乌黑的头发已经变成了一丛杂毛。

"你完全看不出她是个姑娘。更像个稻草人，或者说那种用来唬孩子的人偶。"

那她傻了吗？

不，那工匠不这么认为。这和她的侍女讲出来的有出入。

除了多拉，他们也议论贝尔曼。他皱着的眉头，他忧郁的眼神；他失去的精神头；若不小心在街上碰见他，他也总是低着头，不像以前那样亲切无比地逢人就点头脱帽了。

贝尔曼家的坟墓无人照看，贝尔曼本人也很久不去教堂了。

"他要照顾女儿，忙不过来。"人们如是说。因此，贝尔曼的疏忽也得到了一时的谅解。

"他还是没去工厂吗？"他们想知道。

他没有。

他也没有去红狮酒吧。

"除了照顾他的小稻草人，他什么也不做。"镇上的人终于总结出来了。他们同情他的遭遇，他们赞赏他的恪尽父责。可话又说回来，他也是贝尔曼工厂的主人。他理应回到工厂去的，对吗？这样的状态不会一直持续下去的。是吗？

2

多拉的头发没有再长出来,眼睫毛也看不到踪影。不过,有了肌肉以后,她的骨节显得不那么突出;两颊的光泽也一天天鲜亮起来。她的呼吸更深沉,脉搏更强劲。接下来,她的双眼明显地有了追视的反应。又有一天,玛丽听到一个嘶哑的、老头子般的声音在向她要蜂蜜水。她吓了一跳,那是多拉的声音。她吻了多拉,扯开嗓门喊贝尔曼先生。

"你终于回来了!"

贝尔曼热泪盈眶。

整整三个月,贝尔曼都全身心地扑在女儿身上。他放弃了自己的生活来挽救女儿的性命。如今她已经脱离了危险,状态稳定,是时候该回归世界了。

玛丽把书房的窗户擦干净,之后就一直敞着它,好让这太久没有用过的房间通通气。她把地毯拿到外面去掸,为家具上蜡。她擦亮了铜铸的火炉栏,拍松了扶手椅上的垫子,又为墨水池加了墨。

十点钟的时候,贝尔曼走进来,坐到书桌旁边。他用力呼出一口污浊之气,再吸入新鲜的四月的空气。他心满意足地用手指在空无一物的桌子上滑动。沉睡的过去正在等待他唤醒。而未来,只消他轻轻一碰,便生动活泼起来。

他从口袋里掏出记事本。他翻过那些满是体温、时间和脉搏的笔记。他现在用不着这些了,他把它们折叠在线圈的下面。过去的无用的笔记,现在以及今后的笔记,就是靠这线圈隔开的。

那这些笔记是怎么回事呢?字迹潦草,仓促写就,每一行都歪歪扭扭、起伏不定,有些甚至是下一行盖住了上一行。噢,对了,想起来了。准是某个守着孩子过夜的父亲为了打发时间胡乱画出来的。突发奇想罢了。半夜里没事干的人搞出来的玩意儿……

有一个词引起了他的注意,他仔细看了看。

他越看越起劲;一个旁观者大概能判断出,连他自己都快忘了的笔记,却让他产生了超乎预期的兴趣。他慢慢地翻开,认真地识别那些摸黑写出来的文字,不愿漏掉半点。有一两次,他还倒回去看一些已经看过的。有几处地方,他留下了简短的批注。

普通人不去想的事情能自动在他的脑子里酝酿,而不依靠意识的作用。这个与威廉的现实问题毫无瓜葛的念头,竟自己扎下了根,在他毫无觉察的情况下吸取他的养分,依靠他的血液存活下来。现在,他已经准备好以白天清醒的意识来面对它,这颗噩梦般的果实也该成熟了。

读完那些笔记之后,他凝神一分钟整理好思路,然后翻开新的一页,毫不迟疑地、洋洋洒洒地写了一个小时。目标、时间表、清单、成本、计划、困难、对策,面面俱到。写完最后一个字,他放下笔,拿起记事本在空中晃动,好让墨水尽快干掉。他脸上带着微笑,就像一个人原本想伸进口袋找个钢镚儿,不料却摸出来一只金鹅。

多么精妙的主意啊!他不禁感叹。多么好的机遇啊!

"机遇"两个字在他的脑子里回响。一股墓地的生土味儿被唤起。他知道自己应该找到那个黑衣男人,想方设法地和他达成一个公平合理的协议。他不会太强势。那样太不够意思。主意是极好的主意,人家又那么慷慨地透露给他,若过于计较条条款款,就显得小气。看看人家想要什么,再随便争论下,走走过场即可。生意毕竟是生意,你得遵守规矩。不过,他打心眼里是愿意照单全收的。他完全大方得起,他有很大的周转余地。

首先得找到那男人。这事稍有点麻烦。他肯定在说话的某个点上提到过自己叫布莱克,只是贝尔曼没法准确地回忆起来。可他的外貌特征不也很突出吗?等哪一天有空了,贝尔曼就坐下来一两分钟;只消这么点时间,那男人的脸必定浮现在他的眼前。剩下的就是四处打听的工夫了。他以前也试着打听过这个布莱克，可那时候不同。他必须承认自己没怎么动脑筋，连打听的对象都不对。因此，他的失败也说明不了什么。他觉得，只要他对事情上心，就没有办不成的。他过去的努力不都见到成效了么。

当然，还得赶上恰当的时机。

贝尔曼提起钢笔，打算在笔记上加上一句"找到布莱克"的备注，可笔尖已经干了，钢笔在页面和墨水池之间犹豫不决。此处他是不是漏掉了什么？还有些其他的东西需要他考虑么？他想了十秒钟，十五秒钟。他发现自己的思绪进入了一个陌生的、看不见路标的境地。他皱起眉头。这是他经常从别人身上看到的现象——人们迷失在自己的疑虑当中。目的性强的时候，成功才离得近；他们一犹豫，一迟疑，为细枝末节纠缠不清，就会在迷失的同时把整件事搞砸。顾全大局才是关键。有些细节的问题，自然会水到渠成的。

贝尔曼没有加上那句备注。没有这个必要了。这种事他不大可能会忘。

他搓着手，对自己新的冒险满怀期待；他的胃也准备好要享用午饭了。

"你听见我们弄出来的噪声了么？"玛丽问多拉。她们俩正单独在一起。"钢琴声、敲锣声，还有敲平底锅的声音？"

多拉摇头："我只听见了风鸦的叫声，我听见它们有好长时间了。之后我就醒了。"她想了一会儿。"别告诉我的父亲。"

3

五月的第一个周二，威廉·贝尔曼回到工厂。他从机器的轰鸣声中听出来，一切都进展顺利。有点尴尬的是，他从人们的表情中看出来，他们发现他变了。是啊，他自己都觉得自己变了。他和格雷斯一起巡视，和资深员工点头、握手，接收到大量的信息，又问了简短而经过深思熟虑的问题。他早早地离开了。

周三，他和内德待在办公室里。订单、结算、账目，统统都没问题。他又早早地离开了。

周四，他谨慎而严格地评估了工厂的事务，得出工厂没有他也一样运行完美的结论。他叫玛丽去工厂送信，十五分钟后，内德和格雷斯到了他的书房，站在他的跟前。他摆出对他们的要求，他们觉得这些要求和自己前几个星期的工作相当。他询问他们在哪些方面需要他帮忙。他们提出了一两点，他又补充了一两点，他们表示同意。除此之外，他们完全胜任工厂的管理工作。

"很好。"他点头。

这是什么情况？内德和格雷斯疑惑不解。贝尔曼才刚回到工厂，像以前一样好端端的、没有了烦心事，怎么像又在打算离开似的？

"这个新的安排会持续多久？"内德问，"如果要一两个月，是不是该培训一个初级文员来分担我的工作呢？"

"当然了，"威廉说，"这个安排以后一直都不会变了。"

这计划太大了，让人一时半会接受不了。

格雷斯觉得自己还有足够的方向感来问一个问题："那么谁来管理工厂呢？""你们两个。"贝尔曼的回答让他当即找不着北。

内德惊呆了。没有贝尔曼的工厂？由他和格雷斯来管理的工厂？真是难以想象。他吓得倒抽一口凉气；可空气刚一吸进去，他就感觉自己透过气了。真是难以想象的吗？这主意竟然给贝尔曼想到了，但既然他已经……

内德呼了一口气。

就没什么不可以。

有一周的时间，威廉都在工厂忙个不停。他坐在办公室里，等着工头和文员挨个被叫进来谈话，讨论他们未来的前途和收入问题。贝尔曼坚持要内德和格雷斯来主持这些谈话。他只需在现场旁听,以便他的新经理人能时不时地问个问题或者讨要个意见。一开始,他们还畏首畏尾的,总想着听从他的指挥;很快他们就明白了他的意图:他们才是拿主意的人了。他们问话、协商、做出选择,然后看威廉一眼。此刻只要他点一下头就足够了。他们和威廉都心知肚明。

接下来的几周,贝尔曼逐渐减少了他待在工厂的时间。交接过程中,他只要出面,就足够稳定人心了。现在,所有人都领悟到一个贝尔曼早已明白的道理:贝尔曼的影响力体现在整个系统、规范和习惯上。他就像一个钟表匠,把机械装置里所有的齿轮和弹簧都设计好、清洁好、调节好,他就能让别人来每天上发条了。他没有必要再亲自上阵,一步一步地退出即可。

热病离开小镇六个月以后,工厂脱离了贝尔曼的管理,开始自主运营。

当房子里的一切都安静下来、所有的蜡烛都熄灭、楼梯间"吱吱呀呀"地响起最后的脚步声时,多拉从床上坐起来,把枕头放到四周陪伴她。白天的吵吵嚷嚷终于结束了。玛丽和她的母亲睡着了。没有人再来量她的体温、询问她的胃口、称她的体重,或者采取别的方法来监控她的身体状况了。也只有这个时候,她才能自由地回忆过去。

她的双眼盯着黑咕隆咚的房间,脑子里便构想出往日的场景。那些她曾经拥有的生活,声音、色彩、动作,全都一幕幕在黑暗中重现。而且,她想得越投入,场景就越真实。以这样的方式逃避现在、回归过去,其实一点也不费劲。

她总是从这个场景开始:周四的晚上,父亲带着红色毛毡口袋回来,弟弟们欢呼雀跃、兴奋不已。她看见并听见硬币滚落到碗里,感受到大水罐的重量,闻见醋洒在硬币上的味道。菲尔的小手沾上了浓浓的醋味,无论他搓洗多少遍,也是整个晚上都散不去。

从硬币很容易联想到其他的任何场景，每个场景都像刚发生时那样清晰、生动。一天，一天，又一天——曾经的岁月都如此鲜活地存在于她的记忆里，几乎和生活本身一样真实、真切。她的眼睛仔细看着那一张张脸庞，一个个表情；她再次接受到母亲疼爱的眼神，她逗弟弟们开心，她闻见妹妹身上又酸又甜的奶臭味。尽管这些回忆稍纵即逝，但拥有回忆的夜晚才是生气勃勃的。而白天呢，现在的白天实在是枯燥而漫长。

闪电的亮光透过窗帘照进来，打断了她的回忆。她扭动着睡下去，闭上了眼睛。没过多久，玛丽送茶过来，歪着脑袋观察她。

"咦，"她不以为然地说，"你好像没怎么休息。"

"打开窗帘，好吗？"多拉请求她，"风鸦马上就来了。"

风鸦不挑食。它们喜欢昆虫、哺乳动物（死的最好）、橡子、甲壳动物、水果和蛋类。要说它们有什么偏好，那就是蚯蚓和汁液丰富的白色蛆虫。不过，事实上，无论它们找到或偷到什么，它们都能大快朵颐。

可怜的蓝冠山雀太容易损耗能量，因而不得不趁着清醒的时候随时觅食。海鸠也差不多。它的翅膀离开水面之后变得非常笨拙，要想积攒足够的能量飞行，就必须整天吃东西，什么都别去想。与它们相反的是，风鸦这种高级的生灵，一天只需两三个小时就能找到足够的食物。剩下的时间，它都用来消遣。

风鸦如何消遣呢？

1. 它讲笑话，嚼舌头。
2. 它设计一些方便的、可丢弃的工具。
3. 它学说外语。它能模仿人的声音、伐木工的起重机声音，还有玻璃破碎的声音。如果它真想找点乐子，就把你的狗叫过去——用你自己的口哨声。
4. 它喜欢诗歌和哲学。
5. 它精通风鸦的历史。
6. 它比你更懂地质学。不过，这种学问是从它的祖先那里一代代传下来的，它称为"家族轶事"。
7. 它热衷于仪式。

从本质上来说，拥有了轻易获取食物的手段，风鸦就有了思考的时间，有了记忆的能力，以及玩笑的智慧。

在拉丁语中，风鸦被叫做"食物收集者"，原因就在于他能效率极高地满足自己的营养需求。

4

在牛津郡乡间的一所大房子里,一位富有的名为克里奇洛的缝纫用品商人正坐在炉火旁的一张高背扶手椅上。他用银刀拆开了一封信。他并非天生就该享受这舒适的炉火以及银刀的。因此,他比任何王侯贵族更懂得其中的妙处。

信是由一个他只知其名、未见其人的男人写来的:威廉·贝尔曼。信不长,从开头的称呼致意之后便直入主题。这也正符合他所了解的贝尔曼。那个劲头十足的男人,做事总带有目的性,从不浪费时间。

"你知道威廉·贝尔曼吗?"他问他的妻子。

"惠汀福的那个布料商人?"她把头歪到一边,"上次发热病的时候,他的孩子死了,是吗?要不就是他的妻子……他想要什么?"

"要钱。"

"他自己不是挺多钱的么?再说了,我们连面都没见过。"

"一个人喜欢工作,而不喜欢跑到别人家的客厅站着闲聊,这并不代表不能向他投资呀。而且情况恰恰相反。"

克里奇洛的兴趣被挑起来了。他写了一封回信,邀请贝尔曼到家中一叙。

二十四小时之后,就在同一堆炉火旁,威廉向克里奇洛和盘托出。他透露了整个构想,还有所有的细节问题,包括成本(建设、库存、人工、仓储)、时间进度、产品范围、需求和供应链。

"听起来不错,"克里奇洛说,"利润呢?"

贝尔曼递给他一页纸,上面有一个数据表。"头三年的。"

私下里,贝尔曼的预期是高于纸上那些数据的。而且,他对自己的预期充满了信心。可他的商人直觉告诉他,一个精明的投资人多半会对过高的回报预期心存顾忌。因此,将承诺放低一点,让它既诱人又容易实现,这是比较保险的做法。于是他给出了略为保守的数据。

克里奇洛接过那页纸,看了一眼。他立刻以吃惊的表情看着贝尔曼:"你确定有这么多?"

"没有哪个理智的商人能对什么事情有十足的把握。预测就是猜测,保守的预测就是保守的猜测。不过,死亡是永不过时的。"

克里奇洛用手摸摸嘴,眼睛又回到那页纸上。像威廉·贝尔曼这样的人,他的猜测总有些价值的。

"你需要多少?"

贝尔曼报了一个数字。"我自己会投资其中的四分之一,我还需要剩下的四分之三。"

他提到了其他几个已经预约好的投资人。克里奇洛点点头,他认识那些人,都是靠得住的人。

"我喜欢这主意,请容我时间考虑。"

"明天如何?"

"你还真是分秒必争啊!明天就明天吧。"

威廉拾起他的数据表,离开了。克里奇洛坐回到火炉边的椅子上,望着红彤彤的炉火。

死亡是永不过时的,他想。

这样的会面又进行了两次。威廉得到一杯白兰地或威士忌;他坐在烧得很旺的炉火边上;他摆出自己的构想;他递出去一张数据表。每次会面都不超过一个小时。

威廉回到家,相信自己不用等太久。他猜对了。

和他面谈的三个缝纫用品商人,没有哪一个曾经在一个项目上投入过这么多钱,也没有哪一个能如此迅速地达成一笔交易,且信心如此充足。威廉·贝尔曼自己不也要投入四分之一的钱进去吗?很好,很好,很好。

三堆炉火边的三个男人都为自己再倒了一杯白兰地——或威士忌,然后躺进三张椅子,露出三个满意的笑容。他们都是富有之人,而且他们将变得更富有。

第二天上午,威廉得到了三封回信。全是肯定的答复。

痛快。

他看到了未来。他也能实现未来。他已经开始动手了。

5

首先是土地问题,这不是个简单的问题。接下来,要请律师把那些占用土地讨生活的小商小贩打发走。与此同时,建筑师和绘图员要设计图纸。

"五层楼,"贝尔曼告诉他们,"关键是采光。屋顶的中央得是一块面朝天空的八角形玻璃窗。而且,整栋楼都能从中间看到全景,这样光线就能从楼中间投射下来,而不仅仅是靠窗户采光了。"

"嗯,"建筑师轻抚他的胡子,"或者说——"

"要一座中庭,"威廉说道,"完全照我说的来。不然,我的女裁缝们怎么看得见针脚?而我的客人们,又怎么能在十一月份的下午四点看清楚一双黑手套上面的黑色装饰呢?"

建筑师拿出了设计方案:没有中庭。"太难实现了,"他辩解说,"而且夏天也太热了。想想维护的费用吧!再说了,安全性如何呢?"

威廉在记事本上画出中庭的草图,撕下来递给建筑师。"去找伯明翰的钱斯买平板玻璃。你还需要找到这些人,"他又写画了几笔,撕下一页纸,"让他们来负责安装。他们对垄沟系统十分熟悉。要在夏天散热,就得一个系统来将整个玻璃天花板抬起。如果你不知道怎么做,我就把屋顶分包给帕克斯顿的承包商。"

建筑师按照贝尔曼的要求拿出了新的设计方案。

整个工程还需要一个项目经理,贝尔曼的建筑师正好知道这么个人。

"跟我来,我现在就带你去见他。"

那男人的办公室舒服得跟家里的会客厅一样。他本人胖乎乎、乐呵呵的,马甲上的扣子闪闪发亮。他非常自信地和贝尔曼握手。握手的时候,贝尔曼极力压制住心中的不快,因为那男人干净的指甲,还有那香皂洗过的、香水喷过的柔软的皮肤。他只待了十分钟,之后便匆匆离开了。

"他不合适,"他说,"他没有和工人们呼来喝去的腔调。要想办好一件事,不能光坐在火炉边上。必须得亲力亲为。"

"冒昧地说一声,先生,"建筑师发话了,"本森有一个经验非常丰富的协调管理团队,他本人的资历也很深。你需要一个在才能和经验上与你相当的人,他能为你承担建设方面的重任,你才能抽身去忙别的事情。"

贝尔曼摇头,这不是他的风格。

找个年轻点的,他想。手上结茧的,和工人们打成一片的,更贴近工作本身的。他四下里打听,终于找到一个叫福克斯的人。

他们在一个小公园见面,附近有一处嘈杂的工地。福克斯穿着笨重的靴子,指甲缝里满是泥土。他和工人们讲话时,亲切得就像一家人。从福克斯的身上,贝尔曼看到一点自己年轻时候的影子:才能出众,渴望干一番大事业。他打算付给福克斯的工资,比那个细皮嫩肉的胖子开出的价码要少,少得多,但这个年轻人收获的不仅仅是一份长期的、利润丰厚的合同,还有一样更可宝贵的东西——名声。

"不论日夜,我都会拼命工作。"他保证说。贝尔曼也相信他的保证,这个工程将成就福克斯,他们两人都心知肚明。他们握了手,双方都很满意。

贝尔曼和福克斯一起去拜访石匠、建筑工人和木匠。福克斯用他们的行话来交流，还说"我的父亲就是埃克塞特的一名建筑工人"。贝尔曼则在一旁观察、倾听。随后，贝尔曼开始提问，福克斯就闭上嘴，听贝尔曼询问原材料、原料成本和运输成本。他看着贝尔曼在那本他随身装进大口袋里的记事本上写写画画，算些加减法，又主动给采石匠和木材商人写信。有时候，他们刚拜访完一位有本事的手艺人，不约而同地为他岌岌可危的生意摇头痛惜，福克斯就会想起："啊，他倒是有一个不错的小学徒。你注意到他手上的活计没？做得很漂亮。现在这小学徒可是值钱的了……"

"把他挖过来。"贝尔曼下达指示。福克斯便开始想办法。

这一项宏伟的计划可不仅仅是用石头修一栋房子这么简单，它还涉及到一个法律实体，一个必须通过长篇累牍、晦涩难懂的法律条文来确保其安全可靠、滴水不漏的实体。贝尔曼花大量时间在律师们的办公室里审阅文件，草拟出有如迷宫般繁复的协议。他带着一系列常识性的问题来参加会议，听取答案的时候却表现出非凡的智慧。他的指示都非常决断，且符合律师们自己的表达习惯。如果说贝尔曼在关于所有权、责任和授权的某个方面存有疑虑，律师们可不这么认为，他们已经为他的决断、敏锐所折服。

计划的第三个重点是财务。威斯敏斯特城市银行的大堂是个非同寻常的地方，有半座山那么多的意大利大理石被耗费在这里。它们要么被切割成石板，贴在大堂的地上、墙上；要么几经敲凿、打磨，成了一根根奢华、硬朗、有威慑力的柱子。几乎每一个走进来的人都心存敬畏：体面的女士想询问自己的账户余额，声音颤得就像学校里的女学生；前来支取现金的准男爵先生，步子大得夸张；即使是清清白白、毫无过错的牧师先生，也紧张得差点咳出声来。谁都会忍不住去想：在这大堂的某个地方，几十名天使般的身着制服的职员正埋头于他们的账本；每一位顾客的俭省和奢侈都用工整的手书记录在案，每一笔交易都分毫不差地录入账目，直至结算的日子。不，威斯敏斯特城市银行的大堂根本不是个舒服的地方。不管你的账目如何漂亮、无瑕，你做得再小心谨慎，都会被这地方吓得腿软。

威廉·贝尔曼可没尝过吓得腿软的滋味，他三步两步走进了大堂。要说敬畏？想想一只蜜蜂，它飞进了威斯敏斯特的大教堂，然后歇息在神坛上面。现在贝尔曼就是这只蜜蜂。很凑巧的是，银行的高级经理人安森先生正好经过大堂。他看见贝尔曼大步走进来，对这里的富丽堂皇毫不放在眼里。那是一个强壮的肤色黝黑的男人，精神抖擞，胆识过人。他径直走过大堂经理的位置，普通顾客会在那里预约服务，可他却情愿用目光扫视大堂里的每一个人。当他的目光落到安森先生身上时，他果断地走了过去，简短地介绍自己并说明来意。"你能帮上忙吗？"

安森先生并不习惯于这种非正式的咨询方式，但贝尔曼的举止风度让他感觉这个人值得他花费一会儿工夫。仅这一会儿的工夫，他就确信要多听听这个人的想法。

在一间私密的房间里，贝尔曼说出了他的财务设想。他需要一大笔贷款。商场的建设费用是用现金支付的，可采购货物的钱只能靠借贷。安森在考虑贝尔曼提出的数额。

"这么说，你需要一笔贷款，还打算开一个商场的账户。另外还要开一个私人的账户，是吗？"

"是两个。"

"两个私人账户？都是给你本人的？"

贝尔曼点头，没有给出解释。

好吧，这是有点不寻常，可从管理或法律的角度来看没什么问题。安森看了看那些预测的营业额数据。太过于乐观了，他想。不过，即使贝尔曼只完成一半的目标，他也完全有能力偿还贷款。前景是光明的。没有什么东西能阻止他今天敲定这笔买卖了。此外，直觉告诉他，如果贝尔曼不能从他这里得到解决，一定立马带着他的数据和计划找别家银行去了。

"很高兴能帮上忙。"他伸出一只手。贝尔曼握住那只手，只用力地摇了一下。此时,他已经起身,准备好离开了。

安森陪同贝尔曼返回大堂,他们再次握手。在银行家的目送下,这位新的主顾径直走过大理石的地板,到达门口;他的步伐和他进门的时候一样坚定、果断,头顶上的穹隆、周遭的大理石都没有令他胆怯。真不是个凡人哪,他心里暗想。在这个人的心里,银行就是个存钱的地方。若把钱比喻成雨水,那威斯敏斯特城市银行不过是个接雨水的大桶。一个又大又贵的大理石——桶!

安森转身步入一条通道,打算去同事的办公室找一张他上午留下的纸片。他忍不住要为自己庆贺。如果贝尔曼的生意能有他设想的那么美好,那他安森就做下了一笔有生以来最棒的单日业务,且所花费的时间还不到三刻钟。

6

二月的一个雨天,贝尔曼站在阴云密布的天空下,勘察他的工地。曾经的破房烂屋统统不见了,被夷为平地。上百只的铁铲又把这块伦敦的土地挖出来一个大坑,可今天是看不到铁铲了。这样的坏天气,怎么可能施工呢? 大坑的底部已经积起了几英寸深的雨水。串成线的雨珠子连续不断地拍打水面,惹得水花四溅。贝尔曼的头发被雨水打湿了,光溜溜的,露出头皮;他的外套也被浸湿了,连颜色都难以分辨。路面的积水沿着线缝渗进鞋子里。此时此刻,但凡有个庇护之所的人或者动物,都会蜷缩着不肯出来。只有那孤零零的贝尔曼,独自在雨中沉思。此外,还有屋顶上的一只孤零零的风鸦。它漠视雨水的存在,淡然地看着贝尔曼和这片工地。

这天气会让人的心情也变得阴沉,可贝尔曼例外。若换做其他人,一个更感性或更富于想象的人,很可能会在地面上看到一个可怕的裂口,一个巨人的坟墓,一个埋葬上千死者的坑洞。而贝尔曼的眼睛却能看到截然不同的东西。他正凝视着未来：横陈在他眼前的不是一个坑洞，而是一座宫殿。伦敦最新最大的丧葬用品商场。

对于这座即将兴起的建筑，他比任何人都更为熟悉，因为它就来自于他的构想。他看见一团巨大的氤氲从潮湿的空气中凝结，有五层楼高、三十米长。一排排整齐、对称的窗户在雨水的冲刷下闪着微光；窗户与窗户之间，雾气自主地汇聚成一根根壁柱，顶端都是科林斯式的柱头。贝尔曼的眼睛凭空画出了檐口、牛腿、门楣和窗棂，而他研究这些细部的认真劲儿就好像这幢大楼已经真实存在了。他的目光扫过底楼的落地橱窗，没有漏掉橱窗上的光亮可鉴的黑色和银色招牌。接着，他的目光停留在了大楼正中间的入口大厅，那里有几层台阶，两扇橡木大门，铜质的底足，外加装饰性的门环。大门敞开的时候，两个人叠着罗汉也能穿过。大门上方是一个伸出去的平台。有了这个平台，门口就形成了一个门廊。天气不好的时候，人们可以在这躲避，停留，甩甩雨伞什么的。又或者，有些紧张、犹豫的顾客，他们就在这儿振作下精神，然后再进门。

贝尔曼抬起双眼看上方的平台。他的眼睛眯成了一条缝。一块巨大的精雕、镏金徽扁将挂在那平台之上。徽扁代表了商场的名号。可无论他如何屏息凝视、苦苦思索，这块离地面二十英尺高的地方，这个项目的正中心位置，就是没办法形成清晰的图像。仍旧是朦胧而湿润的空气罢了。

该给商城起个什么名号呢？

贝尔曼不得其解。

他以前不是没有想过这个问题。事实上，刚开始的时候，他曾就这个问题询问过克里奇和其他几位投资人。可他们谁也不愿意让自己的名字出现在商场的名号中。他们已经千方百计地把女儿们嫁给了那些只有身份、没有身家的绅士，现在正等着把孙女们嫁入地位更高的人家。要想获得成功，他们就不能让别人知道自己的财产是做买卖挣来的。越是跟劳动不沾边的金子，越是闪闪发光：这个道理谁都懂。因此，必须营造出如此的假象，即一个人的财富是从他高贵的出身中自然而然地流淌出来的,就像泉水从土壤里流出。

"不行,"他们的原话是这样的,"就取名为'贝尔曼商场'即可。"

那他还犹豫什么呢?他又不担心别人知道他的底细。为多拉找个有背景的婆家,这事还没有进过他的脑子。他也不是故作谦虚,关于这个名号,有些事他还没有想明白。趁着今天这个下雨天,所有的忙碌和叨扰都被雨水驱散,周围只剩下雾气蒙蒙的一片,他可以来个决断了。

现在,贝尔曼独自面对着那空中楼阁,思绪飞到了黑衣男人的身上。

他竟然有这么久没有去想布莱克的问题了,这难道不奇怪吗?这一年多的时间,他都在为实现自己的构想而努力。他首先让构想具备了金钱的土壤,随后发育成为一个法律的实体。法务上漫长而繁琐的谈判耗费了他数月的时间;土地的购买也进展得并不顺利;建筑师们曾固执地排斥他的创意——老天,他最后不得不亲自绘制平面图;还有招标分包的事项,更多的谈判和协议要完成……每天晚上,他都坐在烛火前,解决那些在别人眼里看来是不可解决的难题。那段时间,他根本没有仔细地想过布莱克的问题,也没有多少机会去想。老实说,这有什么不正常的呢?贝尔曼的日程可是满满当当的。从清早到黄昏,他的每一个小时都被利用起来;未来几天、几周的工作都提前做好了安排。他开完一场会又去赴下一场会,做出一个决策又去做下一个决策,几乎没有喘息的时间。他吃饭的时候,要么有其他人在场,要么就是桌边摆满文件和记事本。他早上刷牙和穿衣的时候,还得分神去思考一些预留下来的小问题。洗澡的时候呢,他正好可以把自己锁起来;随着蒸汽从水面慢慢升腾,那一个个棘手的问题也迎刃而解了。

如果遇到某些太过于顽固的问题,你无法通过化解、列表和计算的方法来干净利落地解决,贝尔曼习惯于把它们归为"浪费时间"的一类。在他看来，获取成功的秘诀之一，就是要认清楚有些问题你能尝试着去解决，而有些问题你根本动不了。他发现，有很大一部分人，他们花费大量的时间去操心一些他们无力改变的事情。倘若他们把这些精力集中于那些他们能有所作为的事情上，他们的人生该有多大的变数啊！因此，他提倡的是，不做没有结果的努力。贝尔曼的每一天、每一分钟都在积极地寻求某种价值。有几个月的时间，布莱克的问题看起来都没有什么明显的思考价值，所以它就被归入"无价值"的一类，弃之不顾了。

可现在，布莱克的点子即将成为现实。只等天空放晴，施工就紧锣密鼓地展开了。这样一来，布莱克的问题自然就显得紧迫起来。令贝尔曼感到困扰的是，他没法清晰地回忆起与布莱克会面的情景。业务往来最重要的就是一清二楚。布莱克对他的期望是什么？他对布莱克又能指望些什么？曾经萦绕在他心头的负债感又回来了。布莱克才是发现这巨大商机的人，他对贝尔曼透露了这个金点子，他必须得到丰厚的回报。那么，他们究竟达成了什么协议呢？

贝尔曼闭上眼睛，凝思。

"百分比……"他小声说，"责任划分……分红……"

他用力地想倾听从过去传来的回响，他们可能谈过的话、达成的协议。可他的耳朵里什么也没有听见。

好吧，眼下只有一个办法了。他要做些事来向布莱克表明，他没有被遗忘。这是对他的邀请——不论他在哪儿——希望他站出来，领取他应得的东西。这也是证据——当然不是那种拿到法庭上的证据，事情还没有严重到这种程度——可以证明他，贝尔曼，并不打算把属于布莱克的那份儿占为己有。

他要把商场取名为"贝尔曼-布莱克商场"。

睁开眼睛之后，他又看到了那座湿漉漉的商场的幻影。他找到大门之上的平台，用想象为它增添了一个硕大的双 B 徽记。

这样就没问题了！

"嗨！"

一声大叫打断了贝尔曼的非非之想。他发现自己的思绪飞得有点远，花了很长时间才回过神来。他的想象确实太遥远了，那五层楼高的石头和窗户不得不在现实中化为雨水。当他看清自己面前的不是商场，而是地面的一个大坑时，他颇感到意外。不仅如此，竟然还有一个活物从那大坑里爬出来，浑身沾满雨水和污泥，这让贝尔曼不由得后退一步，几乎喊出"救命"来。

"看看这个！"那活物的一声嚷嚷表明它是个大活人。他站起来，递给贝尔曼一个石头样的东西。听他说话像是有教养，接受过高等教育的；可看他的模样和举止，却是极度不正常的。贝尔曼真担心他是个疯子。后来见到他站直身子，挺直腰板，眼睛里闪烁着激情而非疯狂，他才稍放下心来。他看了看那男人手里的东西。

"不就是块石头。"

"啊哈！你错就错在这儿。"

那男人把污泥擦去了一些："看到刀痕了吗？是人为的东西。"

上面确实有些摩擦的痕迹，威廉还以为是石头的纹理。

"这又如何呢？"

"它不是雕刻成这样的。这石头的形状本身就有点接近，人不过是刻了几刀，让它更明显。看到石头中间的那个像眼睛的圆点了吗？"

那男人滔滔不绝起来。他刚从埃及回来，是个所谓的考古学家。依他的话说，就是"把过去挖出来"。他住在伦敦有几个月了，他还要回埃及去。"看到这个工地的时候，我就觉得它像个考古发掘现场，忍不住想来看一眼。之前一直有人在周围干这干那，今天可巧了，多亏了下雨，我才有机会。"

"还有人庆幸下雨的，我真高兴。这工程一天不完成，我就得多付一天的钱。它能值点什么吗，你的石头？"

"值点什么？"

"就是钱。博物馆要收购它，会给点什么吗？或者是收藏家？"

"博物馆呐！什么都不给！这儿是伦敦，又不是埃及！我不懂为什么埃及的历史就值钱，可伦敦的历史狗屁不值。可事实就是这样。"

"我能告诉你为什么，可简单了。在伦敦，重要的不是过去，而是将来。"

"那这里的将来是什么，你的工地？"

"是'贝尔曼-布莱克商场'，大型的丧葬用品商场。"

"你是布莱克先生？"

贝尔曼感觉胸口一阵翻腾："我是贝尔曼先生。"

"哦，贝尔曼先生，你经营丧葬用品应该很不错。每个人都有死的那一天。也就是所谓的将来，对吧？我的，你的，我们所有人的将来。"

那年轻人的眼睛开始追逐一只雨中飞舞的凤鸦。它旋转、俯冲，披着雨珠的光芒，穿越了一片即将耸立起贝尔曼商场的迷雾。

"以前死了人，是放到石头的平台上，让凤鸦把骨头上的肉剔干净。你知道这个吗？很久以前的事情了。那时候我们还没有十字架、尖塔和祈祷书。还没有——"他用一只手在面前横扫，粗略而抽象地把这大坑、摄政街、整个伦敦，还有天晓得些什么东西都包括进来——"还没有所有这些东西。也许那只凤鸦的老祖宗"——它俯冲下来，拍打着翅膀，然后准确地落在一块岩石上，等着被风刮进坑里——"正好享用过我的一位先人。当然，也有可能是你的先人。"透过雨帘，他瞥见贝尔曼脸上的厌恶表情。"每个时代都有其独特的方式，不是吗？谁知道将来会发生什么呢。我听说，意大利是把死人烧成灰。"他摇摇头，冲着贝尔曼微笑。"必须得走了。老头子要担心我的去向了。"

他说走就走了。

剩下茫然的贝尔曼。刚才碰见的是一个傻子吗？他真的说了那些莫名其妙的话吗？太不可思议了。一个人从污泥里爬出来，说了一大堆有关风鸦的胡话……至少也是个怪人吧。

贝尔曼的上衣肩部已经湿透了。雨水一点一滴地渗入他的外套、夹克、衬衫和内衣。直到他的皮肤也润湿了。

贝尔曼把玩着手里的石头。那就是那家伙说的眼睛吗？石头上有一个圆形的凹口，中间正好露出一个晶莹透亮的圆点。它仿佛一只探寻世界的小眼睛，正冲着他眨巴呢。好奇的贝尔曼又把剩下的污泥擦去了。这些肯定就是所谓的刀痕了……刻的羽毛吗？是啊，这边有一只翅膀，翻到那边，又有一只。雨水连绵不断地冲刷石头，竟使得它五色斑斓起来。紫色、翠鸟蓝和绿色的光辉从他指尖的那块黑东西身上气韵生动地散发出来。

可怕的东西！

贝尔曼浑身一哆嗦，赶紧把石头抛开，扔进了坑里。石头在空中划出一条优雅的弧线，勾起了他对陈年往事的一点回忆。

石头落地的时候惊到一只鸟。鸟儿如黑幕般腾起，在雨中振翅一挥，就穿过了商场的配送部，来到雨伞朵朵的一楼；它再一挥翅，便飞到二楼的衣帽部。它越飞越高，飞过办公室，飞进女裁缝们的工作间，最后从中庭的玻璃屋顶出去了。

贝尔曼转身走了。他心里难受得紧，巴不得马上有一堆火，还有他的工作。

当天晚上，他向投资人宣布了"贝尔曼-布莱克商场"的名号。地点在梅菲尔区[1]的罗素俱乐部，他和投资人定期会面的地方。

"太棒了！"克里奇洛说，"用两个人的名字来命名公司，这绝对错不了。让人感觉可靠、有安全感，两颗头顶着总比一个人强，大概是这么个意思吧。"

第二个投资人也点头同意。"名字选得也巧。置办丧葬品的时候，人首先想到什么？想到黑色呀。只要想到黑色，那差不多就能

---

1 即 Mayfair，伦敦的高档社交区。

想到我们公司来了!"

第三个投资人微笑赞许。"叫起来也好听,你们没发现吗?像唱歌一样。好像这两个名字天生就该放到一起。我完全没有意见。先生们,"他举起酒杯,"为贝尔曼-布莱克商场的成功干杯!"

贝尔曼举起酒杯,小口抿酒。他没有把酒喝完就走了。脚太潮,又有工作要做。

7

商场的筹备周期为十五个月,其中有十二个月用来施工,剩下三个月用来装潢、备货。贝尔曼对福克斯的工作观察了很久,他确信福克斯能独立管理工程,一连几个星期都不用他插手。这样很好。这样贝尔曼就能腾出手来做别的事情。

贝尔曼已经扩大了自家工厂的规模。然而,即使是这么大规模的工厂,也无法满足贝尔曼-布莱克这种大卖场的布料需求。他不得不坐上颠簸的马车、骑上马背,奔波几百英里去寻找货源。

在苏格兰,他察看了炭黑粗花呢和开司米山羊绒。在普利茅斯和南安普顿的码头区,他打开成箱的外来丝绸,在指间摩挲那光滑的折叠好的料子,再抖开一部分,评估下料子的重量、坠性和遮光性。他到斯皮塔弗德,到更远的地方,到诺里奇,去寻找最平整、最不透光的黑绉纱。他拜访了威尔士、兰开夏郡和约克郡的工厂,不知疲倦地穿行于整个国家,历尽艰辛地探寻邦巴辛毛葛、帕拉玛打毛葛、丧葬用的丝绸、美利奴呢绒、毛织的巴勒吉披巾、网纱和巴拉瑟亚毛葛。

"给我看看你的黑色。"每到一处,贝尔曼就会提这么个要求。他总是先看黑色的料子。黑色能清除眼睛和头脑里形形色色的印迹,可以说是在清洁视觉的味蕾。他的眼力非常深厚,能从这块料子上发现一丁点绿,从那块料子上看见一丝蓝,再从这里识别出一抹紫。这些问题都不是从商业角度考虑的:每一种肤色都必须配以不同的黑色;黄头发的、黑头发的、红头发的,各人都得有适合各人的黑。他偶尔会碰上那种被他称为纯正的黑色,那都是千载难逢的机会。大多数人都看不出区别,但贝尔曼只要专心看上一分钟,就能下决定把所有能生产出来的料子订购一空。

如果他对厂家的黑色料子满意,就会看看对方还能为不同的服丧期提供些什么别的货源。因此,每次拜访,他都从最深的服丧颜色开始,然后转向由深至浅的各种灰色,最后看到丧期将满的淡紫色和深褐色。

贝尔曼越来越难以适应五彩的世界。当他辗转于各工厂、从马车窗外望出去的时候,他发现自己竟然会认为碧绿的青草有失礼数,夏日的蓝天俗不可耐。另一方面,他觉得阴沉的初冬景象正是庄重得体、慰藉人心的表现。至于那午夜的天空,简直没有任何料子能与之媲美。他再怎么上下求索,都得不来与之接近的颜色。

贝尔曼给莱恩夫人寄回去无数的包裹,里面尽是布料的样品,外加详细的处置说明。要么是,"这十几块要对半剪开,一半挂在朝南的窗户上,另一半放进密闭的抽屉里;一个月之后,把两半合拢来,检查耐光性如何。"要么是,"一半拿来搓洗、晾干、熨烫十五次,然后拿来和另一半对比,看看退色的情况如何。"莱恩夫人可不乐意这么折腾,写了一封信向他抱怨。他难道没有考虑到,她已经有太多的事情要做,要照料多拉和整栋大房子吗?因此,贝尔曼特地雇了一名女孩。她把这种简单又能挣钱的工作当作乐趣,她用尽全力地在搓板上搓洗抹了肥皂的布块;等布块一晾干,她又重新洗上一遍。

北边有一个老染工,他的染黑技艺无人能敌。他快要退休了,也没有儿子来传承他的手艺。贝尔曼给他开出了非常诱人的价钱,想收买染黑的秘方。老染工同意了。然而,当贝尔曼亲自登门求教的时候,他却改不了沉默寡言的老毛病,不愿意开金口。

贝尔曼把自己的钱包拿给他看,想提醒他一下。他摇了摇头。

"现在钱对我来说算什么?都这把年纪了,有钱也没时间花销了。"

难道要白忙活一场?贝尔曼突然有了主意。

"那就以葬礼为交换条件。保证你的墓跟前有六匹大马、两个送丧人、一个小天使。"

这下子,老染工便毫无保留地向他传授:"洋苏木,也叫做赤桉。到处都能买到这种木料,但据我的经验,最上等的材料来自于墨西哥的一位老兄……"

贝尔曼直接从老染工的家里骑马到南部海岸,找到一位即将驶船去南美的船长。

"在尤卡塔半岛有这么一个人,"他解释道,"我想买他手上所有的赤桉木料。他不得把货卖给其他人。我希望你能帮我把货运回来,切勿与其他来源的赤桉混在一起。"他指着一页纸上的几个数字。"这是我支付给你的报酬。这是我支付给他的报酬。"

船长看了看那页纸:"他要发财了。"

"我们都要发财了。"

需要采购的不仅仅是布料和赤桉木料。在惠特比小镇,贝尔曼看着年轻小伙被绑在绳子上,从陡峭的页岩峭壁上一直下落到黑色的条纹带。他们悬挂在大海的波涛之上,敲敲打打地把黑玉[1]从石头缝里抠出来。贝尔曼从海边去到镇里,拜访了几位雕刻师傅,从中挑出最好的人选,请他们招收助手和学徒,向他们定制戒指、胸针、盒式吊坠和项链、耳环、发饰之类的物件。他定制了上千颗各式各样的珠子,有素雅、切面的,有刻花、打磨的,各种形状和大小的珠子,可用来缝制在长袍、帽子、袖口和包上面——只要它们捕捉到光线,就能发出黑色的微光。服丧的第一阶段当然要使用最

---

1 即 jet,又叫煤玉,可用于珠宝。

深沉的黑色，但这之后，为何不让黑色也变得和彩色一样亮丽夺目呢？

经过数周、数月的奔波，贝尔曼走访了许多不同的工作场所。有女帽工匠的工作间，有皮匠的小作坊，还有制伞匠那低矮的小屋。他和全伦敦的装订商讨价还价，要把书和日记本用各种深度的黑色和灰色皮套以及亚麻布装订起来，以提供给那些死者家属为后世记录下死者最后的时光、最真切的话语和最圣明的愿景。他爬上楼梯，进入到一个完全干燥的房间，里面摆满了不同重量、质地和尺寸的纸张供他察看。所有纸张，厚度从半英寸到八分之一英寸不等，都镶上了黑色的边框。他下了该公司有史以来接到的最大订单。这样一来，无数的准寡妇、准孤儿都能在亲人弥留之际将消息通知给相关人士。他把手伸进印刷机，想了解设备的构造原理，弄得满手油墨味。"怎么维护？"他提出问题，但他的核心意思是：它能否在得到通知后的四小时之内将印有抬头的便笺纸运往伦敦的任何一个角落？当他得到他想要的答案时，他订购了一台印刷机。

"要等七个月？太久了。"

他贿赂了厂家，好优先得到设备。

当然，还少不了棺材。贝尔曼跑了十几家细木工车间，用手指抚摸那些光滑的成品。你们储备了多少橡木？榆木呢？红木呢？你们在哪里干燥木材？干燥多长时间？到了仓库，他仔细地检查木材的纹理，看看有没有节疤、翘面等问题。一旦他在伦敦周边一百英里以内找到最好的供应商，他立马和对方谈合作条件。"我愿意出高价，但你不能再卖给别人。任何人，记住了。"

贝尔曼又着手准备他的商品目录。他到艺术学校打广告，想招聘艺术家为他绘制目录。于是有一大群年轻小伙带着他们的作品来到他的办公室。他一张张地翻看那些素描作品，有古代的废墟，有袒露胸脯、缺少臂膀的古典雕塑，还有建筑物的局部。他需要的是在一个狭小空间内准确而清晰地传达出大量信息的能力。此外，就是看谁工作效率高、稳定性强了。

贝尔曼聘请了三位这样的艺术家。他们还是学生，只能利用晚上和周日下午的时间绘制两百多种风格的棺材和丧葬饰品的细图。棺材可以是铅衬里、无衬里或金属衬里的；可以带黄铜或镀银的手柄和锁眼圈；可以是无装饰的或不同程度装饰的；可以采用丝绸、丝绒或绸缎的内衬，绣花或不绣花的；可以在棺盖镶徽章，徽章上刻百合、常春藤或永恒之蛇的图案。

另有两位头发花白、手指修长、笑容诡异的修女为这些丧葬品撰写了不吝溢美的说明文字，作为细图的补充。目录中开辟了儿童专区，某些设计做了细微的修改和添加之后就能用于儿童的棺材了。这个专区为两位修女提供了更大的发挥空间；当她们交出誊写好的稿件时，她们的笑容赋有了更神秘的色彩。所有这些细图、文字，贝尔曼都印刷在最优质的纸张上，再装订成册。那一本本目录，本身就成了集庄重、美好于一体的精美之作。

至于价格嘛，他都放到单独的一页纸上，塞进封底内部的一个小口袋里，好像是后来才添加上的东西。

贝尔曼有时候连自己都觉得邪乎。

我可是到处都能睡着的呀！他想不通。同时，他又翻了一次身，又整理了一次裹在身上的被子。

他确实哪儿都睡得着。赶远路的时候，他将就在路边的小旅店歇脚。全身往硬邦邦的稻草席子上一躺，睡得那个香啊，跟躺在蚕丝枕头上的巴儿狗差不多。在伦敦的住所里，大街上的吵吵嚷嚷也从来干扰不了他。即使马车在崎岖的乡间小路上颠簸，他也能闭上眼睛打个盹，好让自己超负荷的大脑休息一下。

只有在惠汀福，他自己的床上，他失眠了。

他的习惯是侧身睡在自己的左边。罗斯在世的时候，罗斯就睡在他的身后。夜里，他能听见她的呼吸声。有时她挪到他身边取暖，她的手会轻微地惊扰到他。现在，罗斯不在了，他感觉自己的身后空空荡荡，始终缺少点什么。

他试过往右侧睡，平躺着睡。他试过到床的另一头睡。他把床搬到其他房间，再弄来一张新床。他换房间睡。根本不管用。床跟长了手指一样轻抚他的背，被子像是在拥抱他，每一阵风吹过来都仿佛是她的哀叹声。

反正是睡不着。他起身走到窗口，向外眺望。天空几乎黑成一团，只剩下一弯明月照耀着教堂的尖塔。也就是在这样一个相似的夜晚，他发现自己身处墓地，和布莱克说着话，周围尽是紫杉树的黑影和新近挖掘的等候着主人的墓穴。其中一个墓穴本该是多拉的，他还记得。

以前他在全国各地跑，走公路，走铁路，今天在伦敦，明天又在千里之外的，他很容易管理好自己的念头，不让它们乱窜。可到了惠汀福，面对这月空下直插天际的尖塔，那些他原本希望互不牵扯的念头往往要碰到一起。

他与布莱克达成了一项协议，多拉逃过一劫。

这两件事之间可能存在某种关联，贝尔曼不得不担忧。就在多拉逐渐恢复的时候，他正处于一种极度悲痛的状态，他的心理活动都不能准确地说成是理智的。他很清楚这一点。后来，他又大大地松口气，更没有什么思考的余地。再后来，就到了考虑"贝尔曼-布莱克"商场名号的时候了。

每逢这样的夜晚，那些他也许早该思量的心事就跑回来折磨他。他与布莱克达成了协议，而他的女儿，从死亡的边缘上回到他的身边。既然他现在与死亡有了业务方面的联系，他更愿意考虑自己从中得到的好处。于是，到了半夜的时候，他的脑子就会提出来：多拉的起死回生就是他获得的好处之一。然而，他只消看看她——看她的虚弱无力，看她拖着步子从一个房间走到另一个房间，拄着一只手杖，头上还戴着遮盖头皮的纱巾——就不能不怀疑，死亡并没有放手，只是在静候时机。

他们的协议是什么？他不止一次地想回忆起来，但他的失败难道不能说明他其实什么也没有答应吗？万一他是既得到了机遇、受到了恩惠，又没有承诺任何东西，那如何是好呢？恩惠可能随时被撤销，机遇可能莫名其妙地被收回。没有协议，天晓得他该怎么做才能满足要求……

贝尔曼把脸从窗口转开，放下了窗帘。他不愿意月亮直端端地窥进他的屋子，指明他所在乎的东西，暴露出他的珍宝。宁可将他对孩子的爱藏在心里，宁可将它掩藏在暗处，也不要拿出来示人。也许他离得远远的，对大家都好。就像大鸟在远离巢窝的地方努力展示自己，为的是引开那些掠夺幼鸟的敌人。贝尔曼也要以同样的方式保护自己的女儿。贝尔曼-布莱克商场经营得越成功，女儿也会越安全。

8

贝尔曼没有忽视商场的施工情况。在他四处奔波的间隙，他回到伦敦，看看商场建设的进度如何。

他在伦敦保留了一间办公室，离工地非常近。因此，他能从办公室的窗口看着商场一砖一瓦地从地面挺立起来。他也在这里面试高级员工。他找到了一位出类拔萃的人才来充当他的得力助手，此人名叫弗尼。他有一双柔软、白净的手，和以前建筑师推荐的项目经理一样，可贝尔曼当时是否决了那个人选的。做心算的时候，弗尼那肉嘟嘟的手指便快速地跳起了芭蕾，指尖变戏法似的弹来弹去，看的人眼花缭乱；直到算出了结果，他才把两只手搓到一起，再一丝不苟地写下答案。当然，对于一个和数字打交道的人，一丝不苟没什么坏处。贝尔曼录用了弗尼，虽然目前他只有一半的工作可做，但贝尔曼已经开始支付他工资了。

今天贝尔曼要见的是福克斯。他在伦敦的时候经常和福克斯见面，他们要一起讨论接下来的工作、时间安排和待解决的问题。就目前来说,最主要的任务是门的制作。

离约定的时间还差一分钟,贝尔曼看见福克斯从工地走过来。他的步伐雄健有力,这是他无意识当中从贝尔曼那里学来的。

"请进!现在情况如何?你能在五月十五日完工吗?"

贝尔曼惯用的开场白。

"所有准备工作都会在五月十五日当天就绪,考虑到了休息时间。入口的橡木大门交由迪金先生设计,他把任务布置给他最得力的手下。侧门和后门是他的团队在负责。"

贝尔曼点头。"我今天想讨论下内门的问题。我希望你把商场当作一家戏院,顾客们不能被后台发生的任何状况所打扰。你注意到那些一直贴到走廊的软木了吗?"

"软木现在就在仓库。门的另一侧也需要贴软木吗?我们还没有决定呢。"

"软木比台面呢的隔音效果要好。就这么办吧。除了噪声,要考虑的还有很多。补充货品的时候要尽量回避顾客。允许员工进出卖场的时候,必须慎之又慎。员工通道与卖场之间的门不能是门的样子,以肉眼看上去必须和护墙板融为一体。依我之见,每扇门的边缘最好隐藏在浮雕的阴影部分,这样墙上就不会出现断裂的痕迹。"

"门把手呢?"

贝尔曼摇头。"只消一个碰球,每一侧的压力都能感应到。每一名员工都必须在悄无声息、不引起注意的情况下进出。"

福克斯一边点头,一边在他的小牛皮封套记事本上记录这些指导意见。他的记事本也是从贝尔曼的供应商那里买来的。他写字用的铅笔是贝尔曼以前给他的。

"包在我身上了。"

"你肯定这项目能在五月十五日之前完工?"

福克斯微微一笑:"你要是愿意,我都能提前到十四日。"

贝尔曼盯着他:"你能吗?"

福克斯也就随口这么一说，开个玩笑罢了。可他忘了贝尔曼是不懂幽默的，既然话已出口，年轻气盛又乐于挑战的他就干脆地答应下来："那当然。"

午饭过后，他们坐了半个小时的布鲁厄姆马车[1]来到一座院子，然后走进一个飘散着雪松和松木香味的房间，里面铺满了从婴儿头上剪下来的卷发，踩起来咯吱作响。房间的墙上有一个架子，上面整齐排列着各种圆凿和平凿。雕刻师傅留有一头白花花的板寸，正在忘我地工作。

"全伦敦最棒的。"福克斯嘟囔了一声。此时，师傅抬起头来向他们致意，福克斯又大声地招呼："杰弗罗伊斯先生，这是贝尔曼先生。他来看看工作的进展如何了。"

"两个大的部件已经完成了。"他做了一个手势，邀请他们到工作间的后面去看看。墙边靠着两个硕大的 B 字；它们的个头比人还高，精美的形态像是一个模子里刻出来的。

贝尔曼和福克斯用手指抚摸 B 字的曲线，欣赏那流畅的雕工、典雅的饰纹、严密的接头。

"电镀过后，这些接头就基本看不出来了。"杰弗罗伊斯告诉贝尔曼。"再看看这儿"——那是一长串雕刻出的常春藤叶子和精致的木制百合花——"它们这样结合在一起就像是花环。"

贝尔曼不能再满意了。一流的做工、大气的字母，再镀上银，就更加有气势了；花环也会很漂亮。

"看起来差不多了……还有什么要做的吗？"

"还有个'和'字。"

"盒子？"贝尔曼疑惑。

"'和'字，就是'与'字符[2]，你应该是这么叫的。来看看吧。"他们移至工作区。一块被紧紧夹住的木料正是杰弗罗伊斯先生

---

[1] 即 brougham，旧时的四轮单马马车。
[2] 即 ampersand，符号"&"。

在雕刻的，木料的边角和底部被粗糙地砍过几刀，木料上有铅笔轻轻勾勒出来的线条，顶部已经开始成形了。杰弗罗伊斯选了一把圆凿来雕刻。只见他站到一个平台上以达到合适的高度，然后把身体重心转移到一只脚上，再小心翼翼地侧向雕刻的用具。他的动作看起来像是从整个身体发出的，而不仅仅是手臂；一片刨花掉下来，仿佛一片刮下的黄油。他重复着这个动作，只有极细微的调整；一遍遍地重复之后，一条弧线出来了。

是与字符。那个象征着商业关联的符号，那个将两个 B 字拉拢在一起的符号。是连接，是纽带。

忽然，一丝意想不到的疑虑钻进了贝尔曼的脑子里。他歪起脑袋，又看了看。那个真的没问题吗？

"你不觉得那个东西会显得太……"

福克斯的脸色紧张起来："太什么？"

杰弗罗伊斯先生停下手里的活，和福克斯一起注视着贝尔曼。

到底怎么回事？贝尔曼的胸口闷得慌，嘴巴也很干。他是不是太热了？

看到老板不吱声，福克斯便插嘴进来："如果做得不对，还可以重做。我们看看……"他随身带了设计图原稿，他把它打开、铺平。他对比了交给雕刻师傅的草图和尺寸。"都是照设计来的，与字符要和两个字母等高。当然啦，实物也许看起来比例不太协调……可现在它还没有完工，感觉有点生硬，等彻底完成之后，就会好很多。镏金的工艺也能消除生硬的效果。到时候，它会变得更——怎么说——柔和。"

"说得对。更那个什么，没错。"

一时间，大家都不知道该怎么办。杰弗罗伊斯看着福克斯，福克斯看着贝尔曼，而贝尔曼则看着那个即将从一块橡木中脱胎出来的符号。

完成之后，它就没那么生硬了。镏过金，它看起来更光鲜。

贝尔曼拉了拉他的领口，费力地吞了吞口水。

"当然,如果你看它不对劲,可以重新做。甚至有些成品都可以拿来再利用——"

"不用,你继续吧。没什么不对劲。"

他们转身要离开了。

"那下周三左右能完成吗?"福克斯问杰弗罗伊斯。

他们往外走的时候,杰弗罗伊斯点头,还说了些贝尔曼没怎么听清的话。

"找一家酒馆。"贝尔曼指挥司机。

"就是那些木屑,"福克斯表示同意,"弄得嗓子干疼干疼的,简直受不了。我猜,你没听见杰弗罗伊斯说什么吧?"

"什么?没听见呢。"

"他说,'再见,布莱克先生。'你说滑稽不滑稽?好像总能遇上这样的事。"

在酒馆喝酒的时候,一直到回摄政街的路上,福克斯发觉贝尔曼都异常的沉默。他似乎在思考某个非常棘手的问题。心不在焉、优柔寡断,甚或茫然不知所措,这可真不像他的风格。他的脸上,已经看不到贝尔曼特有的决断和坚韧,反而露出一种非贝尔曼式的表情。那是什么?忧虑?苦恼?还是绝望?

"你还好吧?"他问道,心里没底。

贝尔曼没有回答。他的眼睛凝视着前方,让人感觉他的魂儿飞到了几英里以外。因此,当他突然开口说话时,福克斯着实被吓了一跳。

"我曾经跟一位老兄搭过话,几年前的事情了。基本就不认识这位老兄,从来没人引荐过。是他把我带进来的,经营丧葬用品的业务。可以说是他发现了这个商机。"

他的眼睛紧盯着福克斯。福克斯说了一句:"后来呢?"

贝尔曼皱起眉头,抓抓脑袋:"这就造成了问题,是不是?如果他跑过来,想要……"

"想要他的那一份好处?"

"万一是这样呢。"

福克斯想了想。他不是律师,但他也亲自签订过不少合同。"只是搭过话,你说?你本来没想过要和他谈生意的?"

"没有!没有!我们纯属偶遇。"

"他没有提出他的条件和要求?没有叫你签什么东西?"

贝尔曼摇头。

"要是这样的话,他也没什么依据啊,对吧?"

"你是这么认为的?"

"当然!有想法是一回事,实现想法完全是另一回事。他后来帮过吗?"

"没有,连见都没见过。"

"那敢情好。这种事情,律师都会一笑置之的。谁能说这主意不是你自己想出来的呢?你当时已经在从事制造业了。有合同,有投资,而且也是你呕心沥血地把生意做起来的。"

贝尔曼苦了一下脸:"如果说确是他的主意呢……"

"主意嘛!我每天都能想出一百个来。可除非有人愿意投入时间和精力,否则它们一钱不值,"他忽然想到点什么,"你们的谈话可有旁人作证?"

"除了我们,没别的人。"

"那就别再多想了。如果他跑过来,手里端着个要饭的碗,你可以招待他一顿便饭、一瓶白兰地酒,或者叫他碰个软钉子,打发他走,这全看他的表现了。如果他想跟你打官司,随他的便。你又不是不能否认你们之间的谈话,是吧?"

贝尔曼将信将疑:"但我已经告诉你了。"

福克斯冲他挤眼睛:"你过去十分钟所说的话,我可是一个字也没听见。"

回到摄政街,马车放慢了速度,车门在工地的嘈杂声中打开。贝尔曼又振奋起来。他劲头十足地从马车上跳下来,将两只手

"啪"地握到一起。

"那么，我们今天有多少工匠在工地上？二十个？我们去看看那红木怎么样了。"

很好，福克斯心想，他现在是忘了那茬，继续做下一件事情了。

9

当天夜里，凌晨三点。一个与字符像绳子一样缠绕在贝尔曼的脖子上，它勒得死死的，让贝尔曼透不过来。当他睁开眼睛时，他发现自己正睡在伦敦寓所的卧室里——那是他习惯就寝的地方。他大口大口地喘着粗气，心跳快得就像刚刚经历了一场死亡。

叫他碰个软钉子，打发他走……否认你们之间的谈话……天哪，他真的允许自己动这样的歪脑筋吗？万一布莱克要偷听到这些讨论，怎么办？万一他发现贝尔曼正在想办法断绝他俩的合作关系，怎么办？

可他俩之间究竟是一种什么样的合作关系呢？布莱克是肯定支持他的，对吧？否则，他完全可以找另外的人谈他的想法。他们之间是达成了共识的，他确信无疑。贝尔曼充当任职合伙人：由他来与外界交流、书写信件、组织会议、物色承包商、协商条款、支付费用；接下来，也是由他来招聘女裁缝和女售货员、雇佣文员、建立制度和体系、应对投资人，以及负责日常的运营工作。

而布莱克呢，怎么说好呢？他其实什么也没有做。福克斯的看法是对的，他没有提供资金，他似乎乐于让贝尔曼来操控一切。当你客观地看待这个问题时，就会发现，几乎整个项目都看不到布莱克的影子。只有一点，这首先是他提出来的主意，而且是个绝妙的主意。妙到让那些缝纫用品商人毫不犹豫地投资入伙，妙到让银行积极主动地提供大额贷款。

他蹙额凝思。他对墓地那一晚的记忆始终无法形成清晰的图像，但他从那些模糊的记忆中得出一点清醒的认识：布莱克可不是随便用一瓶威士忌就能打发的。只要想象下那场面——你为我做了件大好事，我的朋友！来吧，让我用这瓶酒来表达我的谢意！——他就觉得很不舒服。至于打官司，否认布莱克的权益……他似乎看到了布莱克的眼睛，正从被告席上义愤填膺地盯着他、控诉着他。那目光穿越了时空，穿透了他卧室的墙壁，将他死死地钉在床上，令他胆寒。他确实很友好、爱交际，但与此同时，他不也很强大？甚至说，有威胁力？

可话说回来，布莱克到底想要什么？

贝尔曼下了床。他想起草一份合同，就在这里，就趁现在，今晚。不管那男人什么时候跑过来——他肯定会现身的——他都能打开抽屉，拿出一张纸，告诉他："你去哪儿了，布莱克，我亲爱的朋友？不过，来得晚也总比不来的好。这份合同一直为你准备着，而且我已经为你挣了不少身家了。"这样总该没有后顾之忧了。

他穿着睡衣坐到桌前，说写就写了。这是一份相当标准的合同，天晓得他这辈子已经起草、签署过多少份这样的合同，他完全知道自己该怎么做。他可以留下一个空白处，等他日后做点估算之后，就立马填上具体的百分数。目前的重点是把条款和条件清楚无误地写下来。

可不知什么原因，他才写了几行，就发现整个合同都不对劲了。纸面上的文字显得单薄无力，说不到点子上。它们丧失了平时的力度。

也许他该找个律师来审核下……

一想到要把这件麻烦事一五一十地向律师坦白，他当即犹豫了。这件事的来龙去脉的确太奇怪了，大体的情况也没个正儿八经的说法。跟福克斯聊的时候呢，他可以隐去某些内情不说，含含糊糊地带过去。但对于律师，这就不行了。总的说来，贝尔曼苦恼地想,跟律师说这些会很尴尬。

他把刚才写好的内容通读一遍,然后将纸撕成碎片,扔进废纸篓里。这份合同应该有更好的措辞方法。他打算明天再写,等他清醒一点的时候。

10

在一年多的时间里,每天都有上百名工人为了修建贝尔曼的庞然大物而辛勤忙碌。现在,整栋建筑的骨架已经拔地而起、巍然耸立了。玻璃工人们正紧张地将大块大块的玻璃安装上去,像是在为大怪物那黑洞洞的眼眶安装眼珠子。附着在建筑骨骼上的,是一条条专为商场的生命线——钱设计的动脉。装钱的小罐子可以被放进任何销售点的壁龛里。只要壁龛的门一关上,气动系统就能将客人付的钱快速地传送到中央财务室;出纳员开具好发票之后,再以同样的方式返回给客人。这一过程中,销售人员能够继续向客人表达同情和慰问;贝尔曼始终认为,表达同情和慰问的时候不适于数钞票。另外还有一个静脉网络,它为所有的活动输送照明的煤气。最后,在骨骼和动脉之上覆盖了一层工匠们用红木镶板做成的皮肤。

所有这一切,贝尔曼都了然于胸。他很满意。

装修工人进场的日子到了。他们的工作是让这个怪物具备商场的特征:为卖场安装柜台、隔板、柜橱、抽屉、展示柜和货架;为第三楼的办公区安装桌子和文件柜;为第四楼的缝纫区安装女裁缝操作台;为地下室安装棚架和派送操作台、送货接收区域和存放区域,以及相关的办公室。

就在这一天,大楼之外也有了动静。少数过路的人正聚在一起,准备看热闹呢。他们的眼睛都注视着商场正门上方的平台。他们有一种期待的情绪,仿佛那是一座即将被揭幕的雕塑或纪念碑——惊喜是谈不上的，因为商场玻璃窗的上沿已经写上了"贝尔曼-布莱克"的名字。

离地面十八英尺的地方，三个男人站在高台上。其中一个果断地向地面的同事打手势，同时大声喊："往上！往上！再往上！稳住！"那是一个沉甸甸的大家伙，里面塞了东西，外面包裹得严实，还捆上了干草。因此，要知道它的真面目，只能靠想象。它缓缓地升了起来，在吊绳的末端从容地晃动，完全不管自己有多高、离玻璃窗有多近。下面的人奋力拉着滑轮，上面的人则伸出手臂稳住它，将它引导至壁架上。紧接着，第二个鼓鼓囊囊的物件被吊到空中，然后是第三个。接下来，平台上一阵忙活：解绳子，脱麻布，拿掉填充物。

贝尔曼仰望得脖子都酸了。为了不让自己头晕恶心，他低头去掸那些落在衣服上的干草屑。

他的旁边，福克斯正吼得起劲："往左！再往左！停！"

此时福克斯又拿胳膊肘推他："你看怎么样？差不多了吧？"

贝尔曼又抬起头。工人们已经走到高台的边上，好让他们看个清楚。硕大的徽记就醒目地挂在那里，把工人们显得很矮小。他名字的缩写，加上布莱克的缩写，被扭扭曲曲的与字符铸在一起。它们在阳光下银光闪闪，赢得了围观群众的热烈掌声。

更光鲜，他们早跟他说过了。更柔和。

他这次是有准备的。

"是的，"他简短地回答福克斯，"很好。"

人群中有人把注意力从商场正门转移到他的身上。

"贝尔曼先生，就是他，"他听见有人在说，"是他本人。"

接着人群中又冒出来另一个声音："那布莱克先生呢？他在哪儿？"

贝尔曼冲着高台上的工人匆匆挥手，表示谢意，然后往正门的方向大踏步走去。

"你不想看看花环的安装？"福克斯追在他的身后。平台的后面有几只待拆开的板条箱。他今天上午已经查看过了，箱子里装着银匠打造的百合花和镏金的常春藤叶花环。

"你看着就行了。等安装好了，我再过来。"

可那天实在太忙了，他抽不出空来，他是分身乏术。但这也没关系，工人们知道他们该干什么，福克斯也在现场看着。而且，总归是有明天的。

11

男人们踩在梯子上安装煤气灯。他们狠命地锤钉子，毫不顾虑自己的耳朵。有一扇窗户没有安装好，漏了雨水，他们就把墙面的涂料用砂纸砂掉，再重新刷上。他们将床垫从地下室搬到楼顶，为女裁缝们准备好床铺。他们伏在楼梯上，给固定梯毯的金属条标示出安装支架的位置。到处都摆满了工具和材料，到处都是人；谁都没法在需要的时候找到自己的凿子。福克斯忙得团团转，不停地点头、核对、勾选。

离贝尔曼-布莱克商场的盛大开业只剩下两周的时间了。在那天到来之前，有上千件工作要完成，而这些工作目前都在同时进行。

一群姑娘的到来让这幅忙乱的景象显得更加无序。今天是她们来面试做裁缝的日子。她们从侧门进入大厅，发现里面尽是男人在敲敲打打、做测量、做搬运、吵吵嚷嚷、骂骂咧咧。空气中充斥着涂料和清漆的味道。她们小心翼翼地拎起裙子，以避开木屑和涂料。然而，有太多的东西在阻碍她们的脚步——裹成卷的地毯、厚重的木板、长长的线脚[1]，都像是存心为难她们。这让男人们有了大

---

[1] 即 architrave，门窗的框缘。

献殷勤的机会,他们乐此不疲地搂住姑娘们的纤腰,将她们一抱而过。搬运床垫的几个伙计对每一位姑娘都挤眉弄眼,承诺要"为你留下最柔软的床垫,我的小可爱"。可大多数的姑娘都急于找份工作,没心情搭理他们。

其中有一位姑娘,她和别的姑娘一样美丽、窈窕,却面色苍白地不敢挪动脚步。也许这喧闹、嘈杂的工作场面令她很难堪,难堪得想打退堂鼓。如果自己必须要从这满屋子的男人中间穿行而过,那她甘愿一走了之。可就在此时,一位父亲般慈爱的工匠对她说:"走那儿吧,小姐。从那扇门进去。"

她嘴巴上感谢工匠,但心里又觉得他是好心帮倒忙。这下子,她只得继续往前走了。

"他们不会吃了你的!"他安慰她。她淡然一笑,道了声谢。

在这些忙着干活和调情的人中间,还有一个贝尔曼。他穿着一身黑色套装,幽灵般地出现在商城的各个角落。他每到一处,他的影响力就会辐射到周围,形成一个圈子。但凡处于这圈子以内的工人都会卖力地干活,不敢像其他人一样闲聊、打闹。就连刚来的姑娘们也感受到他带来的氛围的变化。她们忍不住想看他,眼里充满了敬畏。

当贝尔曼穿过二楼大厅、消失在一堵厚厚的红木墙后面的时候,那位面色苍白的女孩向刚才帮助她的工匠询问。

"那就是布莱克先生?"

"那是贝尔曼先生,亲爱的。我们在这里根本没见过布莱克先生。"

那姑娘找到了通往面试地点的路。她们被安排在一个初级文员共用的大办公室等候,办公室内一张桌子也没有。也没有男人,只有一位神情凝重的夫人在询问每一位到访者的名字,然后拿一份名单核对。姑娘们镇定下来,准备面试。她们用灵巧的手指将一缕缕头发塞进帽子里面。这可马虎不得,贝尔曼-布莱克商场的薪水是很高的。

不一会儿，房间这头的一扇门打开了，出来一位中年妇女，姑娘们之间的窃窃私语也随之停止了。看那妇女的发型，那可是再简单不过的了；再看着装，也是干净利落到了极致，深沉的黑色，没有任何的点缀。所有的姑娘们都立刻意识到，那就是她们的榜样。

妇女从同事的手中接过一份名单，叫了第一个名字。一位姑娘举起了手。

"请你进来，好吗？"

门在她们身后关上。面试开始了。

贝尔曼走员工楼道到第三楼。走廊里飘荡着新刷涂料的气味，他随时都得小心，不能擦到墙壁。和其他地方一样，他的办公室也是未完工的：办公桌已经搬进来了，他也开始用了，但它的位置却始终没有固定；一箱箱的文具被堆放在一个角落里；一块巨大的软木公告牌被靠在墙上；一些有棱有角的物件被包在纸里，外面系上绳子——是挂在墙上的版画吗？——还写有"小心轻放"的字样。

百叶窗是昨天晚上才匆忙装上的。贝尔曼将它拉下四分之三，半明半暗之中，他把公告牌往边上挪了一英尺。他的手指在红木镶板上摸索，找到挂版画的钩子，再用力一拔。红木的塞子很轻易就被拔出来了。

贝尔曼的一只眼睛凑到那个孔上面观察。桌子的摆放角度是预先调整好的，这样他就看不到优秀的查尔克拉夫特小姐——他的高级女裁缝，却能清楚地看到前来面试的姑娘。

"你以前在哪儿工作？"查尔克拉夫特小姐问道，"你在那儿工作了多长时间？你有什么作品给我看吗？"

与此同时，贝尔曼从口袋里掏出他的记事本，写下"1号姑娘"。接着他倾听她的回答，观察她的举止和样貌，给她的综合素质打了七分。第三栏是用来评估技能的，他留着空，让查尔克拉夫特小姐来打分。第四栏是他给的印象分。这个分数能反映出一种不太好把握的特质。他聘请的女裁缝们不会整天待在楼上工作，而不出去见人。她们偶尔会被要求上门服务，亲自到客户家里为客户量身、定制；她们要在短短几天内为一大家子连同他们的佣人赶制丧服。因此，如何在遭丧之家举止得体、代表公司的良好形象就成了一个问题。贝尔曼认为，至少得有部分女裁缝具备一种独特的品质，一种被他定义为"贝尔曼-布莱克式"的品质。并非所有的姑娘都适合为哀恸不已的家属们量体裁衣；要想让伤心欲绝的女士们穿进黑纱，就必须做到轻柔似水、不露痕迹。这确实难以说清，但贝尔曼以为，一旦他发现了这种特质，他能够识别出来。

贝尔曼委托查尔克拉夫特小姐问一些更私人的问题，以试探应聘者是否具备这样关键的素质。这也是最后一栏所要评估的内容，而 1 号姑娘并不具备该素质。因此，他干脆地填写了数字零。

贝尔曼做出评估的速度很快。他不会停下来想。姑娘们一个接一个地进来，他便挨着在每一栏里填上分数。他只用了一部分大脑来倾听和观察，剩下的则用来考虑别的问题：福克斯开除了一名玻璃工，因为他打碎了价格不菲的玻璃，但他竟然偷走了另一个人的工具，至少那个丢东西的人是这么说的。此外，他们聘请来管理派送工作的人今天没有上班。这到底是怎么回事呢？对啦，房子已经准备得差不多了，现在是人的问题……

面试室里有什么东西吸引了他的注意。

是 9 号姑娘在说话。

"……太突然了。我根本没有想到。本来一切都很正常，但突然就……"

她抬起一只手，一个乞求的手势，仿佛在召唤某人回来，或者想抓住不断流逝的什么东西。尽管她不可能知道有人在暗中观察，但她的手确实在往那个方向移动，令贝尔曼产生了一种错觉：她在向他伸手。她满脸的期盼与渴望，好像逝者的生命随时都有挽回的可能，哪怕就是现在。她沉默了一会儿，接着她把手收回，放在膝上，再闭上眼睛。当她重新睁开双眼的时候，她忧伤的眼神中透露出对痛失所爱的无可奈何。

优秀的查尔克拉夫特小姐选了一个恰当的时机来表达她的问候。紧接着，她问对方能否展示下作品。

于是，9号姑娘拿出随身携带的作品，两人把头凑到了一起。

贝尔曼做好了记录，并决定要亲自审问那个自称丢了工具的男人。当着贝尔曼的面，他的谎也就撒不下去了。等贝尔曼再次把眼睛凑到小孔的时候，10号姑娘正落下座来。

前面十二个姑娘都已经面试完了，贝尔曼按照计划从中门走进面试室。他和查尔克拉夫特小姐交换了意见，发现他们想得一样。他们把应聘者从头至尾地筛选一遍。有些很快就淘汰掉了，她们的名字被查尔克拉夫特小姐一笔划掉。还有些很快就被录用了。他问"这个可以吗"？她回答"可以"。然后对应的名字后面就出现一个大大的勾，算是定下了。他们偶尔也会讨论一下。查尔克拉夫特小姐见过每个人的作品，而他没有。他们一起权衡、评估、对比，花上半分钟的时间来决定姑娘的去留。

"9号姑娘，"查尔克拉夫特小姐念道，"我现在给她的综合评分是五分。她没有过大型企业的工作经验，像贝尔曼-布莱克这么大的。"

贝尔曼给的也是五分。

"她的作品如何？"

"很匀称，但她不一定能满足我们的效率要求……"

查尔克拉夫特小姐准备提笔划掉她的名字。

贝尔曼发现自己忘了给她的特殊品质打分，就是那种适于到遭丧之家登门服务的特质。具备这种特质的人能在沉默之间给予最恰当的慰藉；他的出现能安抚——至少不会打击到——那些新近丧亲的人。他试图回忆起她的样子。胖胖的？棕色的卷发？可他就是想不起来。

他所记得的，是那只略微抬起的手、那副悲痛的表情，还有她控制情绪的能力。

"我觉得可以试试她。"他说。

优秀的查尔克拉夫特小姐没有表现出惊讶之情,毕竟他是老板。她的铅笔移到名单的右侧,划上了一个勾。

12

他心里埋怨福克斯。他本来希望商场能在十五号完工,可福克斯非要逞能,保证在十四号就完工。因此多出来这无所事事、无聊的一天。

贝尔曼有点不舒服。睡醒之前,他就感觉到了。此刻他正站着镜子前面,一边用修面刷刮香皂沫子,一边研究自己脸上刚冒出来的黑乎乎的胡茬子。他把雪白的泡沫刷到下巴上,接着拿起了剃刀。是哪里不对劲呢?

一切都准备就绪了。贝尔曼-布莱克商场明天就能迎来它的工作人员。贝尔曼作为一家大型商场的建造总监的工作已经完成,而他作为一家运营企业的经理人的生涯还没有开始。他的人生正处于两者交替的间隙,这种不上不下的过渡状态让他很不适应。他真希望今天就是明天。明天,八点以前,商场的侧门就会打开,文员、女售货员、部门经理、女裁缝、维护技师、门童,还有一位马车夫,众多的打包人员、操作员、信差,都会一拥而入。明天,他就是大小事务的核心,一整天都忙于回答各种疑问、解决商场运营中不可预见的难题。他将完全沉浸于工作中。然而,明天毕竟还没有来。

今天仍旧是今天。麻烦就麻烦在这儿。

没有什么亟待解决的难题,一切都顺顺当当、井然有序。每一块地板都装上了,每一把锁都上好了油,每一套制服都熨烫平整。

这对福克斯来说再好不过了。他今天会干些什么呢?肯定是庆祝完工。他会和朋友在一起，也许是家人。贝尔曼觉得福克斯应该有些家人。

贝尔曼从镜子里看到自己的眼睛，发现里面竟然有什么东西搅得他心慌意乱。他很快转移了视线。

他是遗忘了什么吗？那种搅扰他的不安情绪是那样的浓重，但他并不是健忘的人啊。

一朵鲜红的血花在他鼻子旁边的白泡沫上绽开。他刮到了那颗小痣。真该死。

贝尔曼吃完了早餐，写了几封无关紧要的信件。

多拉已经到伦敦来了，只是过来看看。贝尔曼并不愿意打搅她。昨天赶了那么远的路，她必定累坏了。

他一页页地翻看自己的记事本，都是他最近几周的工作清单。每一项都打上了勾，这让他基本放下心来。可他还是不甘心，因为今天不是个办公的日子。

当他得知多拉已经起床的时候，他去了会客厅："真抱歉我最近太忙了。"

"从我出生那天起，你就一直很忙，父亲。我完全习惯了。"

"后面儿天我也会很忙，比以前还忙。"

"那是当然。"

多拉正在用她的望远镜观察对面广场上的树梢。这时候，如果能留下来聊会儿天，那肯定是很愉快的。但他不知道跟女儿说些什么，他的丧葬生意让他忙得昏天黑地，他都忘了怎么扯家常了。

八月的天空，云层很厚。他步行去餐厅吃午餐，他读了一份报纸。这就是休闲！人们到底喜欢它什么呢？这只会让他难受。

下午五点，他再也忍不住了。他走路去了贝尔曼-布莱克，把沉甸甸的钥匙插进去，然后转动。钥匙在锁孔里活动顺畅，他很满意，焦躁的情绪也略微得到点安抚。门打开了，只沉稳地晃动了一下。在路人好奇的注视下，贝尔曼闪身进去了。

门内一片沉寂，悄无声息。一楼的窗户都有遮挡，室内的光线便早早地暗淡下来。于是贝尔曼走向中庭，那里有从楼上投射下来的光线。过去，他曾上百次地进入这栋建筑，监工、讨论、签字、解决问题和争端，周围总是充斥着各种工具、人和设备的噪声，而他也总是怀有某个特定的目的，难以看到商场的全貌。今天，这里只他一个人，没有任何的声响，完全成为了他的领地。

他爬上了楼梯。他已经检查过栏杆的光滑程度，已经对比过地毯和样品的颜色。今晚，他只需要尽情地欣赏这些细节，感叹自己的设想得到了多么精确的展现。

贝尔曼没有停下来。他时不时地点头，表达内心的满足。这里是珠宝的展示柜；这里是放手套的抽屉；这里是半身模特，虽然现在还是裸体的，但很快就会戴上披风、衣领和披肩之类的；这里是壁架，可以把纺织品放上去对比；这里是柜台，墙上有一个壁龛，用来放现金，抽屉里还有一个订单簿……这里要放上伞，这里放上鞋……所有的一切都准备得如此完美，这就让人更加不能理解：怎么会莫名其妙地担心有疏忽呢？

继续上楼。现在他走出了公众场合，红木的镶板不见了，高高的天花板和大大的窗户也不见了。这里是后台，属于笔墨、纸张和钞票的地方。有一个房间是气动支付系统的核心。每一扇舱门旁边都有一张桌子；每张桌子上都摆放了墨水、空白的发票和吸墨纸。

那间文员办公室，贝尔曼在查尔克拉夫特小姐面试那些姑娘的时候看到过，几乎是空荡荡的，可它现在已经有了几排桌子。他挑了一张桌子坐下，他的眼睛往镶板上那个观察孔的位置看了看。什么也看不出。

坐在那位女裁缝曾经坐过的地方，贝尔曼把手抬起来，正对着那个肉眼无法发现的观察孔。他模仿她的样子，摆弄起自己的手指和胳膊。伸出手去抓——抓什么呢？手指什么也没有捏住。他的手沮丧地垂到他的膝上。他困惑地摇摇头，接着再重复那个动作，好像它是一种他尚未摸清的技艺。试过几次之后，他彻底放弃，离开了房间。

　　他的私人办公室只为他一人守候。它比实际需要的面积要大，建筑师的意思是，要让它打动人。贝尔曼对此很不屑，他从来不会依靠房间的大小来打动人，他也从来没有被房间的大小打动过。不过他还有机会把房间再划分一下。从他的办公室，他能一眼看到前厅。他的秘书将在那里工作，控制外人进入贝尔曼的办公室。办公区里的最后一间房是空的，只有一个保险箱占据了三分之一的面积。保险箱的大小也同样打动不了贝尔曼，除非它是满的。他输入了密码，打开箱门，又重新关上。

　　继续上楼吧。离公共场合越来越远了，逐步深入到贝尔曼-布莱克的私密区域。四楼是女裁缝们的工作间。建筑师曾极力反对这样的安排，为何要把如此的都市美景浪费在女裁缝的身上？但贝尔曼始终坚持。这些做衣服的姑娘们，她们每天都要趁着最后一缕阳光消失之前抓紧缝纫。因此，工作间的高度越高，产生的价值越大。"我只要三楼的一个角落就可以了，"他当时对建筑师说，"借着煤气灯来数钞票是完全没问题的。"

　　女裁缝们的工作间令贝尔曼欣喜不已。他回想起六个月前的一天，他向查尔克拉夫特小姐学习服装店的各种业务，他就忍不住笑了出来。那天，查尔克拉夫特小姐领着他去参观女裁缝的工作过程，他自己也亲手试用了针线、针箍和剪刀。他学着把线穿进针眼，好不容易才成功——这活计可比他想象的难上一百倍。他还用穿好线的针在边角料上面缝了几下，先是靠在窗户边上缝，然后跑到暗处缝，惹得优秀的查尔克拉夫特小姐也难掩错愕。

　　"不这样的话，我怎么知道你的姑娘们需要什么呢，查尔克拉夫特小姐？"他是这么反问的。"我要给她们把窗户开大一点，因为天色变暗的时候，黑色的布料比彩色的布料更难缝纫。我还要给她们站立和四处走动的时间和空间。这样一来，如果她们缝得脖子酸痛，也不必假装线不够用了或者针丢了。而且，她们会非常愿意为贝尔曼-布莱克效劳，因为我们懂得如何让她们工作得更称心，尽量不去妨碍她们。其结果呢，就是浪费的时间更少，丢失的针也更少。"

贝尔曼开始想象其中的一个女裁缝（他实际想象的就是9号姑娘，尽管他自己没有特别注意到这一点）。他想象她明天第一次踏入这个工作间，发现一切都安排得井然有序、方便实用，会露出怎样的惊叹之情。试想一下：充足的阳光洒落在长长的工作台上，工作台被倾斜的木脊分割成若干个独立的缝纫台。每个缝纫台都有挂剪刀的钩子，放针线、针箍的格子箱，还有放穗子、绶带的抽屉。

就是这样。他点头，微笑。

能看到自己在脑子里设想了数月的场景几乎一成不变地摆在眼前，这是值得欣慰的。所有那些曾经只存在于他想象中的东西，如今都成了活生生的现实。这也成了他并不健忘的证明。他想就此安下心来，他试图抛开那种难受的感觉。

再往上走。采光井的周围分布着女裁缝们的寝室。他随便走进了一间，它们全是一样的。房间很狭小，墙壁顺着屋檐倾斜，只开了很小的一扇窗户。靠墙是一张带有薄床垫的床，门后有一个用来挂黑裙子的钩子，一只柜子，一个水罐和一只碗。这房间够大吗？

他想象房间里有一个姑娘。9号姑娘就像一个听话的木偶，她站到了洗手盆的旁边，开始洗脸。她解开了头发，她的头发是棕色的，卷曲的吗？至少现在是。她坐到床上，脱下鞋子，然后躺下。

是的，这房间够大，他有了答案。

9号姑娘仍然躺在床上，好像是等着进一步的指令，看他是否会要求她站起来，脱下裙子，然后把黑裙子挂到门后的钩子上。她看着他的脸，很认真的样子。她的黑裙子下隐藏着一具诱人的躯体——当然这只是贝尔曼想象出来的。她的眼睛温柔地注视着他。她张开嘴唇，似乎要开口说话，邀请他——

就在此时，画面突然一转，她抬起一只手，无助地向他伸过去，仿佛要抓住什么失去的东西，永远够不着的东西。泪水涌入她的眼眶，她美丽的面庞因痛苦而扭曲。

贝尔曼急忙退出房间，把 9 号姑娘关在了里面。

从四楼的楼梯间穿过一扇并不起眼的门便是整栋大楼的最后几步台阶。粗糙的木制台阶陡直地上升到一个只有两样东西的地方：其一是用来抬高玻璃穹顶的液压杠杆，其二是允许维护人员前往屋顶的舱口。贝尔曼走上台阶，打开挂锁，推开舱口。当他走出舱口、踏上屋顶时，零落的雨点打在他仰起的脸上。屋顶的中央正是那宽阔的八角形厚板玻璃穹顶。他蹲在穹顶的边缘，想看看那玻璃板是如何严丝密缝地嵌入到那高低不平的格栅里的。实在是漂亮！无论雨水怎么拍打，它都没办法穿透下去。玻璃板的下面有几百英尺的垂直落差，但在黑暗中，玻璃板并不透光，只会反射光亮。因而，那底下的深度是看不见的，只有粼粼的雨水闪烁在夜空的倒影中。

贝尔曼站起来，转过身，仰面凝视天空的雨，然后是更远的、初现于云间的星宿。他深深地、满足地吸入一口气，吐出。

福克斯曾告诉他，能见度高的时候，往东能看到格林威治，往西能看到里士满。可现在，他只看得到克拉肯威尔和肯辛顿。他眯起眼睛，疑惑不解地拿出怀表。已经八点了！难怪了。时间怎么过得这么快呢？不过他还是能看出在北边隆起的樱草山，勾勒出南边新上议院大楼的大致轮廓。他知道，在这些景观之外，城市还在蔓延。

伦敦是多么广阔的天地啊。它有那么多的房子、商业和人口。任何一个生活在这城市里的人，不管看得见、看不见的，都会有需要贝尔曼-布莱克的那一天。他极目远眺，朝所有的方向慢慢转身。鸟儿在渐渐低垂的夜幕下俯冲、下潜；再往下，是四通八达的街道，盖满了或豪华或普通或简陋的房子。这些房子中，或许就有那么一间，比如在里士满，有那么一个人正在打喷嚏，就在此时此刻。同样，也可能是在梅菲尔区，有个人正瑟瑟发抖。或是在斯皮塔弗德，一只腐坏的牡蛎正滑下某人的喉咙；而在布鲁姆伯利，可能有人正往杯子里倒酒,接着一杯就喝多了……噢,这可是没完没了了。他们本来好好的。今天生场病,明天就死了,后天贝尔曼-布莱克就向他们的家属敞开大门了。可以说,它就是一部怎么也搞不砸的赚钱机器。

正是他,威廉·贝尔曼,创造了这部了不起的机器。他是它的主人。等到了明天,他的员工们就要往它的炉膛里添加煤炭,往它的转轮输送水流;当客人们蜂拥而入时,他的机器就启动吸金的功能,吸完他们的钞票之后,再把他们给吐出来。被吐出来的他们已经和先前不一样了,口袋变空了,心情也轻松了。因为机器固然吸走了他们的金钱,也兑换给他们慰藉。是他创造了这一切。那是他的商场,贝尔曼——

他的双手开始颤抖。他确实遗忘了什么,他这辈子再没有比现在更肯定的时候了!他的肚子微微跳动,他的胸腔澎湃激荡:他几乎要想起来了……

雨,更猛烈地打在他的背上。当他感觉到一阵潮湿的寒意在自己的双肩扩散时,一个画面点点滴滴地渗进了他的脑海:曾有那么个地方,就在这下面,这栋楼房的对面,是他一年以前的某一天站过的地方,同样淋着雨。那天,雨水和空气化作了他的空中楼阁。

那儿有一块石头,是这块石头吗?

还是一只鸟?羽毛上有蓝、绿、紫三种光泽的鸟?

已经埋了呀!就在这商场的地基下面!

曾有一只凤鸦从基坑里腾空而起,拍动浸满雨水的翅膀,从商场的楼层穿越而过。这是他亲眼所见,就在那天。

忽然间,他感觉脚下的建筑变得像雾一样轻盈。他甚至产生了一种错觉:自己是悬在半空的,只有雨水和空气在支撑着他。

伦敦城在他的周围坍塌、沦陷。城市像镜子般分崩离析、碎片四溅,令贝尔曼不由得以手护住头。屋檐线裂开了,屋顶整个垮塌下去,连同站在上面的贝尔曼,以令人窒息的速度往下坠落。他无助地跪倒,担心楼房的边角和玻璃格栅会伤到自己。楼房发生了剧烈的倾斜,他真想抓住点什么,手指往湿漉漉、滑溜溜的铅片上抠。他把眼睛牢牢地闭上,可这有什么用呢?他仍然要无止境地往下坠,没有任何起伏的下坠。他恶心得吐了出来,感觉是天也旋、地也转。他就这样不停地坠落,坠落,没有尽头地坠落。

天是黑的。
雨还在下。
贝尔曼能听见呜咽的声音,知道那是他自己。
他的商场下面,竟然埋着一只鸟,一只古老的黑鸟。
他的手指抓疼了,他哭了。
在不知是晚上多少点钟的时候,贝尔曼发现自己不行了。他病了,他必须辞职。他必须去找投资人,让他们聘请新的经理人。
他试着挪动一只手,一只脚。他沿着屋顶爬到舱口。他哆嗦着、流着泪从木制楼梯下去,身上冷一阵热一阵。他很想躺到女裁缝寝室的床上去,可这样不行,他必须得先提交辞呈。下楼的时候,他又感觉两眼发黑,头发晕。他不止一次地摔倒,站不起来,但他总是抓紧栏杆,不断地鼓励自己要站起来,继续走下去。终于,他在历经千辛万苦之后回到地面,像刚爬完了一座山峰似的。他打开门,走到摄政街上。此时的他已经和先前进去的时候判若两人了。

13

摄政街上仍然晃荡着几个人影,即便是到了这样夜深人静的时候。他们或许是赶着去上早班,或许是刚熬完夜准备回家,又或许是那些既没有工作又无家可归、无时不刻不处于煎熬中的可怜人。在路人的眼中,贝尔曼就属于这最后一类。他没有戴帽子,浑身湿透,闻起来臭烘烘的,走起路来呢,又像是踩在棉花上,时不时地还要靠到墙上闭起眼睛歇息。大家都加快脚步走到他前面去，远远地绕开他，尽量不去看他的眼睛。

贝尔曼在这座陌生的城市里左摇右晃地走了一个小时。他注意到别人在经过他身边时斜着眼睛看他；他知道自己有些气促，衣服又湿嗒嗒的，样子很古怪，甚至有点吓人。可他这是特殊情况，没什么好难为情的。不，他不会的！他可是个面临重大拐点的人！他已经拥有了一切！一切的一切！他正准备放弃这一切！

可为什么有这样的冲动，想要放弃自己辛苦赚来的成果呢？他说不清楚。他只是下了决心要做，就一定要做。尽管做的理由尚不够明晰，但已经很充分了。

他在拐弯的地方看见一个熟悉的身影从出租马车上下来。是布莱克！

贝尔曼停了下来。

他一点也不奇怪。那家伙就这么个脾气，非得在意想不到的场合出现。平时他都躲得远远的，等到了紧要关头，他就现身了。一有特殊情况，他就跑来找你了。

何不现在告诉他呢？来得早，不如来得巧。当他想到自己将要卸下商场的重担时，他感到无比的轻松。

布莱克钻进了一条小巷。贝尔曼跟在他后面，他走路的速度快得惊人，贝尔曼必须加紧脚步才能跟上。有好几次，他都以为自己在这错综复杂的巷道里跟丢了，可每一次，他都重新发现了目标：消失在转角处的燕尾服，黑暗中若隐若现的帽子。

尽管他追得很辛苦，但他似乎再也没靠近过布莱克，这家伙始终在和他捉迷藏。追了十分钟之后，贝尔曼开始怀疑自己。他看到的真是布莱克吗？他现在怎么着也该追上他了吧？

贝尔曼望着一条空荡荡的街道，拿出手绢来擦拭额头。他在发抖，他发现自己迷路了。这里的街道又破又窄，光线也更暗了。在他的两侧，房子上面都有黑魆魆的门，有些门是半开的。不难想象，那些门后面会藏着些什么样的地痞流氓。他忽然意识到，那些半夜里出来溜达的游手好闲的人会这么看他：一个中年男人，跑到不熟悉的地界上来，气喘吁吁，还浑身哆嗦。他也听说过：像他这样的男人，要么自己走迷了路，要么被骗到那些黑灯瞎火的街道上，出来的时候就头顶个鸡蛋大的包，身上的怀表、钱包、鞋统统不见了。当然，还有更糟的。那布莱克人呢？他是哪儿都找不到了。

贝尔曼做了最坏的打算。他长呼一口气，强迫自己迈开脚步，慢慢地挪动到下一个路口。就在那儿，他惊喜地看到了布莱克。那样的侧影，他是不会看错的！布莱克正在和某人交谈，一位姑娘，或一位年轻的女士。

"布莱克！"

那个人似乎没有听见。

"布莱克！喂！"

可下一秒钟，他已经消失了。他肯定是钻进背后的门里去了，贝尔曼想。那位女士呢，她正沿着街道，朝贝尔曼的方向走来。

她已经勾搭过他了，现在该轮到我了！贝尔曼想。他准备好要怎样敷衍她。他们两人离得越来越近，可她却没有说话，连看都没有看他一眼。直到他们两人完全靠拢、不得不在狭窄的街道上相互避让的时候，她的眼睛才匆匆地和他对视了一下。她的脸上露出惊恐的表情。

是那位女裁缝，9号姑娘。

贝尔曼努力想控制自己，把刻在脸上的绝望给抹掉。

"布莱克！"他听见自己说，"我认识那个人！"可他的声音像是从很远的地方、经过延时之后才传进他的耳朵。他感觉自己在晃动。

年轻的女士凝视着他："你是贝尔曼先生？"

他不知该如何回答。他身体里的某些东西松懈了；某个很细小却很关键的零件在他的体内脱落了，到处跑，除非他能重新找到它，否则他不再是他自己。这样一种奇怪的感觉，该如何向她解释呢?

他努力张开口,但他无法支撑自己,不得已将一只手重重地放在她的肩上,以防止自己摔倒。

他感受到了两人的接触——通过他的皮手套,通过她的哗叽外套——两人有了接触,他的重量也因而转移到了她的身上。她支撑了他一会儿,他们两人保持了一种脆弱的平衡。紧接着,他开始下沉,站不稳了;这难以阻挡的颓势,令他脚下的石板、他依靠的肩膀、他身上的骨头似乎都崩解了。他眼前一黑,不省人事。

当他醒来的时候,他发现自己身处一间低矮的小屋,坐在屋内唯一的椅子上。炉箅上没有火,连柴都没有。一杯喝的送到他的面前,他便喝了下去,是蜂蜜水。

"那个男人,布莱克……"他先开了口。

"我不知道你说的是谁,你在找什么人?"

"布莱克。"他皱起眉头。怎么说好呢?他的合伙人?一个陌生人?一个朋友?

"布莱克?贝尔曼-布莱克的布莱克?"她紧张地看着他,不太明白,"你以为他在这儿?"

"我看见他了。他跟你说过话。"

她正准备摇头,却又忍住了。她不愿违逆自己的老板。

"就在那儿,"他坚持说,"就在刚才,在街上……"

她的一颗牙齿咬住嘴唇。她的眼睛犹豫地抬起来,望着他的眼睛。

贝尔曼打了个冷颤。

"你的外套湿了,"她轻声说,"你身上凉。我可以送你到大街上,那里有出租马车。"

他点头,起身。他感觉整个房间都在转,又坐回椅子里。

"那就没别的办法了,"她自言自语道,"你得留下来睡会儿。"

她把湿透的外套从他的身上扒下来,打开了墙上的一道门。门后像间密室一样藏着一张床。他倒下来,脸对着她的胸,接着躺到枕头上,然后就睡着了。

一小时过后,他醒了。晨光照进了屋内。他坐了起来,身子下面的床是踏实的,他把脚放到地板上,地板也是踏实的。他试着走了几步。没有那种墙要上翘、下塌或歪斜的感觉。

9号姑娘坐在椅子上熟睡。他踮脚走过去,又转身回来,往桌子上放了几枚硬币。她没有惊醒。她的皮肤上有眼泪干掉的痕迹,她的棕色卷发上还留着眼泪的湿润。

出门的时候,贝尔曼必须侧身经过一个婴儿车。空的。

回到自己的卧室,贝尔曼脱下湿衣服,把它们挂在一张椅子的靠背上。得有一阵时间才能晾干了。此时他那迟缓、呆滞的大脑机械地发掘出一个事实,然后向他汇报。

他没有第二套黑西装可换了。

他拉长了脸,不知是哭还是笑。他本来想过要为自己订制两套黑西装的。可他把这茬儿给忘了!这就是他昨天总也想不起来、一直觉得难受的原因了!

谢天谢地!

那一声从他胸腔里爆发出来的呜咽更像是爽朗的笑。

贝尔曼从来没有觉得上床是这么惬意的一件事。他很快便沉入了梦乡。

当天上午,他第二次醒来的时候,威廉跳下床铺,吩咐要洗澡。

他没有停下来想头一天的焦虑是怎么回事,没有去想自己是怎么在屋顶上晕倒,怎么在伦敦的大街小巷追逐布莱克,又怎么决定要放弃这家商场的。他只知道自己当时有点头晕,有点累,现在可好了,完全恢复了,可要感谢自己这副好身板。

他今天哪怕有一百零一件事情要做,他也要抽出空来去做那第一百零二件——找裁缝定做一套新西装。店里可是有三十五位女裁缝师傅呢,这应该不成问题。

一个温暖的夏日，成对的风鸦会乘着温暖的上升气流，从容不迫地飞到极高远处，远得让地面上的人类只望得见天空的几个黑点。这时候，它们便故意从云端滑落下来，伊卡洛斯[1]般地直冲向地面，翻着跟头、转着圈地冲下来。直冲到离地面只剩下短短一秒的瞬间，叫你的心都提到嗓子眼了，它们才张开翅膀，在升腾的空气中稳住自己，再搭乘上微风，飞向高空。于是它们有了再来一次的机会。

这么做并没有什么特别的目的。它们只是在拿万有引力开玩笑，在炫耀；它们假装不会飞，完全是在嘲弄那些人类。

从天上传来的欢笑声可以判断，这世上再没有什么比一只风鸦假装自己不会飞来得更有趣了。

有不少集合名词可用于风鸦。在某些地方，人们会说一"议会"的风鸦。

---

[1] 即 Icarus，希腊神话中用蜡和羽毛制成翅膀的人，因过分接近太阳、蜡翼融化而坠海。

14

摄政街又活过来了。保姆们推着灵巧的黑色婴儿车四处走动。年轻的姑娘们健步如飞；她们一面听着母亲的唠叨，一面欣赏着街边的橱窗，为那些帽子、鞋子、手套着迷。男人们呢，不论年纪大小，一律在赶路。这里，那里，到处都能看见他们在大街上、马车中间穿梭的身影。小贩沿街叫卖，以职业的眼光来评估每一位路过的同行。孩子们拉着高高在上的大人们的手。可即使是他们，也忍不住抬头去看某些橱窗，然后停下脚步：那里的甘蔗有拐杖那么长；烟草铺子里竟然有一只机械猴在抽雪茄，吐出来的烟也是真的。人们或漫步或闲逛或大踏步走，他们心不在焉或不耐烦地相互碰撞又远离。他们或行色匆匆，或从容不迫。还会有人人一踏入街上，便引得马车急转弯，司机咒骂、大喊着小心……

只有一个地方是安静的、沉寂的。那是一条人行道，挨着即将开业的贝尔曼-布莱克商场。奇怪的是，这里的人比其他地方的都多。

商场尚未开业。可之前一天，在那些帷幕的背后，橱窗就已经装点完毕。到了今早上八点，帷幕落下，贝尔曼-布莱克商场便开始向世人施展它的诱惑。

每一扇窗户的四周都有夸张的连成片的灰色丝绸，活脱脱的一幅静物画。且每一幅的构图各有不同。这一幅是手套和扇子，那一幅是骨灰瓮和天使。另有一幅精心地陈列出各种文具，十二个乌木制的墨水瓶子。此外，还有以黑玉穿过的帽子，各种面纱。到处都能看到不同材质、不同工艺的宽幅布料：棉的，麻的，毛的，丝的；巴拉西厄的，毛绒的，绉纱的，每一种都像是一个独特的音符，它们共同演奏出一首黑色的交响曲。有一扇窗户吸引了众人的目光，那里面有墓碑和纪念牌，纪念的对象是几个所谓的上校、亲爱的妻子和姐妹，还有最心爱的孩子。然而，最受推崇的也许是最简单的：在一扇窗户里，绶带由白至黑地排列着，中间包含了所有的过渡色，米白、深紫灰、鸽子灰、法国灰、驴子灰、瓦灰、木炭灰，还有各种说不出名字的灰色。这里边的意思是再明白不过了，即每一阶段的哀伤都能从贝尔曼-布莱克商场找到相匹配的颜色。

每一扇窗户的正中间，玻璃的另一面，都有一块六乘八的白色牌子，黑色的边框，印得跟舞会邀请函一样：

贝尔曼-布莱克商场

五月十五日　周四

早 11 点至晚 7 点

现在才早上九点。人行道上挤满了围观的人群。他们只顾盯着那些陈列出来的丧葬品，连嘴都合不上了。经过如此艺术化处理之后的黑色和灰色，不仅变得毫无枯燥之感，反而像有了魔力一般，迷惑住众人。那些刚刚才加入进来的人，起初只是想看看热闹，哪知就和其他人一样坠入狂喜的泥潭。所有人都被施了魔法，交谈变成窃窃私语，之后就彻底安静下来，成为集体的沉思。死亡、哀伤和记忆竟然化作如此精美的商品，这让一颗哪怕再强壮的心脏也要悸动起来，哪怕再愚钝的头脑也要沉静下来。

看到眼前的这些，人们不免要想到，他们什么时候需要光顾这么一个地方。还有多久呢？他们在想。为谁而来呢？有些人已经猜测出了答案；他们要提前做好选择，计算好花销。

通过贝尔曼-布莱克商场的橱窗，观众不得不面对自己最为担忧的事情，但也同时找到了能寻求慰藉的地方。每个人都会遇到哀伤与痛苦，但你也可以戴着一顶以黑玉固定在头上的帽子向你的亲人道别，这就是抚平创痛的办法……

还有些观众，他们或失去支撑，更依赖于自己的拐棍，或惦记起一直困扰他们的问题，再次神伤。这些人知道，他们是不会亲自光顾贝尔曼-布莱克的，但他们很快就会为商场的兴盛做贡献。他们仔细端详着墓碑，将上面的名字换成自己的。

这时候,一阵马蹄声响起,围观的群众慢慢散开,为停在大门口的马车让路。马车也同样精致:它立即勾起了那些既沉迷又焦躁的人们的好奇心。一个身着制服的司机从车上跳下来,打开了车门。出来一位穿灰裙子的女士,衣领和袖口都十分整齐。紧接着,她和司机一起费力地从车厢里拖出来第二位乘客:一个小小的、弓腰驼背的浑身裹着黑丝绸的人。那是个孩子吗?她的身形是像个孩子,可她的行动迟缓、怪异,活像个老太太。她的面纱那么厚,里面大概什么都看不见了吧,可她却抬头看了一眼那银光闪闪的双 B 徽记,然后才步履蹒跚地被搀扶着走向大门。

群众站到了两旁,好让这两位奇怪的女士过去。她们谁也没有去管那些跟在她们身后的眼睛,她们一个字也没说。所有的旁观者都想着同一件事情,可没人说出口,都想等着别人开口。

是一个孩子说出来的。

"还没开门呢,要十一点钟,你们看。"

他指着那块牌子。

只听见钥匙转动的声音,门开了,不大不小,刚好够两位女士进去。

又是钥匙转动的声音。

人群里的陌生人开始小声嘀咕,面面相觑。

刚才说话的小男孩把脸凑到两扇大门之间的缝隙里。可他什么也没看到。

"要十一点钟,"他又说了一遍,"是邀请函上面说的。"

大门内是忙得团团转的人和跟着团团转的货品。脚板翻得快的跑腿送信;胳膊有劲儿的东搬西挪;脑袋清楚的点着数、做着记录;手指灵活的不停地整理、陈设。板条箱被打开,里面的东西被一股脑倒出来。很快,比你能想象的还要快,所有的东西都变得整整齐齐、井然有序,而板条箱则像变魔术一样消失得无影无踪。如此这般的戏法,在商场的每一个部门反复上演。

到处都是被搬来挪去的黑色货品,可还是有一件最引人注目的。那是多拉的轿子。人们正抬着它缓缓地、沉稳地走过商场。贝尔曼想要女儿看看这整间商场。于是她被介绍给各位部门经理,同他们握手。尽管她什么也没说,但她用眼神和微笑告诉大家:是的,我知道我很特别。请别放在心上。

每走到一处,她的父亲都有东西要指给她看:各类员工的制服、运抵的货品、商场的装潢;每次说到最后,父亲都会提到一些他自己想象出来并实现了的、现在又展现在她面前的东西:意大利手套、中国丝绸、惠特比黑玉、巴黎衣领。对于这一切,她都表示欣赏、赞美和认同。

贝尔曼带领着多拉一行,包括轿子、抬轿子的人和玛丽,一层层地往上走。当他把卖场的所有部门都介绍完毕之后,他们又去了办公室,见到了文员、出纳员,参观了贝尔曼的私人办公室。接下来,他们继续往上,去看女裁缝的工作间。来到这里,多拉又再次觉察到人们在用眼角的余光打量她,知道她们在她的背后交换眼神。她也再次欣赏了那些她该欣赏的,认同了那些她该认同的。别介意我,她用眼睛告诉那些忍不住盯着她看的女裁缝,你们是幸运的,头上有美丽的卷发,衣服下面有健全的四肢和美妙的曲线。好好享受你们的运气吧。

再往上,往顶楼走的楼梯太过于狭窄,轿子通不过。抬轿子的人当中能找一个把多拉给抬上去吗?这个想法最终落空了,多拉松了一口气。但多拉的罪还没有受完。不,还没完呢!还有地下室没看呢。她又被领着去看了发货室,还有商场侧面的食堂和厨房。厨房的窗户都朝着一个狭小的烟道,这样烹饪的油烟就能从地面的格栅排出去了。"天哪!"多拉感叹道。

"这还没完呢!"贝尔曼兴奋地说。

他们来到地面。在商场的背后,货物入口的旁边,有两扇开阔的大门。大门进去是马车房。贝尔曼-布莱克商场的布鲁厄姆马车就是一道行走的风景。优雅、漆黑的车厢,车门上镶有银质的双 B

徽记。黑色的马匹就等候在附近的马厩里。一得到通知，两名女裁缝和一名车夫就能快速地抵达伦敦周边八英里以内的任何地方。

贝尔曼打开车门，向观众展示车厢的内部。他变戏法一般地从座位下面敞开一个箱子。黑暗中的箱子看起来是空的，多拉正奇怪呢，却突然发现那里面尽是最黑最黑的布料和绉纱。它们完全吸收了光线，因而成了黑暗的化身。

"还有这个！"她的父亲一边喊，一边振臂一挥，打开了若干个手提箱子中的一个。箱子里有一百个小格子，每一个格子里都装满了剪刀、软尺、针、线卷和一枚银针箍。

"这就是个小型的贝尔曼-布莱克！"她赞叹道。

"只消两天，我们的外派裁缝师就能为一个家庭制作完日常的丧服；四天之内，连晚装也能做好。给她们一个星期的话，家里的仆人也能有一身黑衣，哪怕是最卑微的、负责每天早晨生火炉子的姑娘。"

她已经无话可说了，只能不胜其烦地点头。

"不仅如此，我们的马车在伦敦走街串巷的时候，还能起到绝佳的宣传效果。没有人不回头看上两眼。不论是在街上奔跑，还是在豪宅的门口停留，它都会引起注意。不论是这个伯爵还是那个侯爵召唤贝尔曼-布莱克，就没有人不知道。它比上百条、上千条的广告还管用，能带来的生意还多。听我这么一说，你觉得如何啊？"

他充满了期待。他匆匆地陈述完，就等不及要听她的最终裁决了。他的眼睛闪着光，苍白的脸上同样有光亮。她几乎认不出她那个沉默寡言、眉头紧锁的父亲了。他已经为贝尔曼-布莱克着了魔、入了迷。

多拉对父亲一手打造的作品感到震撼，震撼的同时还有焦虑。它的确很美，她并不否认，但美得太过于强硬，让人不舒服了。"一座大教堂。"有人在报纸上如此评价。她理解这其中的意思。但她从这疯狂、躁动和匆促的背后看到点别的什么。她感觉到一种沉默的存在正潜伏着、伺机守候着。它在守候什么？一座陵墓闪现在她的脑海，她赶忙将其抹掉。

她的目光回到女裁缝的工具包。她拿出一枚银针箍，迎光举起它。连这么个小东西都刻上了双 B 徽记。

"真是不可思议。你样样都想到了，父亲。连小小的针箍都没漏掉！"

轿子被抬起，多拉被送回一楼。贝尔曼在前面带路，他不时地回头向多拉介绍他的宏伟蓝图。多拉表面上在听，心里却想着别的事。直到一件琐事引起了她的兴趣，让她觉得非打断父亲不可。

"父亲，你从来没跟我提过。布莱克是谁？"

这个名字竟然从她的嘴里说出来！他早该料到这一点。

"没谁！"他瞪大了眼睛告诉她，没有半点犹豫，"谁也不是。"

离十一点还差一分钟。

门童站得像把守天堂大门的使者。登特先生和海伍德先生理了理自己完美无瑕的灰色西装领子，到各自的柜台后就位。女售货员们列队站立，腰杆笔直，双手交叉，驯顺得像主日学校里的娃娃。在楼上，每一支铅笔都摆放整齐，每一根针都准备就绪。想笑的、想咳嗽的、想怎么动弹的，统统都得忍住。庄严、肃穆的氛围笼罩着整间商场。

就在二楼的一根柱子后面，贝尔曼露出小半个身子。他的视线越过楼梯的栏杆，注视着楼下的大门。当时针指向十一点、彭特沃什打开大门时，贝尔曼的胸中猛地跳动起一颗比他自己的更强大百倍的心脏。那是贝尔曼-布莱克的心脏。

人们一拥而入。他们怀着好奇、畏惧、渴望、惊奇、敬畏、虔诚和贪婪，像潮水一般地涌进来；且不管有意或无心，前面的人总被后面的人一直推到商场的最里面。虽然大数人都事先设想了一些小小的合理的需求，免得让自己感觉纯粹是在闲逛，但他们完全被商场的恢弘和富丽给慑住了，根本想不起自己的什么需求，只顾着东看看、西瞧瞧，转得头晕目眩、头昏眼花。而且他们没办法停下来：眼前这一片宏伟壮丽的景象，已经让他们陷入了一种不可自抑的、忘乎所以的狂喜。男的、女的、老的、少的，丧亲的、未丧亲的，所有人都蜂拥而至；他们目不转睛地看着，情不自禁地赞叹着,低声细语地交谈着。

尽管大家都战战兢兢,但没过多久,一个胆子比其他人都大的人就已经决定好买点什么了——把那一英寸宽的罗缎买上一码来修补一件冬衣上快磨破的袖子。

这不是贝尔曼-布莱克商场里面最便宜的商品,但它肯定是不贵的。不值什么钱。

在三楼,一个正紧紧抓住自己袖口的出纳员,当他听见第一个小钱罐"叮铃铃"地来到他负责的壁龛时,他吓得魂儿都飞了。他用颤抖的手开具发票,数好找零的钱,然后启动系统,将钱罐子返回给卖场。紧接着,又一个钱罐子送上来了!

这就算正式营业啦!

眼下,钱罐子正来回飞奔,硬币"哗哗啦啦"地滚落进钱箱,商品被称量、点数,买好的东西被包裹起来、系上绳子,下的订单则用漂亮的花体字登记在册——当然,别忘了——还有眼泪要流,有慰问要送上、让顾客接受。

贝尔曼-布莱克商场里充满了生气,充斥着金钱,充溢着死亡。

它成功了。

威廉·贝尔曼深吸一口气。他没有笑,怎么敢在贝尔曼-布莱克的卖场里笑呢?这还了得!不过,他确实有了笑意。他感觉自己的手指力量十足,自己的脚是站得稳稳当当。

他不声不响地从观察的位置离开,溜进了人群,又消失在镶板后面。

在他的私人办公室,有一面墙已经贴满了软木。软木上钉了一大幅纸。纸面还是空白的,只有一横一竖两条线在左下角相交。横线的刻度上依次标注了月份,竖线的刻度上则标注了英镑数。

贝尔曼还记得他早些时候在那本黑色记事本上记的笔记——相关营业额的估算和利润的预测。尽管他只是草草地算了个大概,但结果依然是相当的诱人。之后他把稍微保守一点的数据拿到克里奇洛等人的面前去晃,想引诱他们投资。这都是很久以前的事了。今天，他对这门生意有了更深刻的理解。他能告诉你全国每年的黑色美利奴销售量是多少码，全伦敦的销售量是多少，以及隔着两条街的一家小店铺的销售量。他知道为什么棺材这么费钱，如何能在保证品质的同时压低它们的制作成本。他对贝尔曼-布莱克本月的营业额已经心里有数了，是一个依据事实估算出来的数字。值得高兴的是，这个数字跟他两年前算出来的一模一样。

他的计划是在这张图表上用蓝色标注出每月月初所预测的营业额，再用黑色标注出实际的营业额。他拿起了蓝色的笔，找好下笔的地方。正要下笔之时，他的手突然微微抬高，将蓝色的点标注在略微往上的地方。

是一种第六感让他抬高了手吗？或者说是一种本能？随便你怎么说吧。反正贝尔曼就是灵机这么一动。

15

随着岁月的流逝，那些回忆往昔的夜晚对多拉来说已经不那么奏效了。她偶尔也会试试，但这么做确实越来越难以抚慰她的心灵。有一部分的原因，她告诉自己，在于她回忆的次数太多了，以至于记忆本身被用旧、用烂了。就像那些他们曾经清洗过的硬币，慰藉的功效也会随着长久的使用而损耗、减弱。

此外还有别的原因。多拉自己在变，她小时候喜欢的东西现在已经不喜欢了。当长大成人后的她想起母亲的时候，她渴望能有新的交流。她开始和莱恩夫人谈论她的母亲，那些尽管是从别人口中听来的记忆在她也是十分珍贵的，那是成年人的记忆，与她自己的童年记忆具备同样的价值。

接下来又有了另一个导致她越来越少回忆过去的原因。

是玛丽的一次意外收获。她本来在床底下翻箱倒柜地要找点什么完全不相干的东西的，但当她一头乱发地出来时，手里却拿着一幅画。

"这是什么玩意儿？"

多拉擦掉了上面的灰尘："是我的风鸦！"

那个在花园里学习素描的下午并不是她习惯性使用的记忆库的一部分。因为那里面没有她的母亲、弟弟和妹妹。现在，它又鲜活地回到她的面前。

"他教会我如何正确地握笔！"

玛丽和多拉找遍了房子里的所有橱柜，终于找出了那些旧的素描本。之后的一整个下午，两位姑娘都坐在一起翻看。当翻到一幅特别的作品时，她们停了下来。那是多拉在发高烧之前几周画的第一幅比较像样的自画像。

"我当时真是这个样子的吗？"她问。

"是挺像的，这个否认不了，但你本人应该还要漂亮。"

多拉可不这么想。这幅肖像画得并不怎么自信，线条太硬了，不过她觉得眼睛还行。她能从眼睛认出是她自己。

"我像是在很认真地思考什么问题。"

"你现在也是这副样子，一直都这样。"

当天晚上，多拉牺牲了回忆的时间来照镜子。她坐在镜子前面，解开覆盖在头皮上的蕾丝，借着烛光审视自己的新面孔。多像个稻草人啊！她的五官都被挤到了脸的下半部分，形成了一张婴儿般的脸。她的卷发不见了，只有些难看的杂毛代替，且上沿正好和她的一对招风耳朵相交。没有了头发，她狭窄的额头倒是有了改观——这么说合适吗？由于缺少睫毛和眉毛，她的眼睛变得更加突出，但绝对够不上任何人口中的"好看"。不管怎么说，这算得上是一张有趣的脸。头皮的皮肤摸起来很光滑，但头皮下的头骨却凹凸不平，以至于连她的杂毛也被遮住看不见了。她仔细端详头骨的线条，找到那些有缺口、凹陷和隆起的地方，掌握了它的全貌。她把头转过来、转过去。在一只耳朵上，一条青筋蜿蜒曲折，就像河流。她又抬起手，用手指去研究自己的后脑勺。

当她拿起铅笔的时候,她的精神为之一振。她试着描了几笔,放弃了,从同一页纸上另外找地方画,又放弃了。每一次感觉画不好,她都马上重新画。她把头从一侧转到另一侧,捕捉到一个形态之后,就赶紧歪着脑袋描上几笔。她更换了蜡烛,然后一直画到天亮:她的头皮,她的头骨,鼻子、下巴和嘴唇的线条,软骨的曲线,鼻孔,颧骨,太阳穴,平坦的、有棱角的,光亮的、暗影的。她几乎不掺入任何感情色彩,像是在画一幅风景画,画那些遥远的她所栖居的这颗星球上的高低起伏。

最终,多拉完成了令自己满意的作品。这是一幅粗糙的新作,和她所看到的自己一样丑陋、怪异。它让她首先想到了一只初生的幼鸟,没有羽毛,皮肤像纸一样薄,身体里除了骨头就是饥饿。

她用最后一笔将自己的鼻子拉长,画出了一个小勾。她很高兴。

16

贝尔曼-布莱克的开业营造了良好的发展势头,让贝尔曼也好一顿忙。他每天工作十八个小时,每周七天,但从来不觉得累。他的日程非常紧凑,他每天上午十点、下午两点和六点巡查商场一次,从地下室一直走到顶层的工作间。他要么跟这个人耳语几句,要么向那边的人鼓励一下,甚至在人手不够的时候搭把手。每天都有例会(同他的高级销售人员以及负责财务的费尼),每两周有特别会议(同负责派送的埃德蒙兹、负责交付的斯塔利布鲁克,还有查尔克拉夫特小姐)。有三百三十七名员工在为贝尔曼-布莱克工作,而开业的第一个月还没有结束,他就记住了所有人的名字,从他的秘书兼助手亨德森到餐厅的洗碗工莫利。9号姑娘的名字叫莉齐,他把这个名字和其他人的名字一起记下。他以无比充沛的精力来应对工作,让每一分钟都拿得出行动、达得到目的、看得见成效。

还有商场以外的人要约见。威斯敏斯特城市银行的安森先生时不时地要见他一面，律师或投资人有时会下午过来谈上一小时。为了接待这些人，他专门买了一对深扣的皮革扶手椅，放在办公室壁炉的两侧。但他讨厌这些舒服的椅子，它们让座的人太放松，聊完正事之后又接着东拉西扯老半天，吐出来的雪茄烟也慢吞吞地熏到天花板上去。对于这些情况，他总是礼貌地劝阻。

商场打烊以及周日不营业的时候，他就坐下来处理文书工作。信件、报告、账目、列表之类的。每一件工作他都能做得高效、不出纰漏。他在他的记事本上列出各种待完成的事项，每完成一项，就在该项上面重重地画上一笔。他现在订购记事本是一次性半打；用完一本之后，他就把它扔进办公桌最下面的抽屉里，然后从书架上拿出一本新的，翻开封面直接用起来，中间没有半点停顿。

他是如何做到这些的呢？要把时间看牢了才行。洗漱、穿衣和吃早餐这样的琐事也许会花掉一个普通人一小时的时间，但贝尔曼只消三十五分钟。伦敦另外一家大型商场的经理每天要用一个小时与他的秘书交流，但贝尔曼只花十五分钟来了解当天的日程。他也说"早安"和"你好"，但这些零散、无效的时间都被他的脑子用来记东西、想问题、做计划。

等商场打烊、他终于能够坐下来做些文书工作的时候，他会看一眼时钟。他决意要完成的任务对于别人来说是半天的工作量，可他在开始之前和完成之后两次看时钟，中间却只隔了一个小时。他的这种本领让知情人十分好奇。

"千万不要让时间来主宰你，"贝尔曼对费尼的疑问如是回答，"如果你想做什么，直接去做。时间总能配合你的。"

然而，他的真实感受却是他发现了或被赋予了掌控时间的钥匙。他能随心所欲地打开时间的匣子，增加钟摆的重量，减慢它的速度。他能把每一小时掰开，找到里面即将被浪费掉的分分秒秒，将它们变作自己的时间。

很多年以前，工厂里曾有人说过，贝尔曼这小子指不定哪天真能想出个法子让太阳永远下不了山。到了现在，商场里了解他的人也会同意这个说法，指不定哪天呢！

费尼尽量去学老板的样。可他的一分钟终归是一分钟，他连多余的一秒都得不到。

有时候贝尔曼损失了点时间——总是由于他人的失误或运气不佳造成的损失，他就利用下午的时间拼命弥补。必要的话，他还会熬夜，牺牲睡觉的时间来完成他的既定目标。他总是带着胜利的喜悦上床。他从不知疲惫，但他肯定有累的时候，因为他偶尔会趴在桌子上睡着。等这种情况发生了三四次之后，他就要采取措施了。

福克斯本来人在苏格兰的。可他一收到信，就直接赶回了伦敦。他再次体验到那种有力的握手和简洁的问候。

"你还好吧？很好，很好。"这是贝尔曼式的问候，不留任何时间给他作答，不留时间让他聊爱丁堡的房子多么好，天气多么宜人。他们很快就直奔主题了。

"把空间隔离一下，"贝尔曼清楚自己的需求，"一直到这儿，看到啦，然后加一面墙。"

"可以是可以，"福克斯皱眉，"就是太紧凑了。你能从秘书的办公室借点空间过来。虽然麻烦一点，但你会感觉更舒服……"

福克斯意识到自己说话很快，机关枪一样的没有停顿。以前的那套瞬间就回到他身上了。想想看，他可是以这种贝尔曼节奏生活了整整两年！

刚从贝尔曼那里解聘的时候，福克斯有半个月的时间都适应不了外界的慢节奏。他一天当中会遇到二三十次这样的情况，就是你从第一句话就已经明白了对方的意思，可你还不得不继续站在那里，等着他们弯来绕去把能说的话都说尽，把能耗费的时间都耗尽。他倒是只用了几个字来回应对方，却换来对方的目瞪口呆。他的意思就像子弹一样直截了当地击中了他们，他们被轰的一声炸懵了，不得不请他再重复一遍。这样一来，他就失去了耐性，他以为自己永远都难以适应了。然而，才没过多久，他竟然习惯了慢节奏的生活，又没过多久，他已经学会享受了。他重新发现了说话、工作和思考过程中的间隙，并且有了意外的收获。他遇见了一位年轻的姑娘，他觉得自己会娶她。

"空间？"贝尔曼正在发话，"用来干吗的？我这里只要有张床，靠着墙，再有一个柜子用来放点东西。"

"需要一个衣柜吗？"

"门后有个钩子就行了。"

福克斯想起了他为客户在一所白色泥灰房子里打造的卧室，那开阔的空间，那气派的床铺，还有艺术品、家具、镜子……

"那样是没多少空间的。实际上……"他步测了贝尔曼所要求的范围，"是的，跟我们在楼上做的女裁缝宿舍差不多大。"

接下来，他感觉到贝尔曼确实犹豫了一下，但时间非常短暂。再接下来，他听见"什么时候能完工"。

"如果你真的觉得这么简单地弄一下就可以的话，一天就能完工。"

"一个晚上？"

"我看没问题。"

"今天晚上？"

我是怎么坚持过来的呀？福克斯开始佩服自己。整整两年啊，他都过着这样高速运转的日子。那个时候，他觉得一切都很正常。这是一条奋斗之路，成功之路。他现在有了各种各样的项目排着队等他，有了多少年、一辈子都做不完的工作。这都要感谢贝尔曼-布莱克。

他露出微笑："我来想办法。"

第二天，贝尔曼走进办公室，发现它小了一点，多了一面墙，且墙的背后是类似于女裁缝宿舍的陈设——榫槽接合板的墙面、靠墙的一张窄床，还有一个柜子。他置身其间，胸中涌起一丝情愫，他却没有停下来想它是什么。他有事要做。

"请进！"他喊了一声，眼睛没有离开他正在起草的那封信件。

"先生，查尔克拉夫特小姐让我来……"一个犹疑的女性的声音，有点耳熟。

他抬起了眼睛，是她。

"给你送衣服。"

"你叫莉齐，对吗？"

"是的，先生。我该把衣服挂在哪儿吗？"她四处看了看，可他的办公室里没有地方可放。

她脸红了。她是想到了那个后街的夜晚吗？那天夜里，他们非常意外地碰上了，他在她的床上睡着了，又在黎明时分不声不响地溜走了。这都是三周以前才发生的事，可他竟然完全忘记了，好像那是很久远的过去。然而，此时此刻，有关这件事的记忆充满了整个房间。

"那扇门后面，你能找到一个钩子。"

她看到的是一间跟她的宿舍极为相似的老板卧室。若说她对此感到吃惊的话，她的脸上却毫无表露。她双颊的红晕尚未消退，她低声说了再见，就悄悄地退出了房间，和她进来的时候一样轻手轻脚。

贝尔曼的手回到信件上。有一两秒钟的时间，他想不起自己要写什么。有关布莱克的事，他还没有彻底弄明白。下一次再见到她，他要再问下这件事。好了，思路回来了，他提起笔继续写信。

第一个月的月底。他和费尼将当天的收入数了两遍，把硬币按不同的面值分成几堆，然后装入红色的毛毡口袋。每一分钱都被算了进来，数目都被记录在案。费尼离开之后，他把钱锁进保险箱。他暗自高兴地拿起笔，蘸上了黑墨水。在他的图表上，有一个他四周以前标示出来的目标值。现在他把笔尖戳到远高于这个目标值的位置上，那是实际的销售额。黑色的墨点像一只圆溜溜、亮晶晶的眼睛冲着他眨巴，贝尔曼也向它露出满足的笑容。

再来看看下一个月呢。一般情况下，在零售行业，第一个月的业绩会被人们的新鲜感抬高不少。到了第二个月，业绩就理所当然地下滑。不过，丧葬用品有它们自身的规律，它们在很多情况下都属于例外，上述情况就是其中之一。人们忌讳把丧服提前准备好、存放在家里，这是人之常情。若要问为什么，这就好比把你家的大门向死神敞开，邀请他进来，让你家里的人排好队、挨个给他挑。商场刚开业的时候，来逛的人当中肯定有部分是怀着目的来的，而不仅仅是出于好奇，但他们并没有购买。因此，第一个月的每一笔业务都是真实的需求。销售数据基本能反映出商场周边的死亡率，它们也能为将来的预测提供可靠的参考。那么，下个月的目标值应该为多少呢？

黑色的墨点已经干了。既然贝尔曼从它的身上获取到足够的信息，它也变得不重要了。他拿起一支干净的笔，蘸上蓝墨水，准备标示下个月的目标值。笔尖靠近了纸面，稍微抬高一点，然后在高出他预期的位置戳上一个点。

又是灵机一动！他端详着墨点。墨点向他眨眼。好吧，有何不可呢？

确定目标值以后，他就得努力实现它。贝尔曼从口袋里拿出记事本，打开。西班牙的手套卖不动，他必须和德鲁商量一下降价以及从意大利重新订货的问题；黑丝绒很畅销，他要找找最根本的原因是什么；他还要……

他的目光落到一条他昨天列出的任务上。油画笔。

多拉！

明天就是回惠汀福的日子了。他答应过多拉，每月回去一次，在家住一晚。她写过信给他，让他带些特别的油画笔回去，她在牛津买不到的那种窄画笔。

贝尔曼想了想手头的工作。现在离开真不是时候，哪怕一个晚上也不行。他打算写信回去解释一下。明天派一个送信的替他买好画笔，再让派送的打包。没准儿这几天他们还要派马车往惠汀福的方向走，不然的话，他就专门找人送画笔回去。等他有空了，他就回去一趟，多待些时候。给多拉写信，他加上了这项任务。

他想起很久以前,他曾打开过一本和手头这本差不多的记事本。他在里面发现了小孩子的笔迹:亲吻多拉。他多么希望此时此刻就能亲吻到她啊!

可这是在浪费时间。明知道有这么多工作要做!

他挑了六七件文书工作,坐到办公桌前。现在是七点四十分。我们来看看他什么时候能完成这些工作。九点?不,他不需要这么久。九点差一刻即可。

他这就开始了。

商场的玻璃穹顶茫然地仰望夜空、俯视光井。不论你往哪个方向看,都会感觉头晕。因此,女裁缝们总是避免往上或往下看;她们匆匆地经过走廊,直奔那个供她们晚上聚会、用一个小炉子热牛奶或水的房间。

"谁是布莱克先生呢?"莉莉在问,"有人见过他吗?"

她是个瘦小的姑娘,瘦得皮包骨头了。不过,她真正的不同在于她是个新来的。当然,从某种意义上来说,她们都是新来的,只不过莉莉是为了顶替一个未入职的姑娘才刚加入进来的。她的加入很重要,因为其他姑娘能告诉她许许多多她不知道的事情,这样让她们感觉自己高人一等了。

"见过他?你到底什么意思?难道你没有见过布莱克先生吗?"莉莉的邻居萨莉开始捉弄她。

"从没见过。"

萨莉笑了:"你当然见过他了。你今天还见到了!"

莉莉皱眉:"我什么时候见过啊。"

"可他跟你说话了!"

莉莉摇头:"那是贝尔曼先生。"

"那就是布莱克先生。"几个姑娘"格格"笑起来,可其他人都严肃地点头,表示同意萨莉的说法。莉莉挨个看她们的脸,想知道真相究竟是什么。

一个姑娘凑过来:"贝尔曼先生和布莱克先生长得一模一样,就像你别在袖口上的两枚大头针。"

"双胞胎?"莉莉很好奇。

苏珊摇头了。她年纪稍长,懂得一些超乎实际的知识,在姑娘们中间颇有威望。"别逗她了。莉莉,你好好想想。如果两个男人是双胞胎,怎么可能有不同的姓氏呢?只有兄弟才有可能是双胞胎吧。这就不对了,布莱克先生其实是一位隐名股东。"

姑娘们你看看你,我看看我,都不知"隐名股东"为何物。

苏珊为自己的这点小聪明暗暗得意。等她显摆够了,她才教给她们:"就是说,他为商场的筹备投了资、出了钱。等商场运作起来之后,他就把管理工作交给贝尔曼先生,然后等着收取他那部分利润。"

"原来如此,"莉莉说,"看来你每天都在学习新知识。"

莉齐倚靠在门口。她疲倦地听着姑娘们的谈话,眼睛望着房间外面的玻璃屋顶。

隐名股东。多么古怪的称呼。一个画面出现在她的脑子里:贝尔曼和布莱克两位先生分头躺在一张类似于她的床铺的窄床上,戴着一模一样的睡帽,就跟两枚大头针似的。她不禁笑了。

她第一次碰见贝尔曼先生的时候,也把他当成了布莱克先生。

她想起她在后街碰到贝尔曼先生的那晚,他跟她说起了布莱克先生……他似乎以为她认识这个人!可他当时身体不舒服,人生了病就什么胡话也能说出来。

在玻璃屋顶之外,那高高的夜空之上,一颗星隐起来,马上又重现了。黑暗中,大概是一只鸟从屋顶飞过。

17

多拉首先拆开了包裹,因为她已经猜出来信的内容。她的父亲不回家了,他太忙。

画笔正是她想要的那种。她能从牛津布罗德大街上的艺术家用品商店买到大部分的用具,但很难买到这些最小号的画笔。每支画笔就那么稀稀拉拉的几根山羊毛,可要画好纤细的羽毛,稍微大一点的笔都不行。罗勃·阿姆斯特朗是牛奶场弗雷德家的儿子,主要负责回收工厂早餐时候用过的牛奶桶。他的头发可是多拉见过的最结实、最顺直的。他很不好意思地同意贡献一小撮给多拉做试验。多拉粘了几根在一支旧画笔的笔头上,用绳子把它们绑好,再修剪整齐之后,就开始试用了。试验的结果令人捧腹。人的头发蘸不上多少颜料,柔韧度不够,且胶水、绳子都没法固定好它们。它们慢慢地脱落,掉在颜料或水里;还有一根就直接凝固在画面上了。多拉把画送给罗勃表示感谢。画的是一只画眉鸟,除了羽毛,她还是很满意这幅作品的。罗勃用手指抚摸那只覆盖了自己头发的翅膀。他摸到有点梗的地方,大笑起来。

现在她有了新画笔,她能画得更好。她起身去了自己的画室,又想起父亲的信。

她读了信。

跟她猜的一样,他不回来了。

她不能说自己感到失望。她并没有盼望他回来,而且他们之间实际也没多少话可说。以前,她的母亲、弟弟和妹妹还活着的时候,家里总是充满了欢声笑语。如今,家里只剩下他们两个,她对父亲无言,父亲也对她无语。有他在的时候,她不能想到什么就说什么——他不喜欢别人提到过去,不喜欢别人打扰他思考——也不能做自己感兴趣的事情。她的望远镜和画作只能放到一旁,她也失去了它们所带来的乐趣和慰藉。总而言之,她很清楚地看到这个事实——父亲不回家,她并不感到遗憾。

她把画作放到一起,期望接下来的几个小时能沉浸在绘画的乐趣中。这种乐趣让人从自身的苑囿中解脱出来。当她全神贯注地在纸上再现某种视觉效果的时候,她就忘记了所有的忧伤和痛苦。记忆是美好的。曾经有那么多年，她只想活在记忆里。然而，时至今日，忘记才是解脱。忘记痛苦，忘记过去，忘记曾经失去的……这需要有什么手段来吸引她的注意力，绘画正好是她可以依赖的手段之一。

她父亲的脑子什么时候能沉静下来呢？他从不读书。不会为了娱乐而读书，从不读小说或者诗歌。尽管他嗓音优美，但他对音乐没有特别的兴趣。他从来不会幻想吗？她问自己。他从来不允许自己的脑子信马由缰，突发点什么奇想吗？

她觉得父亲肯定是要从工作当中寻求解脱。既然如此，他一直在工作，是否就意味着他一直都没有回到原来的自己？

这是个可怕的想法。大多数年轻姑娘都不会去理睬它，但多拉已经习惯了可怕。如果你的母亲死了，你的弟弟和妹妹也死了，而你美丽的头发脱落了，永远都不会有人娶你，可怕就吓唬不到你了。多拉成天都在想可怕的事情，所以不觉得它们有什么好怕的。她反复掂量那个可怕的想法，仔细又好奇地从各个角度研究它。很明显，一个沉溺于图表、清单和算计的人是会迷失自我的。如果你过久地纠缠于某一个项目，牺牲了休息，牺牲了友情和对生活奥妙的冥思静想，你就找不着方向了。那么，有没有可能说，一个长期如此生活的人会彻底地失去根基？变得漂泊无依，永久地找不回自我？这是她父亲可能面临的处境吗？

也许现实正是如此，她的父亲永远地把自己给丢了。

多拉的苦痛已经够多了。因此，相对来讲，多上父亲的这一条并不算太大的负担。

多拉知道自己以后要对父亲一如既往地恭敬和爱戴，但对他的期望却要降低。他们之间的关系会变得更加浅薄、简单。她不需要为此感到难过。

一切准备就绪。多拉拿上她的望远镜，坐进她的园椅。一只篱雀正从树梢轻盈地落到地上，那里有玛丽洒下的陈面包屑。她的手快速地在纸面上移动，捕捉下鸟儿头部的平衡、身体的姿态，以及腿部的弯曲。她不停地画着，感觉很快乐，很投入。

画作完成的时候，整个下午都快过去了。再等一会儿，风鸦就要从头顶飞过了。

她就等着风鸦飞过，看它们排成黑压压的一长串，听它们用习惯性的友好的方式啼笑。她用望远镜近距离地观察它们，欣赏它们故作轻松的飞翔。她扭动身子，一直跟随它们的踪迹，直到它们变成模糊不清的灰点，最终消失在白茫茫的天际。即便到了那个时候，她也要继续观察好一阵子。

"你们到底要去哪里呢？"她嘀咕出了声。

她收拾好画具，把它们和望远镜一起装进口袋里。口袋的带子就斜挎在她的身上，折叠起来的园椅夹在她的一只胳膊下面，手杖则握在另一只手里。她一瘸一拐地走过草地，回到屋子里。

18

"我老婆说她看见布莱克的时候比看见贝尔曼的多。她开始怀疑是否真有贝尔曼这个人了，还嗔怪我是不是编造了这么个人。"

贝尔曼盯着这个说话的投资人，是克里奇洛。一只手夹着贝尔曼的雪茄、另一只手端着贝尔曼的威士忌酒的克里奇洛。

"她开的小玩笑而已。"他看见贝尔曼的脸，替自己圆了下场。

贝尔曼确实不怎么出门。机会倒是数不胜数：每天邮差都会送来一大堆请柬，这个舞会，那个晚宴，还有四处举办的各种盛会。可贝尔曼是个大忙人，每天光是三次巡场就够呛了，还要防止被人绊住多说上几句。他带着一种悲天悯人的亲切感，专注地察看他想察看的、确认他想确认的，尽量回避别人的目光。当他表达慰问时，他会用一个左右扫视的眼神来囊括在场的人，而不会只针对个别的人。这种方式正符合他这个商场经理人的身份。

当然，社交是不可能完全避免的。很多情况下，社交是做买卖的唯一途径。尽管这种途径效率低下，但他还是不止一次地在剧院的包厢里完成了交易。演出的前半场他基本不看，大都是些情绪渲染、情感爆发之类的内容，他只看观众那一张张紧张的脸。中场休息的时候，他趁机和对方达成协议，握手庆贺。然后，等后半场一开始，他便托辞离开。

贝尔曼每月要和他的投资人在皮卡迪利大街的罗素俱乐部见一次面。他每次去的时候，其他人都在等他，且已经喝到第二杯了。他把生意方面的事情向他们汇报，他们问些问题、发表些看法。当所有人都对商场的运营感到满意、话题自然而然地转移到其他方面的时候，他就站起来要他的外套，准备走人了。

"不再喝一杯了？"有人会问他。事实上，只要一谈完生意，他连手上的那杯都不喝了。

"还有工作要做！"他说。他们对此一点也不生气。他们宁可把资产交给像贝尔曼这样的人，也不需要那种整天围着火炉喝威士忌的人。毕竟利润才最有说服力。

这些短时间的生意上的聚会是唯一能吸引贝尔曼出席的社交场合。可他终究是个有钱的鳏夫，外貌英俊、正值盛年，女人们对他感兴趣是再自然不过的事了。对于他回绝一切邀请的脾性，女人只会觉得他更具魅力。有那么多女儿和妹妹等着嫁人，如果贝尔曼不是太快被俘获的话，那某个服丧期即将过半的漂亮寡妇将他拿下也是未尝不可的。

要想对贝尔曼施加点压力，他的投资人可是近水楼台。

"你知道女人的，"克里奇洛苦着脸说，"她们有时候就是非要不可。"他坐在贝尔曼的椅子里，没有要走的意思。贝尔曼理解他的用意，尽管对大家来说都很难受，但他肯定是要磨到贝尔曼答应为止了。

"也不是什么大场合。就是家里的人，还有几个亲近的朋友。你十一点就能回家。"

贝尔曼觉得聊聊沃金镇[1]的问题能转移克里奇洛的注意力。女王的外科医生在那儿买了一块地，打算开办火葬场，并且已经拉拢了几个有办法的人和他一起推行火葬。

"不可能的事儿，"克里奇洛说道，"你相信我。要是我们都烧成灰了，上帝怎么来审判我们呢？那只是人的想法而已。他们也不想想看，要是他们被虫子吃了、骨头化成灰了，上帝还怎么拎得起他们，不过他们也就随便那么一想。不会的，你要相信我，贝尔曼。只有等到处的墓地都挤不下了，英国人才想得到火葬那儿去。我们可是有信仰的国家。"

然而，贝尔曼的计策没有成功。正当克里奇洛起身离开、手放在门把上的时候，他又转过身来。

"那我就告诉艾米莉等你过来。"他说得好像贝尔曼已经接受了他的邀请。也没等贝尔曼来得及拒绝，他已经走了，不留任何商量的余地。

贝尔曼去了。那实际就是个聚会，尽管有人曾再三保证它只是个小型的家庭聚餐。他对现场的五颜六色感觉很不适应，从普鲁士黄的门厅到餐厅的翡翠绿窗帘，从女主人的宝石蓝裙子到餐桌上的红色酒杯，所有的色彩都令他眩晕。才不过十分钟的时间，他已经开始头疼了。可他尽量保持亲切，他知道该怎么做，只不过以前做起来游刃有余的事情现在却需要他费点劲。精致、考究的食物没完没了地上来，以至于他看上一眼就倒了胃口。然而，他的脸上挂着笑，他的耳朵在聆听周围的谈话。轮到他说话时，他就只说应景的话。他在各种细微之处体现自己的彬彬有礼，并且非常希望别人发现这一点。

"我有个女儿，二十岁了。"他说。在场的女士们都意识到自己不仅有女儿可以嫁，还有儿子可以娶，便殷勤地邀请多拉参加舞

---

[1] 即 Woking，曾开办了英国第一家火葬场。

会、茶会，看演出什么的。他委婉地摇摇头："她受不了伦敦的生活，还是乡下清净。"

"请跟我们说说，贝尔曼先生——这也是我们急切想见到您的理由，想知道全伦敦都在议论的一个秘密——谁是那位神秘的布莱克先生呢？"

坐在桌子那头的年轻姑娘正冲着他微笑。她唇红齿白，蓝色的眼睛里透出俏皮和可爱。虽然她有不一样的外表，但她却让贝尔曼想起了多拉，想起那个曾经的漂亮女孩。他还吃惊地发现，他的女儿和眼前这位笑盈盈的姑娘正好年纪相当。她可真幸福啊——嫁了人，穿一身浅蓝色的丝绸衣裳来参加宴会，和朋友们打趣逗乐。

"是啊，"其他人跟着起哄，"谁是布莱克啊？我们太想知道了！"所有的笑脸都期待地朝向他。

"布莱克？布莱克只是一个和贝尔曼押韵的单词而已。"

女士们被逗乐了，好像他说了什么机智或得体的话。

"就是个单词而已！"克里奇洛夫人激动地说，"我终于弄明白了！"

"一个谐音！"桌子那头的某人也在说。

"一个头韵！"

"一首诗！"

大家都笑了，贝尔曼也笑了。谈话换成了别的话题。

晚宴结束之后，克里奇洛夫人一边梳理头发，一边寻思着自己的计划算是落空了。晚宴应该只是友谊的开始。她本来打算把贝尔曼变成家里的常客，希望替他找个女人，而那个女人呢，应该和她有点关系，或者至少能有点用处……在这个本该成为序幕的晚上，当她的贵客离开时，当她预备说出"我们下次还能见到你吗，贝尔曼先生？"时，她却一个字也说不出来，而对方递过来的眼神竟对她的无言表示感谢。

"他还在服丧吗？"她问丈夫，"我没好意思问他。"

"我不知道。"

"他的妻子不是四年前早死了吗?"

"好像是吧,是的。"

"要不他还在为另一个亲戚服丧?"

"我见到他的时候,他总是一身黑衣,亲爱的。他在商场里是穿黑衣的。而且,他要么是在商场,要么是在来回商场的路上,我根本没有机会看到他穿别的衣服。"

她把头发编成辫子:"他不喜欢我们拿商场的名字开玩笑,是吗?"

没人回答她,只有一阵鼾声响起。

克里奇洛夫人因为成功邀请到贝尔曼而受到竞争对手们的恭维。可这场成功太乏善可陈了。她上百次地对那些没有到场的人讲述聚会的情况,他说了什么,他做了什么,又吃了些什么。

"太有魅力了。"她听见自己重复着这一句。

她讲述的次数越多,越觉得自己是在形容一个影子、一个幻象、一个从梦里走出来的人。他拥有人的外表,具有人的分量和质感,却带给人一种可怕的不真实感。她没法否认,其实他的魂儿在别处。

"这么说,他是不是有人了,你觉得?"一个朋友大胆地询问。

真是这么回事吗?真有个神秘的情人揪住了贝尔曼的心?他正在和一个不能结婚的女人打得火热吗?或许他正在单相思?她很疑惑,全伦敦的人都很疑惑。是不是还有可能说,去世的贝尔曼夫人仍旧活在丈夫的心里,把后来的人都赶跑了?

克里奇洛夫人认真考虑着这些可能性,希望她的直觉能从记忆中搜索出贝尔曼的某个手势、表情或某句话,再把它放到聚光灯下,为真相揭开面纱。然而,她的直觉一言未发。

贝尔曼的员工们也在疑惑。女裁缝背着查尔克拉夫特小姐窃窃私语,为她们的雇主和雇主的女人编造了越来越多的荒唐事。女售货员趁着在食堂吃炖羊肉的时候讨论贝尔曼如何有魅力。有谣言说，一个寡妇在商场里转来转去地买东西，眼睛却总是在搜寻经理的踪迹。还有人说，贝尔曼每天巡场之前，都会派个小伙子先去商场打探，如果那个寡妇在的话，他就等她走了再去。此外，各式各样的谣传还有很多，大部分是些可笑的段子。他长得是公认的英武、阳刚，让人一见倾心；姑娘们难免要从他那浓密的眉毛和炽烈的眼神中找出罗曼蒂克的感觉。当然，也有人更喜欢温柔的男人。多点微笑、偶尔来个开怀一笑，女人们总是难以拒绝的。但不管各人偏好如何，等到了光天化日之下，那个活生生的男人往她们面前一站，调情就没指望了，所有罗曼蒂克的想象也烟消云散了。

那9号姑娘呢？当莉齐晚上把裙子挂到门后的挂钩上的时候，她想起贝尔曼先生的门后也有这么个挂钩；当她躺进被窝的时候，她想象贝尔曼先生也躺到办公室后面那间小卧室的床上。对于那个他突然出现在老街区的夜晚，为了她自己的某些理由，她想彻底地遗忘。贝尔曼先生并没有做出任何表示，说明他还记得那一晚；若不是他留下的那些钱——钱给得太晚了，她没法带孩子去看病了，而且那点钱也改变不了什么，维持不了多久——她大可以把它当作一场梦。他做得好像完全没这回事一样，这让她很放心。这些做衣服的姑娘们太闹腾了，她可不愿意招惹她们。除此以外，她再没有去想贝尔曼先生。她的夜晚都用来想别的事情，想那个抛弃她的年轻男人，想那个她已然失去的孩子。她的回忆时而美好，时而悲伤。不论想起什么，她都会哭，但哭不了多久：工作实在太累，她不知不觉就睡着了。

19

商场每天的营业都以同样的方式结束。楼上的女裁缝要一直工作到天完全黑下来为止：夏天会干得久一点，冬天就早点收工。卖场七点准时关闭。考虑到卖场的气氛总是那么悲伤，悲伤的人又不会看时间早晚，要保证准时关闭可不是件容易的事，非得有精确、谨慎的管理技巧才行。从六点半开始，负责慰问顾客的员工——都是些富有同情心、擅于表达的姑娘——则陆续退场，把业务交给那些销售高手来完成。六点四十五分的时候，负责销售的姑娘们都会恭敬地向犹豫不决的客人提出明确的建议，一点也让人察觉不出来她们的态度有何不同。如果到了六点五十五分仍有客人滞留，海伍德先生就亲自出马了。

他会说"不要着急，夫人"，然后说"明智的选择总比仓促的决定来得好"。毕竟——他用指尖的细微动作来暗示这一点——相比人的永生，这么一点时间又算得了什么呢。狄克逊先生不愿意催促任何客人，他会一直等到客人做出决定为止。可他们往往会在最后一分钟做出决定，且选择的都是价格更高昂的那款。

七点钟，彭特沃什在门口送走最后一位客人，并以庄重来表达他个人的最诚挚的慰问。之后他关上大门，用硕大的钥匙把门锁上。

现在，客人都走光了，同情和安慰客人的员工也总算松了一口气。他们揉揉酸痛的双脚，疲惫不堪地闭上眼睛，手扶着腰把背挺直。不停地拿东西、取东西、搬东西，他们可累得够呛。不过，他们还得继续管好自己的嘴。即使营业时间结束了，但只要他们还处于商场周边五百码之内，就必须遵守"不笑闹、不闲谈"的规定。因此，稍微私人一点的意思都只能通过眼神或者背着楼层经理说悄悄话来交流。不管怎样，轻松的时刻很快就过去了，等待他们的可能是全天最忙碌的时候了。

扫帚、蜡光剂、抹布，这些东西从隐蔽的橱柜里变了出来；卖场里响起了大扫除的嘈杂声。柜台要擦干净，卷起来的布匹和绶带要捋直，楼梯要清扫，地板要刷洗，镜子和窗户要擦亮……一直到姑娘们把自己也收拾整齐、排好队等候从侧门离开的时候，大扫除才算结束。"头发一丝也不能乱"，这句叮嘱在她们的耳边反复响起。

她们轮流地站在镜子前,相互帮着把不规矩的头发夹好。当整个商场都打理得井然有序,连同她们自己也纹丝不乱的时候,侧门便打开了,她们终于走了出去。

她们边走边数着步子,一步、两步、三步……离开贝尔曼-布莱克五百码之后(往西是摄政街上的烟草铺,往东是摄政街上的一间小餐馆,往南北的话就是牛津街上的马查姆或者格林威),她们又获得了自由呼吸的权利。她们可以把憋了一整天的激情、兴奋和欢乐都释放出来,可以把嘴巴笑歪,可以把早上八点开始就老实放好的手尽情地挥舞。看那个天使般善良的苏珊娜吧,她笑得前仰后合,几乎要为那个仓库男工讲的荤段子笑出泪来了。这时候,还有哪个客人能认出她呢?就连阴郁的彭特沃什先生——事实上,你可能会把他当成天堂的守门人——在威廉王大街见到自己的儿子们的时候,他也完全变了一个人,变得跟普通人一样活泼开朗。下班回家真是太棒了!

威廉·贝尔曼并没有回家。商场开业的第一年,他几乎都没有回去过,最后干脆连房子也租出去了。后来他家隔壁的房子要出售,他买下来,又租出去了。现在他拥有四套伦敦的住房,可他还是愿意住在商场里,住在办公室后面、镶有榫槽接合板的房间里。他情愿躺在那又窄又小的床上,站在一个铁质的澡盆里用一个大罐子来洗漱。这可比回家方便多了,这儿就是家。

今晚,他只想看一看和格罗斯特的雷诺兹签署的协议,他怀疑这个人在偷他还没有拿到手的原材料。此外,花个几分钟来研究下黑玉的销售情况也是很有价值的。他下周要派代表再去趟惠特比,多了解下最新的款式设计总没有坏处。他非常愉快地花了半个小时来处理几件相似的工作;他又想起一个小任务,如果现在做会比明天做更轻松,这倒提醒了他……

当他抬头看钟的时候,他又一次意外地发现,时间已经过了九点。

夜晚的贝尔曼-布莱克别具诱惑力,它像一头沉睡的巨兽。此刻,贝尔曼正依靠在椅子的后背上。他感觉到一股脉动,尽管他知道这是他自己的血管里所流淌的血液,但他仍然把它当成了贝尔曼-布莱克的脉动。可以说,贝尔曼-布莱克就是他身体的延续。他用手签下订单,仓库里就堆满了货物;他用嗓子说该干点什么,别人就得去干;他指挥那些工作室和工厂,就像指挥自己的手和脚一样。他正是这项伟大事业的心脏和头脑。这事业属于他,他也属于这事业。

他禁不住诱惑,点起一盏手提灯,步入了漆黑的商场。他的创造并非活物,但他栖居于其中,仿佛一个想象的自我正寄生于一具沉睡的机体。他从一个柜台走到另一个柜台,打开抽屉,翻看订单簿。他核定库存,到这里把模特摆到中央,到那里又整理货架。在黑洞洞的派送区,他的手提灯照亮了长长的空无一物的操作台。他满意地抚摸那些已经为明天准备好的牛皮纸、线绳和标签。只有一个包裹还没有送出去。他皱了下眉头,记下了地址。明天再看看是怎么回事吧。

上楼,走到文员的办公桌,他开始查看白天算的账。他就像个检查家庭作业的校长,连墨渍和笔迹都不放过。再上楼,走进女裁缝的工作间,他数了数剪刀有多少把,用手提灯照了照正在赶制的活计,又算了算新来的那个姑娘做的卷边每英寸缝了多少针。

接下来,他的夜巡工作被什么声音给打断了。

是人的声音。楼上传来的,女裁缝们在房间里唱歌。

贝尔曼带着微笑聆听。

他用灯照了下表,快十一点了。她们可能在外面听了某个酒吧歌手的演唱,这才刚刚回来。

他竖起耳朵去听。甜美的嗓音将曲子唱进他的耳朵里,曲子很动听,也很温柔,可他听不清歌词。这是一首老歌了,他想。他好像知道这首歌……

现在唱到哪儿了?

他抓住点头绪……水花飞溅的喷泉,是这样吗?嗒达,得滴,美好时光，什么什么的，呼喊的声音……

　　这是一首女孩子唱的歌。男人们更喜欢有力量的歌曲，这样就能边唱边拿拳头砸桌子，大家吼起来的时候也更有气势。小酒馆的夜晚总是以几首流行歌曲开始，然后慢慢地向粗俗下流的歌曲转移。不过，有的时候，漫长的夜晚也能或老或少让那些买醉的男人变得多愁善感，失去对男欢女爱的兴致。以至于到了最后，他们会扯着嘶哑、颤抖的喉咙唱些温柔而充满向往的歌曲，就像现在这首。他确实听到过这首歌，但他唱不出来。他已经记不住歌词了。不过，他可以一边哼着曲子，一边继续夜巡。等姑娘们唱完第一遍又接着唱第二遍的时候，他还在工作间里转悠。她们的床铺就在离他头顶几英尺的地方。他想起自己很久以前也唱过不少歌，不觉有些惊奇。

　　演唱结束了。有点模模糊糊的谈话声，之后就沉寂了。

　　工作间的一切都很妥帖。临走之前，贝尔曼给查尔克拉夫特小姐留下一张表扬的字条。

　　那首歌很明显是不会再唱了。

　　他真想……

　　他想要什么呢？

　　他不知道。除了他的床。

　　洗完脸，脱去衣服，贝尔曼又哼起那个调子。他爬上床，吹灭蜡烛，把背紧紧地贴在墙壁的镶板上。将睡未睡的片刻，他强烈地渴望有一双柔软的臂膀搂住他的脖子，有一个女人在他的颈边呼吸。他的意识里最后出现的是莉齐的脸，之后就一团漆黑。

　　"水花飞溅的喷泉"和"美好时光"在贝尔曼的脑子里驻扎了下来。当他专心致志的时候，当他高兴或者疲倦的时候，他都会不自觉地哼唱几段。遇到不清楚的地方，他就用"嗒滴""嗒达"和他自己编造的一些东西来代替。在接下来的几个月里，这首歌成了一位可爱又可亲的伴侣，陪伴他度过无数寂寞的时光。他偶尔会想象自己成了一名歌手。他站在二楼的走廊，把那里当作舞台。他放声高歌，歌声回荡在空阔的商场里，产生了剧场的效果。那些没有头的模特和半身的人像都仿佛是在认真聆听的样子。可歌声落下的时候，它们并没有鼓掌。

随之而来的是寂静。他想知道自己的声音能传多远，他吵醒了两层楼之上的女裁缝吗？他甚至大胆地想象出一场午夜大合唱：他和他的女裁缝们共同高歌。但很快，他告诉自己这太荒唐了，还是不要太异想天开了。

20

霍尔本区。一条狭窄的后街，一间阴冷、脏乱的卧室。一个开小旅馆的男人早晨在床上翻了个身，竟发现妻子已经在半夜里死了。他的邻居听见哭声后赶过来，看到他面如白蜡，他的八个孩子也失魂落魄地站在他周围。"我该怎么办？"他问邻居的妻子。"去找贝尔曼-布莱克吧，"她告诉他，"他们知道该怎么办。"

里士满区。一对夫妻刚听说有人骑马出了事，几分钟后，他们儿子的尸体就被送回了家。此时此刻，夫妻两人还没来得及抱头痛哭、共同为儿子祈祷，他们要对这突如其来的打击做出各方面的应对。做父亲的已经被惊呆了，他什么也看不见，什么也听不见。做母亲的还有家务要操心。必须有个人把晚餐给取消了，她想到。必须有个人去看看出事故的马匹是否找到。然而，在她做这些事之前，在悲伤完全击垮她之前，她拿出了墨水和信纸。"我想我最好是叫贝尔曼-布莱克的人过来。"她说。

克拉彭区。一个年轻的寡妇打开她的衣橱，用手指轻轻地抚摸里面的黑绉纱衣服。离她丈夫的过世，已经整整两年了。他是个好人，一个英俊的男人。竟然有两年了⋯⋯有时候夜里想起来，还像是昨天才发生的。告别了这些黑服,她并不觉得难过。灰色是端庄得体的,也很高贵。她想起,有一种灰色能衬托出她的蓝眼睛和浅色的鬈发。贝尔曼-布莱克肯定就有那种灰色。

所有的人,有权的、无势的、富有的、贫穷的,在面对死亡的时候都是平等的。他们无一例外地抹干眼泪,想到了贝尔曼-布莱克。因此,有越来越多的钞票被装进了贝尔曼办公室旁边的保险柜里,被存进了贝尔曼在威斯敏斯特城市银行开设的账户里。他的几位投资人也是嫁女儿的嫁女儿,嫁孙女的嫁孙女,好吃好喝地招待满堂的宾客。这都要感谢那些肯为故人慷慨买单的亲属们。真是皆大欢喜。

贝尔曼感到非常满足。他的工资单每个月都在增加,因为他要雇佣更多的人来应对需求。他的食堂也要做更多的午饭来供应销售人员。商场的背后总是有源源不断的货物送进来,以补充销售一空的库存。你能以任何数字来说明生意有多么兴隆,哪怕小到用来买线绳和牛皮纸的费用——客人订购的商品需要用线绳和牛皮纸包好;哪怕小到用来给脚夫修鞋的费用——脚夫要满手抱着客人买好的东西往返于客人和派送区之间,他们楼上楼下地跑,连鞋底都磨破了。所有的数字都在每个月的月底汇总。贝尔曼会阅读他的月度报告,核对月度数据,然后在他的图表上标示出每个月的实际销售额。几年以来,他的销售曲线一直呈上升趋势。现在,他回过头来看那些记事本里的预测数据,看那些提交给投资人的保守数据……好好看看吧!实际的利润可比他所预测的高了七倍!七倍啊!

贝尔曼"咯咯"笑出了声。他太有理由高兴了。

他并没有忘记布莱克。他还记得,自己曾一度对布莱克的事情感到焦虑。那段日子已经过去了。他们之间的约定也许并不正式,但却是有效的。属于布莱克的那份正存在第二个账户上,只要提前一天通知,他随时可以取走。那是多么大的一笔数目啊!布莱克知道商场有多么成功吗?贝尔曼很疑惑。他是否从远处监视着这一切,等待时机成熟,而且对他的小金库也很满意呢?也许他曾经路过，欣赏过橱窗？也许他偶尔进来逛逛，还装作是一名普通的客人？

想到这一点——某个女售货员可能在不清楚布莱克身份的情况下为他服务过，贝尔曼就觉得很逗。

不过，也不知怎地，他觉得这事不太可能。更大的可能是，这个男人在别处。旅行之类的。也许他身在欧洲，或美国。谁知道这老兄过的是什么样的生活呢？勇闯天涯，探索隐秘的世界……这对他没什么好稀奇的，因为布莱克本身就不受束缚。如果真是这样的话，等他哪天回来了，等他漫步伦敦街头，发现自己多年以前提出来的想法竟然已经变成了这么恢宏的一间商场，那对他才是大大的惊喜。他该要多么兴奋地冲进来，吵着要见贝尔曼啊。

该是多么美好的一天！贝尔曼热切地期盼着这一天。他想象自己听到敲门声，然后是费尼说"有人要见你，先生"，接着布莱克就走进来了，活生生的布莱克。

他们像失散多年的老朋友一样拥抱，布莱克用双臂搂紧他，他感觉到他的双手在拍他的背，他们很快就熟络了——像亲兄弟！他丢开工作，不管多么重要的工作；他告诉费尼——他几乎能看到费尼脸上惊讶的表情——"别打扰我们！克里奇洛亲自来了也不行！"然后，他们两人分别坐到火炉的两边，每人手里端一杯上好的白兰地，布莱克开始天南地北地说起来。他过去做了什么，待在什么地方。好多困惑贝尔曼的事情都一一找到了答案。"我猜你就是想知道这些！"布莱克会说，同时点燃一支雪茄。贝尔曼也会告诉他："我知道你早晚要出现，老伙计。我从来没有怀疑过！"

贝尔曼要把所有生意上的事情都告诉他的朋友，所有他为今天的成功所付出的努力；布莱克也会对此赞赏有加。"我就知道你能行，贝尔曼，我的朋友。"这太棒了。他要把图表指给他看，把账本翻给他看，再把专门为他开设的银行账户的对账单拿给他。这样一来，他该有多满足啊。

两个男人，两个发了财的男人，坐在火炉边上谈生意；他们谈着谈着——对，就该是这样——就谈到别的话题上去了，说到比赚钱更高尚的事情，说到一些哲学和普世的问题……生活中有很多方面是贝尔曼说不出个所以然的，词典上找不到它们，但布莱克必定懂得不少。他显然具有非同寻常的影响力。跟他一起合作，对于贝尔曼和他的女儿来说，已经得到了某种远远超出经济层面的保障。他有上百个问题要问布莱克，而布莱克也会耐心地回答他，且答案不必复杂，简洁而富有深意即可。通过聆听他的回答，贝尔曼能学到不少奇妙而不可思议的东西，连做梦都梦不到的东西，最具有重大意义的东西。

多么有价值的谈话！等他们聊到差不多的时候，天上已经是明镜高悬、群星璀璨了。整个伦敦都沉睡了，而他们两个了不起的生意人还坐在这间办公室里，共同探寻世界的奥妙……这是真正的同志之谊，莫逆之交，值得珍惜的友情。他等不及要再见到布莱克了。

那一天总会来的。一切都取决于布莱克本人；他，贝尔曼，对此无能为力，不论他的内心有多么殷切。

与此同时，贝尔曼-布莱克商场还要靠他来经营。还有工作要做。多愁善感是不可能变出银行存款的。

贝尔曼把幻想的野马拉回来，老老实实地又算起了账。当他的脑子都被那些琐细的加减乘除所占据的时候，他的心里是暖烘烘的，因为他有一位布莱克这样的朋友在支持他。

风鸦几乎是没有天敌的。它们个头大、力量猛、组织性强；更重要的是，它们太聪明了。因而老鹰或者猫头鹰都很少有机会拿它们当晚餐。人类偶尔会伤害到他们——当然，也不仅限于玩弹弓的小男孩。

英国有一首古老的歌谣，是妈妈们对着膝上的小宝宝唱的。歌词如下：

> 唱一首六便士之歌，黑麦装满口袋，
> 有二十又四只黑鸟，放进馅饼去烤，
> 馅饼切开来，鸟儿开始唱；
> 送到国王的桌前，可不是美味的一餐？

歌谣里提到的黑鸟就是风鸦。你可能会想，一只装了二十四只风鸦的馅饼该有多大，可事实远非如此。成年风鸦的肉很涩口，你根本咽不下去。唯一能吃的风鸦肉（如果你不是太挑剔的话）是雏鸟的肉。雏鸟飞不动，只能整天待在鸟巢外面的树枝上，张望这个即将属于它们的世界。这些幼小的、不具备飞行能力的鸟儿，只有它们才配充当食物，且所谓的食物，也不过是从它们胸脯上撕下来的两块指甲盖大小的肉。这点肉就是你辛苦猎捕、打理和烹调的全部成果。所以，用风鸦肉做成的馅饼，这么新奇的食物也只有歌谣里的国王才享用得起，反正他养了一大批拿枪的猎手和系白围裙的厨师。

不过，饥饿仍然是巨大的动力。你的祖先无论如何也要糊口。遇上食物紧张的时候，总有耐心的人会拿上弓箭、瞄准橡树上的雏鸟。

提到吃风鸦肉，你大可以噘起嘴巴、嗤之以鼻。可对于吃人肉，风鸦才不会噘嘴。要是碰到合适的机会，比如在路边，在战场上，或者洪水退去之后，它一定会用嘴叼住人肉，大快朵颐一番。若退回到没有教堂、十字架和棺材的时候呢，死人照惯例是放到大石头上，由风鸦来把骨头上的肉剔干净的。

说来说去，我无非是想说明这一点：曾经，一只风鸦吃掉了你的祖先的肉；又曾经，你的祖先吃下了风鸦的肉。人吃风鸦，风鸦也吃人。人和风鸦的肉体混合到了一起。由于这种互为食物的关系，人肉的蛋白质滋生了蓝黑色的羽毛，而风鸦肉的蛋白质化作了人的皮肤。

人和风鸦本是远亲。只不过，人具有绝佳的遗忘的本领，当他们了解到这层关系时，他们难免意外。风鸦则不同。它们的记忆力更强，它们清楚地记得自己是人类的长着羽毛的、会飞的远亲。

有不少集合名词可用于风鸦。在某些地方，人们会说一"整栋楼"的风鸦。

21

贝尔曼-布莱克商场是贝尔曼最主要的生意，但不是全部。首先，他仍然是贝尔曼家族工厂的老板。他每周都会收到内德从惠汀福寄来的报告，总要写上一封十几页的回信来做些指示、给点建议、问些问题。此外，他还有一家工厂。那是半年前他从一个倒了霉的老板手里低价买来的。那个老板把生意全放在一个大客户的身上，结果客户赖账不给钱。可以说，他犯了一个很低级的错误。而贝尔曼呢，他很有先见之明。他在许多年以前就给这位老板提供了长期的条件优厚的贷款，也就在第一时间了解到他的经济问题，然后乘虚而入。他派了内德的得力助手去厂里整顿，把贝尔曼家的那一套都照搬过去。经过一段痛苦的磨合期——没人喜欢改变——一切都稳定下来，工厂也开始盈利了。

贝尔曼在伦敦最好的地段还拥有十几处房产。这些房产不仅能保值，还能为他带来很高的租金收益。不过，它们没法自主经营。它们需要人来招租、收租、维修房顶、等等。他聘请了专人来为他打理这些事务，可作为贝尔曼，他当然要过问代理人都帮他做了些什么。

另外，贝尔曼对他的投资也十分审慎。有不少年轻的企业家曾为了丧葬用品领域的某个创新主动找上门来，也得到了贝尔曼的资金支持。可得到了资金，也必须接受监督。如果他们的商业思维上出现了问题，贝尔曼就会觉察到。他熟悉了许多和他自己的本行毫不相干的领域，看到了那些影响成败的基本要素，评估了每一个创业项目的特点，并且必须让对方充分意识到他投资的前提是要对项目进行指导，他才会做出决定。他插手的时候并不多，可就是这么一点点起到了决定性的作用。在威斯敏斯特城市银行，接待他的安森先生把他当作领头羊。一旦他决定了要投资,那准是十拿九稳的;他的钱走到哪里,他那双精明、严厉的眼睛就跟到哪里。条件允许的话,安森也把自己的资金和贝尔曼的放到一起,搭上赚钱的顺风车。

一天晚上,贝尔曼和安森、几个投资人在罗素俱乐部见面。他要和大家讨论一件他迫切想做的大事。贝尔曼-布莱克的扩张计划已经筹备一段时间了,巴斯、约克和曼彻斯特都将开设分店。店铺的选址定下了,用来买地和招募建筑师的资金也通过安森和几位投资人筹措到了。可急于想在全国实施推广的贝尔曼竟然拍脑袋想出个怪招——至少其他四个人是这么认为的。他要把贝尔曼-布莱克的品牌借用给丧葬行业内的独立零售商,依靠贝尔曼-布莱克的成熟供应链来为他们供应商品,并从他们的利润中抽取一部分来作为回报。所有人都被这个怪招吓了一跳。

"那些从来都是自己做主的零售商怎么可能愿意做这种事呢?"一个投资人疑惑地问道。

"如果在曼彻斯特的一间铺子,六号的意大利皮手套快断货了,我们又怎么知道呢?"另一个反对的声音。

贝尔曼早已成竹在胸。任何困难,他都能找到解决的办法;任何质疑,他都能给出确切的答案。他用可靠的事实和数据来填补了他们知识上的空缺。他考虑得如此全面,解释得如此透彻,以至于到了后来,那个貌似古怪的想法竟一点点地变得实际起来,连反对它的人也开始纳闷为什么早没有人想到呢。

服务员送来新点的酒水,正好打断了他们。"你哪来的时间做这么多事情?"安森趁机问贝尔曼,"你有什么秘诀?"

贝尔曼耸耸肩。"睡在床上的懒汉总觉得时间过得快,对于忙里忙外的人,时间就过得慢。我要做的事情越多,我越能找到时间去做。这是我老早就发现的规律。"

他们喝了两口白兰地,又继续讨论。这时候,大家的意见都倾向于赞同了。安森在决策上没有发言权,他只是个银行经理。不过,他的意见是要听、要认真考虑的。"我们怎么应对汤普森和他的火葬场呢?"他问,"他对墓地的批评是对的。墓地太不卫生,必须改进。现在风气都在变了,这么大张旗鼓的扩张是时候吗?"

现场的情绪立刻激动起来。

"这是在亵渎!"

"没错。英国人不会同意的!"

"他是女王的医生,也就是冲着这一点,大家才给他面子。可他的主意实在荒谬。"

只有贝尔曼从商业的角度来分析这件事。"依我之见,葬礼终归是葬礼,不管采取什么形式。反正人永远都离不开仪式。棺材确属大宗商品,但制作的材质都是相对便宜的木头;再说了,棺材早晚要埋进地下,大家愿意为它花的钱自然不会太多。骨灰盒就不一样了。大家可能会想到把它摆放在家里。各种昂贵的材质都能用来做骨灰盒,包括金和银。上面还能添加很多的装饰,搞点工艺品什么的。要是汤普森成功了,我真看不出我们的生意能遭受多大的损害。我个人更愿意把这件事看作一个机遇,而不是威胁。"

"你想现在就着手扩张的事情,不愿意再等等看威尔士的那件案子有什么进展?"

"那个德鲁伊医生,竟然把自己孩子的尸体搬到山坡上烧了!"满桌子的人都在摇头、撇嘴。

"太恶劣了。野蛮人才干得出来。"

"他就是在自找麻烦。该可怜可怜他的,肯定的。"

"你觉得他脑子坏了吗?"

接着,几位投资人都在为这起震惊舆论的案子争辩。

"也许这件案子能带来一个好处,"克里奇洛推测,"找个信基督的法官来裁决,就能彻底地澄清法律,把汤普森那伙人一举推翻。"

其他人都一本正经地点头同意。

"希望你是对的。"安森说。

"那我们就动手啦?"贝尔曼又把问题抛给大家,但实际上,他更像是在通知大家。

投资人一致点头。协议达成。贝尔曼起身,不一会儿就离开了。

"他回去工作了,"一位投资人告诉安森,"真是勤勤恳恳啊。值得敬佩。"

当天晚上,安森步行回家的路上,他又想起了那句话。贝尔曼果真值得敬佩吗?是,也不是。对于贝尔曼的商业嗅觉和财务敏感度,他是佩服得五体投地。可佩服之余,他难免要怀疑,如此心无旁骛地工作难道就全然是件好事吗?

安森自认是个勤恳的人。从早上十点到下午四点,每周一到周五,他都在银行工作;到了晚上,他又在俱乐部陪客户,做其他的业务;有必要的话,他还会在周末处理文书工作。可大多数时候,他每天都有几个小时过点私人的生活。

安森尤其喜欢和孩子们待在一起。第一任妻子生的孩子已经长大了,第二任妻子生的孩子都还小。这些孩子都是他的心头爱。他也很重视每周六早上的晨练,总要到公园附近去散散步。此外,若是他哪天没法看上半小时的好书,他就觉得难受,像缺少了什么似的。女人也不能少。他有妻子,这是当然的了。他很爱她,对她十分迁就、宠爱。他还有一两个别的女人,能讨他欢心、不惹麻烦、对他柔情蜜意的女人。没错,他可是一直都喜欢女人的。在他看来,以上所有的一切都是生活的组成部分。他工作的动力也来源于此。当他把挣来的钱花出去的时候——为女儿们买绣球花、钢琴,为这个或那个漂亮女人买饰品——他待在银行的时间才像是有了价值,他付出的劳动才循环到了一个自然的终点。他无论如何也看不出,贝尔曼的生活跟他的有何可比之处。

听说他有一个女儿,可他不像是经常和她在一起的。她不住在伦敦,贝尔曼也从来没有离开商场超过二十四小时过。没听说他有什么女人。商场的顶楼上住了一屋子的女裁缝，再多的男人都伺候得了。但安森的直觉——比克里奇洛夫人的女性直觉更灵敏——告诉他，贝尔曼完全没有骚扰过她们。这男人对吃喝也没什么嗜好。根据他的观察，贝尔曼放在办公室的酒都要等到谈生意的场合才打开。如果贝尔曼哪天去他的家里找他——他曾有一两次因为急事去找过他，他会心不在焉地接过一杯茶或一杯白兰地，多半是还没喝完就匆匆离开了。他没有业余爱好，连个像样的家都没有。这男人只管工作，好像从来不知道疲惫，从来不需要休息；睡觉、享受、亲友的陪伴，这些让人放松、恢复体力的事情，他似乎全然不需要。这实在是惊人的。但这是正常的吗？

他确实跟我们不一样，安森想，可他也是人哪。像这样生活的话，一个人能坚持多久呢？

22

贝尔曼的马甲口袋被他的怀表磨了一个洞，整件衣服也皱皱巴巴的。"你最好派个姑娘过来，给我量量尺寸，重新做一件。"他跟查尔克拉夫特小姐说。她就派来了莉齐。

他脱下夹克，把它挂在椅背上。

"这是英国的美利奴做的，我猜？"莉齐问他，"穿起来很软和，可韧性不如西班牙的好。"

"纱线是一样的，只是织布的地方不同。"

他脱下马甲，只穿了衬衫。她从腰包里掏出软尺给他量身段。他感觉到她轻轻的触碰，从后颈到腰间，从锁骨到肩膀，环胸，环腰。每量好一个尺寸，她就别开身子去记一记。她从贝尔曼的身边离开，又靠拢来，一次，两次，三次……她一直没有看他的脸，而他也只是偷偷地看她两眼。

他发现自己的呼吸变成了一首曲子,他没有唱,连哼都算不上。他的胸腔在用力地吞吐,以至于莉齐要用手指来稳住他的肩。接着,他听见了她的声音。

"楼上的人在说,说布莱克先生在商场里闹鬼。"

他很想从脖子后面的空气中辨别出她呼出的气息,但不行。

"她们为什么这么说?"

"她们听见他在唱歌。"

"啊。"

"他显然歌词没记全。"

"是这样的吗?"

"你的手臂疼吗?不疼?那我拿这块棉布往你身上试一下。这是我们上回用过的,你的尺寸也没有变。"

她灵巧地将几块棉布在桌子上用大头针拼凑起来。然后,她又走到他的身后,把棉布平整地铺在他的背上。他的耳朵里飘来她轻柔的歌声,小声得刚好够听见。

> 天使的繁星仍然闪耀,
> 潺潺的河水仍然流淌,
> 天使的嗓音却悄然无声,
> 不似我聆听的当初。
> 听,回声在低吟
> 聆听的当初。

多么伤感的一首歌!贝尔曼心里想。他之前并没有意识到这一点。如果他还记得这首歌,他就不会唱它了。不过,莉齐温柔的歌声把伤感也唱得动人心弦。她继续唱,他也愿意继续听。

> 幽暗的树林依旧孤单,
> 哗哗的喷泉依旧嬉闹,

美好的时光却不见踪迹,
不知它消失在何方?
听,哀伤的回声在说
消失在何方。

他听着听着,心里就有了异样的感觉。他感觉自己情感的闸门关闭得太久,压抑的神经绷得太紧……他到底怎么了?

莉齐来到他的面前。不知是害羞还是尴尬,她没有看他的眼睛,也没有继续唱下去。她拿来了马甲前部的棉布块,贴了一块在他的胸前,再用大头针固定在他的肩上,正好和背后的那半部分对应起来。

"请你再唱唱那首歌吧。"他觉得自己态度很生硬。

她的脸颊更红了。她离得如此之近,她的嘴唇一开一合,他都看得见里面湿润的部分。

夜晚的鸟儿哀怨不止,
(唱到这里,她的歌中充满了痛苦)
呼唤我的美好时光,
这是不是太徒劳?
听,回声又在哭喊
都是徒劳。

她把马甲前部的另一半也贴到他的身上。当她唱到卡壳的地方、跳过几个词的时候,贝尔曼发现他竟然记起来了。这首歌是老早以前在红狮酒吧跟那些醉鬼学的,虽然大部分都忘记了,可它现在就慢慢地从过去的阴影中浮现出来了。歌词不再躲着他,而是恰到时机地送到他的嘴边。想到费尼还在隔壁房间,他尽量地压低嗓子,把歌词唱了出来。

噢，停下吧，回声！哀伤的回声！
我曾多么爱恋你的嗓音；
我如今心灰意懒——
过去的时光，要挥手告别！
听，回声如泣如诉
挥手告别，告别！

莉齐已经把整块棉布都固定好了。她正看着他唱歌，就如他刚才看着她一样。她的手交叉在胸前。此刻，这世上没有比他握住她的手更容易的事了。

我该问问她布莱克的事情，他想。他一直都有这个打算，有多久了呢？哦，很久了。

"我上次看到你的时候，"他说，"就是商场开业之前的那晚上。"可他忽然改了主意："我看见你的屋子里有一个婴儿床。"

他看出她的心颤抖了一下。"我曾经有个小女儿。她叫萨拉，她——"

莉齐说不下去。她哽咽了，眼中噙着泪。晶莹的泪珠滚落下来，一颗又一颗，湿润了她的脸颊。她的脸庞泛起哀愁的光泽。但很快，令贝尔曼意想不到的是，她的嘴角绽开了微笑。那些她说不出口的话已经不重要了，因为她的脸上写满了快乐与悲伤的记忆，把贝尔曼给迷住了。她看他的眼神就像一份美丽而慑人的礼物，他迫不及待地要收下。

有什么东西在他的心里涌动着。他感觉自己的鼻子突然一酸。要是现在能大哭一场该有多么畅快啊！歌声为他抒发情怀，女人给他做伴……他的眼睛开始酸涩，越来越胀痛。就在他的视线变得模糊一片的时候，他看到——或者他以为自己看到——窗口有动静。

"那是什么？"他问。

"什么？"

"窗口那儿。是一只鸟，对吗？"

"我没看见。"

他在慌乱中抓住了她的手。

曾经的威廉·贝尔曼是懂得如何去亲吻女人的。他懂得如何以拥抱来抚慰彼此,如何将另一个人拉到自己的面前、去感受胸口上另一个人的心跳。

但我已经有了布莱克了,他一边想,一边察看天空中的可疑迹象。抚平伤痛是不可能的,难过又太迟了。

他松开了莉齐的手。她转过身去看她记录尺寸的单子。

"还是跟以前一样要做口袋吗,贝尔曼先生?"

"我想要做吧。"

"那我把棉布取下来,你小心大头针。"

他一动不动地站着,等她把棉布从身上取下来。她随意地将棉布一折,搭在自己的手臂上。"我明天就能做好。午饭的时候送过来可以吗?"

"没必要着急。"

莉齐回工作间去了,贝尔曼继续工作。

23

"威尔!"

太久没有人这么亲昵地叫他了,连教名也没叫过。因此,他第一时间没有反应过来别人是在叫他。他几乎要擦身而过的时候,那女人期待的眼神绊住了他。随后他想起自己的名字也是可以这么叫的,他停了下来。

她的脸熟悉又陌生。他认识贝尔曼-布莱克的每一个人,可他现在人在惠汀福的大街上。面前的这个人显然对他相当了解,他却怎么也想不起她的名字。她冲他微笑,问候他的情况;他应付了两句，直到对方提醒了他。

"我是珍妮·阿姆斯特朗。以前叫珍妮·奥尔德里奇的……时间都过去这么久了，也难怪你不记得我了。我的样子也变了。"

他能从这女人的身上找到记忆中珍妮的影子。她现在是年纪大了，身材胖了，样子苍老了。不过，改变她的不仅仅是时间。还有点别的事情让她的眼圈加深、皱纹变多了。

他听她聊自己的孩子。罗勃是老大，现在负责给工厂和磨坊屋供应面包。"有他真是我们的福气，我跟你说。他虽然还年轻，可已经接手整间面包坊了，包括送货什么的。要是没有他，我们真不知道该怎么办。你的多拉也是上天派来的天使，她一直教他怎么管账。其实不止这个，她基本上是亲自在帮他做。直到罗勃的弟弟从学校里出来，他能给罗勃减轻点负担。我总不能又跑面包坊，又照顾弗雷德吧？况且他现在越来越需要我了，我是一步都走不开。你看我出来弄点东西，都是我们的女儿在陪着他……"

他从她的话中把事实拼凑起来：弗雷德生病了，儿子罗勃提前接替了父亲，女儿也在帮忙。他隐约想起内德的一次报告，里面提到面包师生病但供应还没有中断的事情。他似乎也记得报告说多拉在跟内德学习管账，每周有几个上午都去工厂办公室帮忙。可他没想到真实的情况是这样的。

珍妮的话突然中断了，好像她想到了什么。

"你不如过来看看吧？弗雷德经常提起你，说他一直相信你能成大器的。他觉得从你们还是毛头小子的时候，就看出来你的潜力了。而且你还给了他那么大的机会，让他为工厂的早点供应面包。你是我们的贵人，他永远都忘不掉。"

珍妮的眼睛不似从前那样湛蓝。

一幅画面不知从哪儿冒了出来：小河边，疯长的莎草，珍妮白净的大腿掩映在河堤的绿丛中，她的大腿张开，脚上还穿着黑色的靴子。

他发现她也记起来了，她知道他还记得。

"来看看他吧,威尔,"她说,"我们感激不尽。"
"好的,"他说,"我要去。"

"你现在和内德一起在工厂办公室上班?"他边吃早餐边问多拉。

"我已经上了一年半了。"

他点头:"你喜欢吗?"

"喜欢。"

"还有帮面包坊管账呢?"

她没那么快点头了,还皱起眉头。"阿姆斯特朗家当时在考虑把小弗雷德和比利从学校里拉出来帮忙。我清楚他们为什么非要这么干不可,但我觉得这么干太短视了。他们只要能再学习一两年,出息会更大。罗勃自己是可以应付面包坊的事情的,如果有人肯帮他做点文书工作的话。"

"所以你就做了,你拿工资没有?"

她笑了。"我们家的面包是免费的。我们周日的时候还能用面包坊的送货车出去郊游。如果罗勃在野餐的时候睡着了,或者送发票过来的时候在你的旧椅子上睡着了,我还能拿他当模特。他至少有一个小时不会动。我觉得这样就够了。"

他点头。"不管怎么说,要是阿姆斯特朗家的面包坊倒闭了,我们只得再找一家新的,这可是既费钱又费事的。"

"我听说你回伦敦之前要先去看看阿姆斯特朗先生?"多拉问道,手里正拿着果酱,"罗勃今早上送面包来的时候跟玛丽说起过。"

贝尔曼突然脸一沉,眼睛也直了。她说得对,他答应过的。

可他摇头:"我是该去的,但眼下……"他指了指手边的一封信。是费尼寄来的信,里面写的全是他离开期间所产生的大小事务。有了这封信,他就可以在回伦敦的路上详细了解情况、想好对策。他忽然有了紧迫感,他觉得自己非尽早赶回去不可。

"伦敦那边需要我。"他解释说。

他已经急不可耐了。他一边用餐巾擦嘴,一边从椅子上站起来,连满嘴的面包都还没来得及咽下去。

"阿姆斯特朗先生究竟是怎么一回事?"

多拉的眼神和声音都很镇静。"他快死了。"

"跟他们说我下次再去。"他好像没有听见多拉的话,只顾急匆匆地往门口走,中途还把餐巾扔到地板上。

他打开门,逃也似的出去了。

"下次就太晚了。"多拉对着关回来的门说。

她又咬了一口面包。

贝尔曼在他的记事本里面做好记录,再根据记录来行事。后来写信给内德的时候,特地告诉他,他决定出资为工厂合作多年的面包师举办一场贝尔曼-布莱克式的葬礼。他希望内德在必要时把这个决定告知阿姆斯特朗夫人,并做好夫人与商场葬礼总监拉蒂默先生之间的协调工作,确保葬礼的安排符合家族的愿望。他又把这番意思通过一份定期的备忘录告知了拉蒂默先生。

几周以后,贝尔曼正坐在办公桌前处理一大堆文件。他的动作像往常一样麻利。可一张特别的发票让他来了个急煞。

这是什么?由贝尔曼-布莱克免费提供的葬礼?客户名叫阿姆斯特朗……

弗雷德!

他吓得血压飙升。他的心跳开始加速。喉咙也像被什么东西堵住了。

他赶紧在发票上签字,字迹比平时的还要潦草。他立即把注意力转移到下一件事。

他努力地埋头于工作。他的动作很快,且越来越快。每一分,每一秒,他都用工作填得满满当当、丝毫不留缝隙。他扫荡完面前的文件堆,又拿起一份会计师给他的分析报告。他想看这份报告已经有一段时间。报告很吸引人,他边做笔记边提问题,一直弄到深夜。在报告的最后,他充分评价了报告中的论点。然后,他找了些其他细枝末节的事情来做。第二天一早,当费尼过来敲门的时候,他已经忘记了他的血压、心跳和喉咙;弗雷德的葬礼成了隔世的哀愁。

24

费尼将当月的账目汇总表连同相关的文件放在贝尔曼的桌子上。他有些犹豫,甚至不情愿。"我觉得你可能想看看这个。"他又把一份报纸放到最上面。

贝尔曼瞟了一眼:报纸被折叠了起来,当中有一封某文化界名人所撰写的公开信,信的内容是批评丧葬的奢靡之风。

"又是这种信?"贝尔曼盯着报纸,"这么做只会劝服大家不要到奸商那里去,把他们变成我们的顾客。这是大好事。"

费尼点头。"那我就走了,如果你没有别的需要。"

他们相互道了晚安。

今天是十月的最后一天。窗外漆黑一片,雨水猛烈地敲打着窗户。贝尔曼完全不理会这些;他坐到他的书桌前,兴致正浓。每月的最后一个周五,他的部门经理都要把当月的营业状况以书面的形式汇报给他。报告的内容包括各产品线的销售涨跌,以及影响销售额的因素。其实他对这些情况基本已经掌握了,毕竟他每天都要巡场三次,但他依然很享受打烊之后独自阅读报告的时间。女士帽子是卖得多了还是少了,为什么;蛇形图案的黑玉突然走俏了;文具的销售额上涨了,意大利进口的手套不太好卖——对于这些关乎生存的问题,他从未放松过警惕。两个月以前,他们为斯坦福伯爵举行了葬礼。这场葬礼能为几乎所有的部门带来商机。在读报告的同时,他的脑子里总是不断地冒出要问的问题、要采取的措施和待跟进的事项。因此,他在空白的地方到处做满了笔记,或许是一个问号、一个箭头,也可能是一两个字。他不会漏掉任何事。

读完报告,他又开始看总会计师提交的数据。他只需要扫两眼即可。如果当中有什么错漏,它们会自动跳到他的眼里,明显得好比立在舞池正中的雕像。他看了看各行各列的数据,一切都挺正常。只有最后一行引起了他的注意。他凑拢了看,又拿远一点看。他把文件扔到桌子上,两眼紧盯着墙壁与天花板交界的地方。到底是怎么回事呢?

又是一个好月份,不是么?客流源源不断,总有怀着伤痛而来、带着商品和宽慰而去的客人。这个前脚刚走,那个后脚就跟来。即使是服丧期满的人,也多半会有再次服丧的那一天。现在盛行的风气是认为把这一次用过的东西留到"下一次"很不吉利。既然如此,又何必要压制这股风气呢?等他的顾客百年,一个铜板也没办法花的时候,即便到了这样的时候,他们仍然在为贝尔曼-布莱克的生意做贡献,这又是为什么呢?就让那些诗人、小说家写他们想写的信吧,让《家常话》[1]每周都发表上十封这样的信吧,不会有任何的改变。人还是要死,死者的亲属还是找他们的送丧人,买他们带衬里的棺材,做他们的新丧服……

确实没有任何的改变。小伙子们已经用了几千码的线绳和几千码的牛皮纸来包裹去往全国各地的商品。女裁缝们也已经用了几千码的黑丝线来缝制黑色的绉纱、美利奴呢绒和开司米山羊绒。他审核过丝线和线绳的采购发票。一切都进展顺利。

他又拿起了总会计师的数据。销售额持平。没有在上个月的基础上增长。

贝尔曼拉长了脸。持平是因为市场已经达到自然饱和了吗?如果是,这不算太糟糕。销售额会一直维持这个水平。但有没有可

---

[1] Household Words,狄更斯创办的周刊,收录了他自己和其他一些作家的小说。

能——他的胸口紧了一下——是另一种情况的先兆？这个月会成为销售额急转直下的开始？

贝尔曼站在他的图表旁边，手里拿着笔。他想把这个月的销售额填进去，可他犹豫了。这不可能的！费尼的芭蕾手指肯定在哪里犯了个错。也许有个小数点标错了地方，也许有个"3"应该改成"8"。他明天就让费尼来修改。

他将手中的黑笔放了回去。

他该为下个月设定多少的目标销售额呢？伦敦现在的状况如何？气温持续下降。天冷了，要不了多久会更冷。到时候，居民要逐渐开始用燃料来取暖，而穷人只有硬扛着。对穷人来说，要么是买木头烤火，要么是买吃的下锅，二者只能选其一。大雪会阻断乡村的道路。在偏远地区，食物将变得更加紧缺。富人也不是完全不怕冬天。就算他们穿上厚厚的皮草，也会在周日做礼拜的时候冻得瑟瑟发抖。结冰的街道上，人们的脚会不听使唤地滑倒；骨头可能被摔断；传染病会乘虚而入。借着冬天的余威，疾病能肆虐横行、为所欲为。

贝尔曼拿起蓝色的笔，准备为下个月确定目标。笔悬在半空。他的脑子里第一次出现了一条下行的曲线。他设法把这条曲线抹去，并决定最好等明天他和费尼一起确认了这件事以后再说。

半夜里，那条下行的曲线又呈现在黑暗中。贝尔曼发觉自己又在想它了。他的脑子还在不停地计算着，似乎从未停止过。男装加上女帽加上文具加上葬礼加上……三月加上四月加上五月加上六月……中风加上流感加上肺痨加上衰老加上心脏病……要加的项目太多了，以至于他都不知道加到哪儿了。他不得不重新再算一遍。

然而，他遗忘的究竟是什么呢？

那条曲线上升、上升再上升，斜率也越来越大。七月、八月、九月，每一个月都远远超出了贝尔曼最大胆的预测。他想在图表上标示出他下个月的销售目标，可一只看不见的手放在了他的手上，把它使劲往下拽，拽到比他预想的还要低的位置。

有这么低吗？这不可能！他想。然而，一个暗淡又确信无疑的念头渗入了他的脑子：销售额肯定会一跌再跌的。

数字不断地下降，业务一笔接着一笔，半码绶带和一块儿童墓碑，一枚黑玉发夹和二十四码黑色美利奴，为一位伯爵的葬礼找四个披麻戴孝的仆人和八个送丧人，还有……他到底忘了什么？

曲线继续下行，在惠汀福无边的夜空中蜿蜒；它越来越低，几乎能触到那棵老橡树……

贝尔曼醒了。

他心跳得很快，恍惚觉得有什么讨厌的东西在他惊醒的瞬间消失了。

火柴"嗞嗞"地燃了起来，有一支小小的蜡烛做伴，他很欣慰。他喝了点水。他要等自己感觉舒服一点了才起床。也许房间太闷热了。

他穿着睡衣、戴着睡帽站在窗口眺望。万籁俱静，一团漆黑。富丽堂皇的摄政街之外是些狭小、朴实的街道，商铺的上面住着人，屠户、书商和烟草商都搂着老婆孩子在睡觉。更远一点是贫民窟，一大家子只能挤一间小屋，一套房子能住进上百人。人嘛，生或死都没什么区别，他们总要消费。

贝尔曼的背部感觉有点僵硬，脚也疼得厉害。他知道自己很疲惫，但他睡意全无。都是账目惹的祸。费尼不像是会犯错的人，他的手下个个精明，而且他办事都要经过两次核对，确保无误才行。然而，总是有漏网之鱼吧，否则该如何解释呢？

他要所有的流程都拿过来亲自核对一遍。

贝尔曼确实这么做了。

结果和之前的完全吻合。

他面色如土地举起蜡烛。他一边移动蜡烛，一边察看整条曲线，从第一个月一直看到现在。

他恍然大悟。

十年了！我竟然在墙上描画这张图表整整十年了。

这怎么可能呢？难道已经有十个冬天来了又走了吗？他根本没有注意到。可不管怎么说，他的年纪已经增长到——四十九岁了！他又算了算，果真是四十九岁，他简直难以相信。他仔细看了看玻璃窗里的自己。在黑夜的映衬下，他的白色影子仿若鬼魅。他头发灰白，他满脸倦容。他是真的累了。

他冲着那个白睡帽、白睡袍的滑稽男人摇头，心里纳闷。这怎么可能呢？十年了，他竟然没有意识到。他可是个无微不至的人哪！他什么都不会忘！

他心里一紧，好似脚下的地面突然崩塌了。

又来了，他想。

他先是感觉恶心，马上又感觉头晕。

他喝了一杯白兰地，身子稍微稳定了一些。

得了吧，他骂自己。专心看数据吧。

数据不是都加起来了吗？是，但它们说明不了问题。

帽子的流行时尚。兰开夏郡的棺材。斯坦福伯爵。

或者是什么隐藏在背后的东西？

只有一件事情能影响到贝尔曼-布莱克的利润，那就是死亡。

如果真是这样，贝尔曼很想知道，究竟是谁的手在使唤他的手，每个月都把目标定得比他自己预期的还高？是否是同一只手在掩住病人的嘴巴、捏住他们的鼻子？当病人拿枪对准自己的心脏时，又是否是这只手推动了扣扳机的手指？为爱憔悴的人是否从这只手里得到了致命的毒药？

到底是谁的手呢？

布莱克。

他的身体又颤抖起来，他用一只手撑在书桌上。他想起了布莱克，并预感到自己永远也无法兑现那份合同。

他焦急万分地找那份草拟的合同。他把抽屉一个个打开，翻出所有的文件。文件从他颤抖的指尖滑过，掉到地上。他又趴到地上，借着烛光翻看那些文件。他眯着眼、喘着气，疯了一般。

他在想，我欠了布莱克多少账？

可他找不到。

算了，不找了。他可以重新再写一份。关键的问题是把总数弄清楚。

他仔细地算了又算，把一个个大额的数字匆匆写在记事本上，再用各种方法把数字都加起来，最后看了看总数。

真是太多了。多得过分了。

而且似乎还远远不够。

第二天早上，费尼意外地发现他的老板就伏睡在书桌边上，周围是散落一地的文件。他的身上还穿着睡袍，他的白色睡帽沾上了墨水，因为他的头正好趴在一连串狂乱而不知何谓的算式上。费尼没有叫醒贝尔曼。他把文件收拾好，又轻手轻脚地离开了。到了门外边，他故意弄出很大的动静——沉重的脚步声、叮铃的钥匙声，还有哐当的开锁声。他把动作放得很慢，折腾了半天才重新进入办公室。等到那个时候，贝尔曼已经带着那些奇奇怪怪的算式回卧室去了。

25

点头的是威斯敏斯特城市银行的安森先生。

"你们通知的确实有点突然，但我可以保证今天下午顺道去拜访贝尔曼先生，如果事情紧急的话。"

那位年轻人咽下一口唾沫。"我想贝尔曼先生是希望——应该说是等着——在下午之前就见到您。"他咳了一下，"如果这样可以的话，先生。"

乔治·安森把他的腿在办公桌底下伸直，他的视线越过眼镜的上沿盯着那位年轻人。

"要是我没理解错,贝尔曼先生是希望我现在就去他的办公室,对吗?"

"是的,先生。"

安森先生的日程排得满满的,但他已经被好奇和关切之心折服了。再说了,老是跟着日程表来转,做威斯敏斯特城市银行的经理还有什么意思?

他从椅子上站起来,对秘书的不满置之不理。"那是我的外套,麻烦你。就在门后。我们现在就过去,好吗?"

年轻人的脸上绽露出欣慰之情。

一走进贝尔曼的办公室,安森先生就发现这个了不起的生意人身体欠佳。他的眼圈是红的,他的动作迟缓、笨拙,好像是忍住疼痛做出来的。

"是有关那个保留账户的事情。"

安森先生知道贝尔曼指的是什么,尽管他以前从未听过贝尔曼用这个称呼。那是他的第二个私人账户。在过去的十年间,贝尔曼把他个人收入的三分之一都转入了那个账户,但他没有从里面支出过一个便士。现在,它已经积攒了一大笔财富。安森偶尔会建议贝尔曼做点投资,但他宁可拿自己另外一个账户里的资金来冒险,即使在得到了丰厚的回报以后,他也会坚决地拒绝碰这笔钱。

"乐意为您效劳,"安森说,"我们把这笔钱放到哪里呢?"

"不放到哪里。"

"不放?"

"我还想额外地转一笔钱进去。"

"多少?"

贝尔曼说了一个数目。

安森深吸一口气,还是没能掩饰他的惊讶之情。

"那就等于是——你个人流动资产的四分之三了……当然，这么做是可以的，你想怎么办都没问题……你的目的是想把资产变成现金？"

"正是。"

安森把手指放到嘴边，他在思考。一个银行经理是很微妙的角色。他没必要知道客户会拿自己的钱来做什么用途。他们花了多少，怎么花的，都不关他的事。不过他有时候会觉察到客户的钱有点不对劲，而且他认为自己有责任调解客户与他们的钱之间所存在的分歧，让二者达成相互的谅解。他想着这个问题，没有急于打破房间里的沉默。

按照逻辑来分析，贝尔曼将这笔钱单独保存是有特别用意的，但没有人说过这个用意是什么。

"眼睁睁地看着那些本来可以拿来投资盈利的钱被晾到一边喝西北风，这可不是我的本意啊，贝尔曼。"安森苦着脸，无可奈何地摇头。

贝尔曼却不为所动。他没有说话，只是静静地坐着，眼睛凝视着窗外。安森觉得他不是在看街景，而是在面对某种深藏内心的可怕的东西。

债务是不可能的。他了解贝尔曼。虽然他们还称不上真正的朋友，他们几乎就没怎么聊过私人的话题，可他知道这老兄的习性。贝尔曼就是个工作狂。他不赌博，也不流连风月场所。没有任何一丁点有关经济或道德方面的丑闻能和他牵扯上关系。他只为他的事业而活，他的事业也是成功的。几位投资人对贝尔曼-布莱克的财务动向一清二楚；你只消看看他们在罗素俱乐部聚会时那一张张心满意足的笑脸，就知道商场的一切都运转正常。此外，他对贝尔曼的账户了如指掌，断定贝尔曼不是个大手大脚花钱的人。事实上，他的个人开销极为节俭，和最简朴的乡村牧师不相上下。

这男人可能遭到敲诈了吗？某个无赖抓住了贝尔曼的把柄，正在讹他的钱？

"你是不是近期会有流动资金的需求？"

贝尔曼用一只手遮住眼睛,好像光线太刺眼了。"也许是吧,我不确定。"

"贝尔曼,我是你的银行经理,跟你打了十年的交道。我衷心地为你的利益着想。看到你现在这个样子,我有责任问一句我不该问的:请告诉我,做出这些安排全是你自己随心的吗?"

贝尔曼盯着他:"随心?"

"要是有人在讹你的钱,有很多办法可以解决……请律师……最精明的律师。让其他人出面处理,根本不会提到你的名字。"

这时候,安森看到了他从未预想过的事情。贝尔曼紧紧地闭上眼睛,一滴眼泪从眼中挤了出来。

"没有律师能帮我,我被困住了。"

当贝尔曼睁开眼睛时,安森看到了那里面最黑暗的忧郁。

可贝尔曼根本没当这是一回事。他深吸一口气,继续做出安排:"除了刚才说的,以前每个季度往这个账户里转一次账以后要改为每个月一次。转账的比例从百分之三十三改为百分之五十。都清楚啦?"

安森忧心忡忡地回银行去了。

26

滴答!

这见鬼的表,每一秒钟都走得如此艰难!

滴答!

每一秒钟都拖得如此漫长。好像下一秒就要停止了。

滴答!

他不能让表停下来。

滴答!

可怎么给它上发条呢？他去摸自己的胸袋……这是怎么回事？表竟然不在他的口袋里！它从他的胸口里发出滴答声。

滴答！

任何一秒钟都可能成为最后一秒钟……

滴答！

贝尔曼醒了，心情像铅一般沉重。他睡觉的时候，有什么污秽、恐怖的东西缠住了他，把他连同被子一起裹起来。为了摆脱它，他迅速地起身，手忙脚乱地找事情做：他胡子刮得太快，伤了下巴；他胃里难受，吃不下早饭，就咬了一块面包来安抚他的胃。到了办公室，他先花了两个小时来写信，然后才开始当天的第一次会面。他可以同时做两件工作，或者三件。他不断地给自己增加任务，把每一小时、每一分钟都填得满满当当的。他甚至加班加点到比平时更晚的时间。当他连续工作了十九、二十个小时之后，即使他在浴室的镜子里看到一张绝望的脸，他也能疲惫不堪地倒头就睡。可他并不像是在休息：他始终保持警惕的脑子依然在夜间同那个模糊不清、令人生畏的敌人进行殊死搏斗。等他醒来的时候，他又有了同样的被污秽包裹的感觉。

有时候，他虽然像平时一样倒头就睡，但一个小时之后就会醒。他清醒的意识也不比他的梦魇强多少。不管是睡着还是醒着，反正都是同样的忧扰：受困的鸟、惊慌拍打的翅膀、就在他耳畔的羽翼的"呼呼"声……他清醒地躺在床上，被吓得汗流浃背、气喘如牛。他的心跳声几乎能把死人从坟墓中唤醒。

失眠令人苦痛。

当他如梦方醒般地反应过来的时候，天已经大亮，他的面前就站着查尔克拉夫特小姐。

"是的，"她正在说，"蒲柏商场倒闭的时候，我们从他们那里招聘过来的姑娘手脚都非常麻利。"

他发现自己人在办公室里，坐在他的书桌边上，但他完全想不起他的高级女裁缝师是如何进来的，也想不起他们此前说了些什么。她没有表现出一丝的诧异。显然，她尚未注意到什么不妥的地方。

他不仅记不起她是怎么走进办公室的，就连他们上次的会面也忘记了。蒲柏商场倒闭的时候，他真的同意把竞争对手的女裁缝给挖过来吗？他自己的销售数据都不确定的时候，这么做是明智之举吗？

当天晚些的时候，狄克逊笑眯眯地向贝尔曼汇报说，他一个下午就卖出去三只小手提袋，多亏了贝尔曼头一天给他的陈列建议。除了点头赞许，贝尔曼还能做什么呢？可他真的给过那样的建议吗？他觉得这件事挺新鲜。

他意识到自己的工作时间基本是在梦游，有一大半做过的事情都不记得；而到了晚上，他的神经又警惕着黑暗带来的任何威胁，备受煎熬。这让他心虚起来。他想知道自己是否被人取代了，是否有另一个贝尔曼给出了绝佳的定价和陈列建议，并决定聘用从对手那里流失的女裁缝，而他这个正版的贝尔曼是否一直被囚禁在幽暗的冥界，过着半睡半醒、虽生犹死的日子。

咔嗒！

咔嗒！

咔嗒！

这次是拨个不停的算盘珠子。

三十八。

三十九。

四十。

他到底欠了多少？几十？几百？几千？

咔嗒！

咔嗒！

咔嗒!

可算盘并不存在。只有他的心在算计他的债务,每跳动一次就会增加新的债务;他只能眼巴巴地看着总数不断地攀升,一点办法也没有。

27

"你为什么不亲自看看?"

桑德森医生往后一站,把放大镜递给贝尔曼。贝尔曼俯身看他的孩子。她的大眼睛,有五英尺那么宽,在镜片后面一眨一眨的。她的一根手指——皮肤上印有一个粉红的旋儿,指尖上镶着一小片亮晶晶的白色指甲——正拨开眼睑,露出眼睑上的一排细小的水泡或珠子样的东西,像鱼卵。

"不要去揉去挠,"医生在嘱咐她,"这是好消息:你的睫毛又重新长回来了。"

那只眼睛眨了一下,然后那只手指再次拨开眼睑,放大镜后面又出现了一只硕大的眼睛。

欣喜的贝尔曼就这么看着。多拉的虹膜,好似夏日晴空般的湛蓝,上面布了一些黑点。贝尔曼觉得那些黑点像一群远去的飞鸟。

"我的头发也会长回来吗?"

"等上几个月,我想也差不多了吧。"

贝尔曼送桑德森医生到门口。

"都过去这么多年了,"他不解道,"为什么现在才好转?"

"恕我冒昧,贝尔曼小姐现在看起来快乐多了。若说快乐能让毛发重生,这在科学上是解释不通的,但人的内心确实能起到神奇的疗效。我不止一次遇到这样的情况了。相反的情况也有,那些悲伤过度的人就有可能生病。"

桑德森担忧地看着贝尔曼。"我想你应该为自己找过伦敦的名医了吧?"

"我自己?我从不生病,你知道的。"

医生不相信,他犹豫过后又接着说:

"可你好像瘦了?"

"我一直都想把这身衣服改小一点,是的。我有更重要的事情要做。"

"胃口还正常吗?睡眠呢?"

要准确地描述他晚上睡觉时的惊恐是不可能的。贝尔曼也不愿意承认自己被梦魇所折磨。半夜里有几只鸟在我的窗口,它们用黑色的喙来敲打窗户,它们困在我的胸腔里,让我喘不过气,他们啄食我的心脏,当我早上起来刮脸的时候,我都能从自己的眼睛里看到它们也正看着我——这些都是贝尔曼不愿倾吐的。

"我的呼吸好像有时候会不稳定。我偶尔半夜要惊醒——实际上是经常这样。还有我的心脏……"

"心脏怎么了?"

"它跳得很快,这正常吗?有跳得这么厉害的吗?"

在不确定某种症状严重与否的情况下,医生们都会采用一种温柔、平和的语气询问病人。桑德森医生就用这种语气问了几个问题。贝尔曼回答了他,他一边听,一边观察病人眼周的红色和皮肤上的灰暗色调。病人的嗓音是沙哑中带着不安,他的双手在抖动。医生注意到长串长串的词汇像爆豆子一样从贝尔曼的嘴边滚落出来;他还注意到有那么几个短暂的瞬间,贝尔曼像失去意识般地盯着远处,然后猛然间又清醒过来。

"我能为你把把脉吗?"

他们坐了下来,桑德森把住贝尔曼的手腕。

接着桑德森松开了病人的手腕。他开口说话时,语气是既惊奇又欣慰。"你没什么大碍,好好休息下就没问题了。你是工作得太久太辛苦了。这种生活对于年轻人来说还行,虽说你向来是个精力充沛的人，可也不得不考虑下年龄的因素。给自己放个假吧，等你回来的时候，你就精神焕发了。你完全可以再坚持个二十年，如果你保证每周都休息一天的话！"

放假？每周休息一天？贝尔曼不敢相信。

"要是像你现在这样继续下去，你恐怕会过劳而死。我先给你开些安眠药试试，用不了多久，你就会发现自己不需要吃药了。一旦你调整到一种更放松的精神状态，你的睡眠自然就好了。"

贝尔曼对安眠药没什么信心，可他还是吃下了，并且有了意外的惊喜。他头天晚上把头枕到羽毛枕头上，醒来的时候已经是第二天早上了。他在床上度过了整整七个小时，却一点知觉也没有。没有恐惧，没有警惕，没有思想，没有梦境。浑然的乌漆抹黑、毫无意识。有一周的时间，他都能睡上整夜的好觉，这可把他高兴坏了。他告诉自己，失眠不过是个临时性的小问题。现在问题已经解决了，他可以不用吃药了。

没吃药的第一天晚上，失眠的痛苦就立刻卷土重来。

他不得不继续吃药，而且要增加一点剂量才能达到之前的效果。

但很快，贝尔曼就意识到，药物导致的睡眠并非真的睡眠。它起不到相同的恢复精力的功效。首要的一点是，他前一秒钟刚躺下去，后一秒钟就醒了，就已经到早上了。他早年时候那些起起伏伏、深深浅浅的波式睡眠哪去了？他带着问题入睡、带着答案醒来的富有成效的睡眠哪儿去了？一切都不复存在了。现在，他只要头一沾上枕头，就会被一片死寂的黑暗吞噬，然后在浑浑噩噩、没精打采中苏醒。彻底的丧失意识并不能令他安心。他想象有一群黑翅膀的夜行动物伏在他沉睡的躯体上，吸食他的魂魄，而他却像个婴儿一样对危险无动于衷、无力反抗。他不愿意睡觉，他熬得越来越晚，从心底害怕睡觉、害怕失眠。安眠药是吃还是不吃？他有时候吃，有时候不吃。他时而睡，时而不睡。等他吃完了桑德森医生给的药时，他又看了一位伦敦的医生。要想再拿点这种药并非难事，而且它还能和其他药剂搭配着吃。他逐渐掌握了混合各种药剂的技巧，能随心所欲地让自己在药物的作用下安睡。

出问题的不仅仅是睡眠。除非饿得太厉害，他是一点饥饿感都没有了。他只在清晨或午夜吃点东西，或者什么都不吃。时间也变得飘忽不定。他的怀表走得不是太快，就是太慢。他去找钟表匠检修，对方竟然坚持说这只表运转正常。他有时候搞不清楚自己是否翻过了台历。这是今天的日子，还是明天的日子？也许还是昨天的日子呢。周日在贝尔曼的印象中成了不定期的假日。即使是四季也让他感觉难以分辨。当他从窗户眺望伦敦的晴空时，他不止一次地因为分不清到底是四月还是九月而懊恼不已。

贝尔曼适应了因失眠而凝缩、酸腐的生活。他的内心空荡荡的，但他仍然和别人微笑、握手，仍然做着加减乘除的算计。除了他，没有人知道这生活的代价。

28

也许还有办法。

贝尔曼不习惯求助，因为大部分时候他都知道该怎么办。可有个特别棘手的问题让他感觉自己毫无头绪，非得寻求帮助不可。

"费尼，你知道怎么找人吗？"

"找人？"费尼犯难了。他知道一百种把错放的钱找回来的办法，懂得无数种把小数点弄错的手段。要把账本里漏掉的数字给补上，那是他的专长。可说到找人呢……

他摇了摇头。"我可不知道从哪儿下手。"

在罗素俱乐部聚会的时候，贝尔曼又试了一回。

"我想找个人。你们觉得我该怎么去找呢？"

"到他的俱乐部去打听就是了,给他留封信。"这位投资人说得很轻巧。

"他可是个独来独往的人,应该没参加什么俱乐部。"

"没有俱乐部?"这位投资人的眉毛都竖起来了。在他的世界里,俱乐部是必不可少的,不参加俱乐部的人就是个彻头彻尾的怪人。他开始挠头。"那就很难找了。"

"他叫什么名字?"安森问向他求助的贝尔曼,"如果他在我们银行有业务,我可以给他去信。"

要回答这个问题就得多加解释一番,可贝尔曼不打算解释任何事情。况且,万一布莱克的名字根本不是布莱克呢?他越想越觉得不对劲,越觉得自己犯了个大错。

在商场巡视的时候,他揣着问题到处问人。

"律师的工作不就是寻人的么?"送信的小伙子如此建议。

"我会多加留心的,"看门的彭特沃什表示愿意帮忙,"这世上的每一个人早晚都要进出这扇门的。他长什么样儿?"

贝尔曼心想,要是找布莱克能像找其他人那样就好了。怎么解释才能让别人相信,不拿你当疯子看呢?——你在找某个人,他的长相就在你的脑子里晃呀晃的,可你就是想不起来;你连那个人的名字也不确定;你已经十年没见过他了,可你挣的每一分钱都能让你感受到他的影响力;他的气场就像影子,偷偷地跟在每一位贝尔曼-布莱克客人的脚后。

修理印刷机的时候,他又问了排字工同样的问题。

"如果他欠了你的钱,你就永远也找不到他了,不管你怎么想办法找他。"排字工说了他的看法,遗憾地摇着头。他像是有过惨痛教训。

"可事实正好相反。"贝尔曼告诉他。

排字工爽朗地笑了:"贝尔曼先生,如果是你欠了他的钱,他自然会来找你的。记住我的话!他不会等太久的!"

后来,驾马车的车夫也提了建议,他的建议可能有点用处。"到你最后一次看到他的地方去看看。人一般不会离得太远。"

"那个男的……"他引出了话题。

"哪个男的？"

莉齐皱着眉头，正从系在手腕上的棉垫子上拔出大头针，然后插进他的马甲里。"这件马甲是我几个月以前才做的。你怎么就瘦了，贝尔曼先生。"

"我看见你和他在一起的，"他声音嘶哑地说，"你还记得吗？是商场开业的头一天晚上。"

她低下头，小心翼翼地摆弄着大头针。"我不记得有什么男的。我刚从我孩子的墓地回来，时间过了很久了。"

"那是条什么街？"

"他们当时叫后街，现在已经不在了。"

"不在了？"

"推倒重建了，整个街区都是。"

"哦。"

她麻利地用手臂环住他的腰，把软尺围在他的腰上。她没有碰他，她的手臂与他的身体之间保持了一英寸的距离以示庄重。抱住我，他想说。他希望自己能够把头枕在她的颈边。他希望自己能够在她的爱抚下轻声哭泣。如果她待在他的身边、看着他，他也许就能安心入睡了。真正地入睡。无需药物的作用。

然而，她的手臂很快就缩回去了。她看了看他的腰围数，忍不住叹气。

"你是不是吃太少了，贝尔曼先生？你的胃口不好吗？"

这样的关切让贝尔曼眼前一黑。他眨眨眼睛，脑子里闪现出一幅画面：特纳家的地被水淹了，水已经漫到了水库围墙的边缘。水面向来不会波动得太厉害，他还记得；可谁见了这样的场面也会担心水溢出围墙。当然，克雷斯也在那儿。他总是在必要的时候将适量的水泄到工厂的引水槽里。现在，贝尔曼的身体就像一块积满眼泪的淤地。如果他让它倾泻而出，将会带来怎样的灾难呢？会有多少尸体随它漂流呢？

一记重重的敲门声响起，门缝里露出费尼的脸，有急事。

"抱歉打扰了，先生。是克里奇洛先生的事情。"

贝尔曼对莉齐说："你晚点再来，好吗？"他又对费尼说："让他进来吧。"

费尼瞪大了双眼："不是那个，先生。克里奇洛先生去世了。"

29

贝尔曼亲自监督葬礼的筹备工作。

他告诉克里奇洛夫人："这是我唯一能尽的绵薄之力。"

他指派莉齐和另一位女裁缝乘布鲁厄姆马车去克里奇洛家，让她们花三天三夜的时间为克里奇洛夫人和小姐们赶制丧服；他从楼上跑到地下室，为开印刷机的工人指导工作，还把地址给他。"卡斯龙还是巴斯克维尔[1]？"排字工在问。贝尔曼又跑回楼上，找了一个克里奇洛用过的信笺抬头，把它拿到地下室。两样都不是，是克拉伦登字体[2]。工作安排好之后，他气喘吁吁地冲回办公室，可没过十分钟，他又回到楼梯井，准备去拿棺材饰品的图录。他尽自己最大的能力为家属减轻负担，替他们把每一件小事都办得妥妥帖帖。再小的东西，哪怕是一条穗子或绶带，都由他亲自挑选，并且都是最合用的那一款。王公贵族们也许能办一场更为奢华的葬礼（实际克里奇洛的葬礼已经花销不菲了，买单的是贝尔曼-布莱克商场），但他们得不到如此贴心的服务。贝尔曼决不容许这场葬礼有

1　Caslon 和 Baskerville，两种字体。
2　Clarendon，中长黑体铅字。

任何疏漏。

有这么多筹备工作要做，他根本没有时间坐到亡者的身边祈福。也没有人对此议论过什么。离上一次邀请贝尔曼参加的聚会已经过去十年了，克里奇洛一家对他的期望老早就改变了。他不过是克里奇洛先生的生意伙伴罢了；此外，考虑到这门生意的性质，他们自然会觉得他在通过工作来表达他的哀思和敬意。

"我怎么应付商场的生意呢，贝尔曼先生？"克里奇洛夫人在和贝尔曼商量棺材的丝绒内衬时顺便问道。"我们没有儿子来继承我丈夫的股份，而我的那些女婿呢……"她的那些女婿——不消她说出来——都太有地位，不可能接手像零售业这么低贱的生意。

"不用担心这个，我会买下你的股份。"

"真的吗？就这么简单？"

他甚至都不需要跟安森谈贷款的事。那个保留账户里就有现成的资金。在回商场的路上，他去了一趟威斯敏斯特城市银行。

"这个时候增加你的市场风险合适吗？"安森大声地质疑道。

"有何不可？"

"看看现在的形势……法官已经判那个威尔士医生无罪了，这你是知道的。火葬在英国已经不违法了。"

"火葬还是土葬对我们有什么影响呢？葬礼总是要办的。还是要有一副棺材、几个随从和几件丧服。"

"这就是变化啊，贝尔曼，变化总要引起连锁反应的。每天都会有更多的人来反对葬礼的花销。那些有权有势的人也会加入进来。大家都不太愿意花钱了，你肯定已经注意到了，对不对？这次给克里奇洛举办的葬礼……"他没把话说完，但他实际的想法就是这样的葬礼即将成为历史。总之，大操大办的丧葬风气正日渐衰微。

但贝尔曼主意已定。安森尽管不乐意，也还是为他办理了转账手续。至于安森自己的资金嘛，他早在几个月以前就已经退出丧葬业，转而投向沃特福德正在兴建的火葬场了。

在贝尔曼忙里忙外地筹备葬礼之际,他整个人都由内而外地透出一股兴奋劲。原来那个精力充沛的贝尔曼又回来了。日子又变得饱满起来,一天二十四小时,一小时六十分钟,不多也不少。他的思路很清晰;该吃饭的时候,他会感觉到饥饿;尽管他晚上休息的时间不长,但他能不借助任何辅助手段地入睡。他满怀信心地生活和工作着,觉得他的烦心事很快就能解决。葬礼的日期和时间都定下了;送葬的队伍将非常的壮观;贝尔曼-布莱克商场要把这场葬礼打造得庄严而美妙、肃穆而奢华,完全不逊色于任何公侯伯爵的葬礼。对于那些看到送葬队伍经过的群众而言,这无疑是一场鼓舞人心的盛会。

当然,更重要的是:布莱克肯定会过去。

葬礼的当天,贝尔曼早早地做好了准备。他加入了送葬的队伍,忐忑不安地行走在队伍中间。他对自己说,今天,一切问题都将彻底解决。结果是好是坏,他无法判断,但至少有一点他可以确定:他不必再疑神疑鬼、担惊受怕了。

路上的行人都停下脚步,以示对送葬队伍的尊重。有些人低下头,为那个与他们的生活产生短暂交集的亡者祈福。还有些人在窃窃私语,想知道躺在那豪华棺材里的是谁。棺材呈乌木色,有铜质的永恒之蛇配件和雕刻了常春藤花纹的饰板。所有人都听到自己的内心有一个感激的声音在说:感谢我还活着!部分人还听见那个声音补充了一句:至少今天还活着。队伍里有六匹经过精心打扮和梳洗的黑色大马,它们浑身都油光闪亮的,额前的羽毛随着它们的步伐而不停地摆动,煞是惹眼。此外,还有亮锃锃的枢车、神色凝重的送丧人、最纯黑的绉纱,等等。在贝尔曼看来,天堂里也没有什么比这场死亡的盛会更壮观的了。而那些围观的群众呢,他们的眼中几乎都充满了哀伤、赞叹和同情。贝尔曼发现,只有少数一两个人的眼中带有异样的神情,是那种冷眼旁观的神情。

进入教堂，前来吊唁的人个个低垂着头。每一具尚且活着的躯体里面都有一颗灵魂在思索克里奇洛先生已然达到且他们也将随后奔赴的永恒之境。所有的人，除了贝尔曼。他正昂着头，仔仔细细地在他的身边搜寻。那些比他先进来的人已经坐下了。他就盯着他们的后脑勺看，边看边皱眉，似乎要把每个人的头型和肩膀都辨认一遍。那是他吗？不像，不是他。

有个不认识的人——不是布莱克——朝贝尔曼看过来，给他做了个脸色。他抱歉地低下头，学起其他来宾的恭顺模样，但他依然克制不了强烈的好奇心。只等那男人一转眼，他立刻抬起头继续搜寻。

整个悼念过程中，贝尔曼跟着大家一起吟唱、祈祷、下跪、站立又坐下，可他的眼睛始终在东张西望，他的头也转过来转过去，让周围的人感觉很讨厌，后悔不该和他在一起。贝尔曼显然已经忘了来教堂的目的了。他的心不知跑哪儿去了。人们越来越反感他，还有些人你看看我，我看看你，用嘘声来表示抗议。

而贝尔曼呢，他发现到处都看不到布莱克的影子，也烦躁起来。他甚至转过头往后面看：一排排的穿黑衣服的吊唁者都愤怒地看着他。他们很生气，很难堪，很不赞成他的做法——可他们不是布莱克。这个人到底在哪里呢？

接下来，他大喊了一声："难怪！"布莱克是不会来这儿的，不会来教堂的！他应该在下葬的地方等着！他以前不就经常在墓地碰见他的么？要么是进去的时候，要么是出来的时候。或者就在墓穴的边上。克里奇洛不会在拥挤不堪的教堂墓地下葬，他要去城郊的公墓，那里绿荫环绕、清幽淡雅。他必须立刻赶过去！

"不好意思！"他一边低声对旁边的人说，一边急不可耐地挤到长椅的最边上，根本不在乎是谁的脚被他踩上了。他几乎是从过道冲出了门口，然后粗手粗脚地打开门，飞奔出去了。

没有哪个运动员或小偷能有贝尔曼这样的速度。当他在大街上奔跑的时候，所有的目光都被他吸引过来。他跑到满脸通红、气喘如牛之后才来到公墓的门口。他踉跄地进去了。他知道墓穴的位置——那是他亲自挑选的。

这里就是墓穴了。多么美好的地方啊，风景宜人、绿意盎然。即将竖立在这里的墓石也是他选择的样式：大气、精致，有三个小天使，有赞美克里奇洛慈爱德行的卷轴，还有一只小西班牙猎犬（它的形象是根据克里奇洛年轻时喜爱的一只西班牙猎犬的画像创造出来的）。这将是一座华丽高贵的坟墓。

可今天，它不过是一个土坑。

看不到一个人。

"他会来的！"贝尔曼喃喃，"他会来的。"

他把所有的小路都走了个遍，每个方向各一百码的样子。回到墓穴之后，他又往里面瞄了瞄。只是为了保险起见。看到不远处有一块巨大的墓碑，他便想爬到高处好看得更清楚些。然而，他在手忙脚乱中滑倒，手掌擦伤了，夹克上的扣子也蹭掉了一两颗。他想拍掉裤子上的泥，却把手上的血沾到裤子上，又把裤子上的泥沾到手上。第二次爬的时候他成功了。这下他能看到墓穴周围的情况了。没有任何人来的迹象。

"布莱克！"他拼命地呼喊，"我在这儿等着你！你快出来吧！"

一片灌木丛发出"沙沙"的响声。树枝摇曳，贝尔曼的心狂跳不止——一个人影出现在小路上。可那只是个邋遢的小屁孩儿，园丁或挖墓人之类的年轻人。他刚从睡梦中被吵醒，打着呵欠，揉着眼睛。他一看见贝尔曼就吓得要命，先往后退了几步，然后转过身往大门口飞奔去了。

贝尔曼叹口气，坐下。他的一只胳膊正在作痛。他刚才肯定摔得很重，痛楚立马把他的眼泪给激出来了，他用手去擦眼泪，在脸上留下一道混合了泥土、青草和血的污迹。

还有时间。贝尔曼意识到，布莱克是不会料想到他这么早来的。再有半个小时，其他人就会过来，那才是布莱克现身的时候。他现在已经精疲力竭了。他只能坐下，守候着他那点卑微、渺小的希望，希望布莱克能可怜他。他只能听天由命地等着时间流走。他从胸前的口袋里掏出怀表，发现表已经停了。他给表上了发条，又拿到耳朵边上去听。毫无动静。

他下意识地去找自己的记事本，但他忘带了。他竟然把这件随身携带的宝贝给忘了，可他连感叹一下的力气都没有。他呆呆傻傻、失魂落魄地待在原地，一动也不动地好似贝尔曼-布莱克商场的模特。在其他人到来之前，他是完完全全地停了下来。

是安森从众多的吊唁者中发现了他，并来到他的身边。

"怎么回事，我的朋友？"

安森抓起贝尔曼的手臂，尽管动作很轻，但还是弄疼了他。

"来吧，让我送你回家。你生病了。"

可贝尔曼没有动，他甚至没有看安森，也不像是听见他说话的样子。他的眼睛始终盯着参加葬礼的人群，几乎连眨都没有眨一下。安森知道贝尔曼在教堂的时候已经不对劲了，现在他虽然样子很怪又警觉得反常，但他至少不吵闹、不乱动。他决定暂时先不弄走他，免得又惹恼了他。他要一直守着这位朋友，等到葬礼结束之后，再带他去看医生。

贝尔曼的眼睛仍旧在寻找。如果他不能从墓穴周围的人群中发现布莱克，等人群散去之后，他就能看到他了。当吊唁者三三两两地离开之时，一个孤单的身影就会显露出来，那就是布莱克了……

他的眼睛不停地扫视，四处张望。人们的脚稍微动一下、头稍微斜一下，都能引起他的注意。他每一分每一秒都在期盼那张脸。那张他一见便能认出的脸，那张同时也在寻找他的脸。他的双脚已经准备好了。他想趁布莱克还没有反应过来的时候，自己就冲过去，"嗖"地出现在他的面前。

现在葬礼结束了。只剩下握手、拍背之类的礼节。相互说些安慰的话。贝尔曼希望人群能分得再开一点，好让他看得更清楚。

终于，第一批人离开了，接着是其他的人。

最后人都走得只剩下几个了，贝尔曼还留在原地，死死盯着。

"你要一起走吗？"安森问他。他把一只手轻轻地放在贝尔曼的肩膀上，可贝尔曼似乎没有注意到。于是他拉起他的胳膊，想把他扶到小路上。

"我送你回家吧，"他提议。但贝尔曼没有家，"你可以到你女儿那里住几天——"

哪知贝尔曼怒气冲冲地大吼一声，甩开了安森的手。安森赶忙闪到一边。留到最后的几个人惊恐万分地回过头来看他们，对那个脸上沾有血迹、怒目圆睁的男人充满了戒备。这几个人很快就离开了。

只剩下安森和贝尔曼了。安森在考虑怎么办才最好。他决定去找公墓的看护人，要他们两个人一起才能把贝尔曼安全地扶进马车，再送去医生那里。他说去就去了，留下贝尔曼一个人望着墓穴哭泣，好似埋葬在里面的是他自己的灵魂。

等安森带着一个身强力壮的帮手回来的时候，贝尔曼已不知去向。

30

贝尔曼-布莱克商场准备打烊了。当最后一位客人离开时，彭特沃什向她鞠上深表同情的一躬，然后关闭大门。他还没来得及给门上锁，一个熟悉的身影从暮色中走出来，踏上了台阶，是贝尔曼先生。彭特沃什又打开了大门。虽然老板的样子很不同寻常，但他的身份不适于去指点什么，所以他假装没看见。

办公室的门开了，费尼抬起头。安森先生今天下午来过一趟，把葬礼上发生的奇特事情说给费尼听。他觉得很不可思议。确实出了点状况，但不太可能就是安森说的那样吧……诸多的疑问在费尼看到贝尔曼的瞬间化解了。

"数据都放在您的书桌上了。"费尼试探着说了一句。贝尔曼只抬起一只手让他住嘴。他连看也没看费尼一眼,就径直进了他的私人办公室,并重重地关上了门。

费尼以为,如果贝尔曼需要他,会主动招呼他的。于是他继续做自己的日常工作。可他的手指跳动得有些迟疑,他不止一次地因为分心而不得不重新算一遍。

好几次有人来敲门:几个高级员工都会在商场打烊之后继续工作很长时间。"贝尔曼先生回来了吗?我想……"对每一次的询问,费尼都是摇头。

"下次再来吧。"

一个小时过去了,费尼不敢敲贝尔曼的门,怕打扰到他。又过了三十分钟,费尼把一些不必要的工作都做好了。可他发现贝尔曼的门还跟之前一样关得严严实实的,他只好穿上外套回家了。

在紧闭的门后,习惯促使贝尔曼拿起书桌上的月度数据。销售额下跌了——已经是连续第三个月下跌——但费尼把数字写得漂漂亮亮的,把线条划得规规整整的,让那些麻烦和困难都显得有条不紊、协调一致。持续下跌的销售额和不断增长的亏损就干净利落地摆在那儿,各行各列的数字都做了不同方式的统计。即使是利润下滑,能看到如此一丝不苟的记录,也会有些许的安慰。贝尔曼长长地叹了一口气。想到即将到来的漫漫长夜,他心中隐隐作痛。*我是被抛弃了*,他想。他苦苦寻找的某人根本就找不到。他的余生将如何度过啊?

窗外有一只风鸦在摄政街的屋顶上盘旋,它挥动的翅膀发出粗粝的声音。贝尔曼不去理睬它,开始投入工作。他站到图表的面前,手里拿着笔。他用黑笔在图表上画一个十字来标示本月的销售额。于是整条抛物线有了种似曾相识的感觉。*我大概早就预见到今天的下跌趋势*,他想,但他马上又纠正了自己。那怎么可能呢?可事实就是如此。他确实见到过这条抛物线。

他用笔蘸上了蓝墨水，该预测下个月的了。目前人们的死因有什么呢？有像克里奇洛这样的，死于寿终。千千万万的人都属于这种情况。他想到了弗雷德，一个为了生活、爱情和面包而死的人。他做面包做了多少年？五十年？有多少人是像他这样的呢？太多了。

弗雷德和他是同龄的，不是吗？他的眼睛凝视着墙上的曲线，他的脑子忽然意识到他和弗雷德几乎是一般大的。他们的生日在同一个月份。现在回想起来，还真是神奇啊！他的堂兄查尔斯也是那个月的生日。可怜的查尔斯。另外还有个男孩……卢克。他可是早就……一晃这么多年过去了。

他眨了眨眼睛。

他能看到整条曲线的变化轨迹。曲线的最高点，也正是曲线下行的起点。他也能预见到曲线的最终点。他确信无疑地画上了蓝色的十字。他知道，他见到过这一个点。

莫名的焦躁令他想起刚才看到的在屋顶上盘旋的风鸦。它此刻在做什么呢？他急迫地跑到窗户边上。天空是深邃的蓝色，还没有暗到他分辨不清一只风鸦的轮廓的时候。不过现在对风鸦来说也太晚了，他想。我刚才不可能看见它。它们早该回树上的窝了。他正在屋顶上搜寻一只风鸦的踪影，却忽然有了那种感觉。就是那种有人在看着你，你的后脖颈会刺痛、脊梁骨里会跳动的感觉。

他刚转过身，就脱口而出："你终于来了！"

布莱克正舒舒服服地坐在火炉边的扶手椅上，似乎很高兴见到贝尔曼。虽然他那里没有光线，但他的和蔼笑容依然挂在脸上，没有因为贝尔曼的大惊小怪而消失。

"你怎么才来呀？我到处都在找你！"

"找我？我可一直在这儿啊。"

"一直在这儿？"贝尔曼怀疑自己是不是听错了。

布莱克礼貌地点点头，没有多加解释。

"这也没什么大不了的了。反正你现在来了。"

布莱克很安静，很放松。他好奇的目光落在贝尔曼的身上，好像在等着贝尔曼先开口。手足无措的贝尔曼似乎忘记了所有的谈判技巧。"我为你准备了一份合同，"他开口道，有点紧张，"合同就在这儿，某个地方放着。"他打开了一个抽屉，翻里面的东西。他是多少年以前拟的合同了？他拿出一捆文件，时间是和那份合同同期的。他在书桌上把文件摊开，却一下子找不到那份文件。真糟糕！他为什么不把它单独保存呢？他颤抖着双手去拿第二捆文件。"我知道合同在这儿！我能找到，只要你等我几分钟。花点时间就行了。"

"没问题。"

贝尔曼抬头看了看。布莱克做了个轻松的手势，像是在说他一点也不着急。

"你可以一边等我，一边看看账本，好吗？"

贝尔曼从架子上取下账本，一次两本，直到两只手都抱不下为止。"你会发现账目是及时更新的，非常完整，什么也没忘。"

"什么也没忘？"布莱克的语气是有点讽刺的意思吗？

他从房间的这头走到那头，把账本放在布莱克够得着的一张茶几上。他有一种奇怪的感觉，就是他离布莱克越近，布莱克的身影反而越暗。

"一丁点儿也没忘啊！全在这儿了！还有银行的对账单，如果你想要的话！它们就在这儿，你看！"他已经走到保存银行文件的架子旁边，抽出了文件夹。"还有什么忘了的？你指的是哪些东西？"

没等布莱克回答，贝尔曼忽然感觉不对劲，又问了另一个问题："谁让你进来的？费尼吗？"

布莱克在椅子里换了个姿势，他的脸仍旧笼罩在阴影下。"那只保险箱……"此时贝尔曼的嘴巴发涩，话像羽毛一样卡在喉咙里出不来。"你要是着急的话，我马上就能给你兑现部分股份。就今晚，就在这儿，立刻马上。"

保险箱的密码盘很紧；贝尔曼用力去拧，手反倒没那么抖了。箱门打开，里面放着一堆毛毡口袋，是点过数的当天的营业收入。他一边把口袋里的钱倒在书桌上，一边还唠叨个没完。"最近的销售有点下滑，这也没什么好担心的。大家对丧葬的态度还在摇摆。要不了多久，传统还是要回归的；那时候，形势就又明朗起来了。死亡永远不会过时。这是铁的事实！"

他说的太多了，他自己知道，他的乐观中有点过于自信的意思。只有初出茅庐的小朋友才会相信他。然而，布莱克的沉默中充满了各种疑问，贝尔曼既不知道该如何回答，也不想去听。于是他继续唠叨下去。他说到最近兴起的火葬，不过是形式变了，换汤不换药而已。"人总要寻求慰藉的，对吧？有些东西从来不会变！"

他手忙脚乱地把口袋一个个腾空了。硬币堆成一座小山，最上面的已经开始滚落下来。有些滚到了书桌的边缘，有些一直滚到地板上。"看啊！就算有点下滑——当然只是暂时的下滑——我们的收入也不赖。要说这生意在走下坡路还为时尚早呢。"

落到地板上的硬币继续滚动。它们滚得到处都是，橱柜下面、门口，还有椅子下面。

"百分之二十五吧，这是我设想的。这个比例够你发财的了。不过我们还可以再商量，这肯定没问题。现在就开了个头而已。我们可以从头到尾地再商量一下，我不是个蛮横无理的人。我也希望你的贡献能得到充分的认可。如果说百分之五十更合理的话，你也可以争取一下。我洗耳恭听。"

布莱克一言不发。贝尔曼的心"咚咚"直跳，他都快喘不上气了。

"那就定在百分之五十吧。我跟你说过，我是诚心要合作的，对吧？我们就这么说定了？"

他坐下来，用笔蘸上墨水。"我现在就可以重新草拟一份合同，就我们说话这会儿……"他已经准备好了，却发现桌面上没有放纸的地方。于是他拿一只胳膊在桌面上横扫一气，腾出一块地方来。

硬币"哗哗"地从书桌上直泻而下。有些往布莱克的方向滚去，甚至有一枚就滚到了他的脚边。他从椅子上弯下腰，用盖着披风的手把地毯上的那枚硬币拾起。这个动作让贝尔曼感到些许的安慰，因为他欠下的债至少有一部分已经归还到了债主的手上。他终于开始还债了。

然而，贝尔曼正要下笔之时，他瞥见布莱克若无其事地将那枚硬币放在了未打开的账本上。

光线愈加暗淡，他模糊地看到布莱克的脸上有一种茫然不知所措的表情。或者是难过，又或者，是对他善意的微笑，好像他——贝尔曼——是个不懂事的年轻人。

"百分之七十五吧，"他含含糊糊地说，"我自己可不缺钱。我已经够有钱了……"

依旧没有回应，他心虚了。"八十？"这比例很高，但如果能彻底了结这桩心事，那就大大地松一口气了，他不想让看到的希望又破灭。更何况，为多拉做出这种让步是值得的，甚至是超值的。

"要不九十？不管怎么说，这个机遇是你发现的。"

墨水从他的笔尖滴落，他的合同成了一片任由想象的墨渍。

"这个机遇？"布莱克礼貌地询问。

"当然啦！"贝尔曼瞪起眼睛，"就是我们商量要合作的那晚上。贝尔曼-布莱克商场！你肯定记得！"

布莱克不知做了个什么动作，引起一阵轻微的沙沙声。贝尔曼觉得他是在耸肩。"我还以为是你的主意。"

"'我看到的是一个机遇'，这不是你说的么？"

布莱克正往壁炉里看："然后你以为我说的就是这个。"

"那你到底什么意思呢？"

贝尔曼几乎看不清处在暗影中的布莱克，他只有一个黑黑的蒙着布的轮廓。他的衣服上闪烁些微光，说明周围是有光线可以反射的，可究竟光线从哪里来，贝尔曼却说不上来。此外，他黑色的眼睛也在闪烁，带着机智，算不上绝对的冷酷无情却也是毫不妥协的意味。贝尔曼从未面对过如此犀利的目光。

"我把商场全权转让给你,"他说,"不过我得知道你的全名才行。"

对方的沉默告诉他,他跑偏了,他没找对方向。于是他把笔放到书桌上。

"你是为什么来的呢?我当时就该弄清楚的,我现在才意识到,可多拉……"他感觉自己很蠢,很无知,竟然这么多年都蒙在鼓里。

"这跟你的女儿无关。"

"无关?"贝尔曼试着理出个头绪。看样子,布莱克并不想要多拉。他环视整个房间,到处都是钱,但布莱克也不想要钱。这可不妙啊,贝尔曼反倒更糊涂、更担心了。布莱克究竟想要什么呢?

"我来是想道别的。"

贝尔曼站了起来。"你要去哪里?为什么要去?我都还没有机会了解你!要说咱们有点什么交情的话,那还是老早以前在惠汀福的时候了。我怎么就没法了解你呢?我还抱过希望说咱们能成为朋友……"

"我们没时间。"

贝尔曼已经从房间的这头走到壁炉那边去了。他把一只手放在另一张扶手椅的椅背上。他该不该坐下呢?他隐约觉得自己该等着被邀请之后才坐下。

"时间太短暂了,是吧?要说我有什么心得体会的话,那就是时间总会比你想象的要多。而且,从你这样的人身上,我能学会许多。我一直都在等你,现在终于等到了——"

"我可一直在这儿。"

"我没听错吧?一直,你说的?"

布莱克点头:"就在你身后。"

贝尔曼停顿下来,他怀疑地看着那团黑影:"是费尼让你进来的吗?"

布莱克不置可否。

"我是给了你一个机遇，但我说的并非贝尔曼-布莱克商场，这是你自己的主意。我希望你能从失去亲人的痛苦中发现另一种机遇。我现在重新再给你一次，趁时间还来得及的时候。"

"什么来得及？"

此话刚一出口，贝尔曼就发现布莱克的轮廓似乎又暗了下去；他想到一个惊人的又显而易见的答案。

"噢，"他说，"我从来没想过……"

疲惫感忽然击倒了他，他不得不坐下。他把头埋进手里，感觉整个世界都在旋转。等旋转结束之后，他发现自己从未像现在这样清醒过。

"那我们没有协议咯？"

"没有协议。"

"还有这些钱……"他无助地指着地上的硬币。

布莱克摇头。

"那这个机遇是什么？"

"思想。"

"思想？就这样？"

"还有记忆。"

贝尔曼点头。思想和记忆。当他全神贯注于这两件事情的时候，时间放慢了脚步。在这贝尔曼-布莱克商场，在过去的十年间，他满脑子只想着一件事情——死亡。然而他却没有花上半点工夫来思考他自己的宿命。这难免有点荒唐。他怎么能把这么重要的事情给忘了呢？

他尝试着记忆。他将思绪转向过去，可他的眼前一片黑暗。这黑暗是他在梦里见过的，充满了威胁的黑暗。"我记不起来。"他摇着头说。他朝那片黑暗望过去，它竟幻化出各种形状，将他过去的痛苦——呈现出来。他饱受病魔折磨的妻子在向他挥手，令他不寒而栗；他的儿子们在呼喊他，怪他不能救他们于水火；他的女儿在褓褥中哭泣，为她短暂人生中遭遇的第一次苦痛而愤怒、迷惘。

对伤痛和逝去的记忆简直是种难以承受的痛。"这样的记忆有什么好处呢？"他问布莱克，"我快受不了了。"

"回忆吧！"

那片黑暗有了更多的内容。卢克满头的铜丝闪亮出场了；查尔斯，客死他乡又从未被悼念的查尔斯；还有弗雷德——他当初该去看看他的！他为什么没有去？

他的脸扭曲了："别再逼我……"

"继续回忆吧！"

他埋葬多年的一幕又回到他的眼前。那是他的叔叔，他笔挺地坐在办公椅上，安详地去世了。"我不能想它了！"他哭喊着，因为他仍然惧怕那一幕，就和当年一样。

"回忆吧！"

出现的是杨氏姐妹和一只染了黑莓汁的白瓷碗。那个该死的墓穴。那副该死的棺材。还有个该死的波利特牧师在念他母亲的名字……

想起所有这些被他埋入记忆的亲友，他感觉像万箭穿心般的刺痛。他这辈子所经历的哀伤全一股脑地涌进他的心里。他觉得自己要崩溃，他觉得痛要把他压碎，他觉得自己要痛苦而亡。然而，这还不是他的结局。

"回忆吧。"布莱克轻声对他说。

"我已经在回忆了。"

"还没完呢。"

贝尔曼满怀对未来者的惧怕，再次回望过去。他看见，似乎是看见了，一条曲线。一条抛物线，是划在方格纸上的抛物线，它延伸到惠汀福天际之上，成为一条完美的曲线；曲线的一端是一个手持弹弓的男孩，另一端则是一只栖在树枝上的风鸦幼鸟。

他此刻是无法颤抖了。

那颗石子儿正循着它完美的轨迹飞行，他的舌头在嘴里像打了结；他希望自己能喊出来，把鸟儿吓跑。现在还来得及，它还有时间松开树枝，腾空跃起，尖啸着冲向天空……

石子儿完成了飞行。

鸟儿应声落地。

威廉不敢看布莱克，他感觉到布莱克起身了。

"我害怕……"他悄声说。

"回忆吧！"他听见布莱克在说。

"我都回忆过了。全部！"

"回忆吧！"

"没什么可回忆的了！"

"回忆吧！"

当贝尔曼抬头看时，周围黑得什么也看不见，直到有一道紫、蓝、绿的三色光从黑暗中穿透进来。

于是各种记忆从他被禁锢的过去当中释放出来。孩子们郑重其事的脸庞，往装满硬币的碗里倒醋，搅拌硬币和醋；掉进沟里的母牛，湿漉漉的靴子，笑盈盈的牙齿上有豁口的姑娘；一大块奶酪和一盘炖梅子，保罗叔叔用小刀割下母亲帽子上的玫瑰花；红狮酒吧的波尔像摸宠物狗一样地摸他的头发并脱下自己的睡衣；鲜红的布料铺成一条长龙、煞是养眼，两个儿子坐在他的膝上、冲着他嬉笑；女裁缝正唱着一首伤感的歌曲，她的脸上洋溢着快乐和回忆……

"我这辈子是怎么过来的呀！"他惊奇地对布莱克说，"我怎么光是想都得花上半辈子的工夫呢！"

"回忆吧！"

他都记起来了。往事一幕幕地从他当初埋葬它们的地方涌现出来。时光如流水般，分分秒秒地，年年月月地，挟着快乐、悲伤、愉悦，拥有的爱和失去的痛似无止境地流淌着。

我冷了，他想。他同时记起数年前的一次，他裹着毯子，在一所小木屋的火堆边上瑟瑟发抖。他的女儿沉沉地压在他的腿上。她郑重地抬起一只手,他感受到她用手指拨下他眼皮的奇妙触碰。

31

在摄政街上这座商场的顶楼,有一股小风从门缝底下溜进了一位女裁缝的卧室。它在脖子与毛毯之间找到一条缺口,再悄悄地挤进身体与被褥之间的空隙。它冷了身体一激灵。

莉齐在床上打了个冷战。她翻过身,想暖和一点,可还是觉得冷。她的额头和鼻子都冷冰冰的。她的眼睛微微一动,她就醒了。尽管她的脑子还晕乎乎的,但她知道有什么地方不对劲了。她站起来,穿过阴冷的房间,想去把窗户关上。可窗户并没有打开。风是从别处进来的。

在她卧室外面的走廊上,寒冷正大行其道。冷风不断地从屋顶上面吹下来。是谁把玻璃顶给打开的呢?而且已经开到最大了,整个玻璃顶的边缘上有足足三英尺的缝隙,完全向室外敞开了。午夜的天空像黑幕一般没有一丝云彩,上面缀满了闪亮的星辰。这样的天空足够吸引你驻足观望,以至于陶醉其中,可莉齐的光脚太冷,浓浓的倦意也让她无法陶醉。

只有一个办法了。赶紧下楼找贝尔曼先生。

她的外套挂在门后,她把外套穿在睡衣外面。她摸黑找到了鞋,又摸索着把光脚穿进鞋里,系上鞋扣。

她边起身边向门外走去。她刚踏入走廊,一阵突如其来的声响就吓住了她。

是翅膀拍动的声音。

紧接着,羽毛扑扇着风,"呼啦啦"地迎面而来;风拂过她的睫毛、脸颊和脖子。黑色,一种她从未见过的黑色,就从她的眼前直飞上去。她看到有什么东西在那儿,但一会儿就消失了。她的脖子伸得老长,她心里嘀咕着:那是一只鸟吗?

是的!一只风鸦。

它在空中笨拙地调整了下姿态,然后精准地振翅一挥,便穿过了玻璃顶的缝隙。出去了!一只黑幕之下的黑鸟是很难看到的,可莉齐仅凭肉眼还是看了它几秒钟,因为它飞的时候会遮挡住星辰的光亮。后来它就彻底看不到了。

她仍然在仰望,双手抓着衣领,感觉不到寒冷,也忘记了时间。那只融入了夜色的鸟,在她看来,是一个奇迹。

第三部分

有关乌鸦

……他不知愁为何物,

他不知悲为何物,

他不知悔为何物,

他的生是一场轰轰烈烈的狂欢,

他的死是一次无忧无虑的旅程,

他明知自己转身即重生,或为作家,或为别的,

能耐和享受甚或比往生更多,

多得让他难以承受。

——《赤道漫游记》,马克·吐温

前来吊唁的人都追思过威廉·贝尔曼了,他们也埋葬了他。现在他们回归各自的生活。只有磨坊屋的住户和几个亲近的人还留在会客室内。也就是说,除了多拉、玛丽和莱恩夫人,还有从工厂来的内德和格雷斯,为工厂供应面包且新近丧父的罗伯特,以及两个新加入的成员——乔治和彼得。他们二人是玛丽的外甥,都成了孤儿,刚刚被多拉收留。

"你的父亲曾经射死过一只凤鸦,"罗伯特告诉多拉,"他还小的时候。我的父亲亲眼所见,他一辈子都没忘。当时你父亲的弹弓可是所有男孩都眼红的物件。"

他把故事讲给她听。

"我父亲从来就不喜欢鸟,"她说,"可它们多么好看啊。每天都有一大群凤鸦从这磨坊屋经过,还是两次。"

他点头:"是弗莱特斯菲尔德凤鸦。"

"弗莱特斯菲尔德?"

"大家就这么叫的,那是凤鸦聚集的地方。"

他从她的表情中看出她有了什么心思,下一秒就听见她说"我们去看看吧"。

去弗莱特斯菲尔德需要近一小时的车程。下车以后,他们还要往山上走一段。因此,等他们赶到的时候,白日与地平线之间只差一线之隔。没有人是空手去的。男人们要抬多拉,因为她没法在崎岖不平的路上行走;玛丽和孩子们要拿油布和坐垫。到了目的地之后,他们便在斜坡上整理好东西,再收拾下自己的行头。然后他们用毯子裹住身子,安顿了下来。

这里可不是什么画上的美景,只有一片空旷的田野和一片狭长的小树林映衬在初冬的白色天际之下。

"它们在哪儿呢?"乔治很想知道,"我们都看不见它们。"

"是我们来早了,它们很快就会来的。"

多拉看了看她的表,然后举起望远镜往天上看。

"看那边!"她手指着西边。

天上有些黑点,可距离太远,几乎都看不出它们在移动。

它们确实来了,最先到的一批,从斯特劳德路的方向过来。多拉拿着望远镜看看这边,又看看那边。其他人还没看到的,她提前就发现了:每个方向都有大群的风鸦飞过来。她把望远镜扔到膝上,用一只温暖的手臂抱住乔治的肩膀,然后静静地等待着即将上演的奇观。

风鸦从四面八方飞来。它们的起点不同,出发的时候也只有二三十只的规模,但它们沿途都在汇合,队伍在不断地壮大;直到最后,风鸦如溪流般源源不绝地涌向弗莱特斯菲尔德。几分钟过后,最先到达的一批开始降落。它们拍打着翅膀向下俯冲,接着伸出脚爪,稳稳地落到地上。越来越多的风鸦在跟随它们。没多大工夫,就有二十只,一百只,三百只鸟在田野上漫步,在那些观众的脚底下高歌。天上密密麻麻的满是飞鸟:它们像黑色的河流一样始终朝着终点流淌,成千上百只的鸟都采取了统一的、坚定不移的行动。然后,一个巨大的黑色沙漏开始从天空绵延到地上。

这种遮天蔽日的气势让你很容易产生一种错觉——也许全世界的风鸦都聚集到这儿了。反正它们就是没完没了地飞过来。那些着陆的风鸦也像油泼到了地上,很快就把地面浸得黑压压一片。几百几千只鸟儿的集体鸣唱,是完全不同于少数的喧闹。从每条喉咙里发出来的叫喊融汇到一起,所形成的声响既不具有音乐性,也不类似于任何生灵的创造,而更像是大地本身的悸动。田野上已经有四分之三的部分被风鸦占领了;空地越来越少,后来者也越来越难以立足。有时候,不知是判断失误还是地方太拥挤,鸟儿们竟然先落到同伴的身上,然后才连翻带滚地落到地上。

终于，天空变得明朗，光亮重新投射下来。那个大沙漏有了一次中断，又一次，直到几分钟过后，最后一批风鸦也飞到了地面，空阔的天际与热闹的地面之间有了明显的界限。

世界就这样停滞了。夕阳西沉，寒意更浓。有五双人类的眼睛停止了眨动，有三万只风鸦闭上了喊喊喳喳的嘴。

一切都安静下来。停住了。

在某个看不见的地方，在鸟群的正中央，一只风鸦正跃跃欲试。它终于扑腾着飞了起来。一排风鸦紧随其后，从鸟群中脱颖而出；它们在暮霭中舞动，形成一条不断盘绕、旋转的曲线。曲线的尾巴越来越粗，它盘旋向上，在空中勾勒出不同的轮廓；那些行云流水般的轮廓让人联想起一滴坠入水中的墨汁。它们无穷无尽又出人意料地变幻着，让人难以相信这是鸟儿们的集体演出，它更像是某种神秘的力量在挥洒演绎。

地面上，黑色的鸟王国在逐渐缩小。有越来越多的鸟儿从王国的中心起飞，加入到炫目的空中舞蹈。当所有的鸟都离开地面的时候，天空便开始上演万鸟齐飞的壮观景象。时间已经谈不上了。过去和未来都遁入无形，当下此刻即是永恒。

这些轮廓，多拉认为，是她许多许多年以前在另一个世界里看到过的。它们现在看上去不可思议，但她曾经看懂过，而且将来某一天会再次看懂。今天她只是个观众，一个屏息凝神的观众。她忘了其他的人，忘了她自己，忘了世间的万事万物，只把鸟儿们飞翔的狂喜熨帖在心上。它们在天空勾勒出轮廓，也将那轮廓勾勒在她的心间。

遥望着弗莱特斯菲尔德上空的黑色旋风，几个观众都彻底陶醉了，根本没有注意到已经有风鸦退出空中舞台、落到树梢上了。然而，等光线暗淡下来之后，天上的飞鸟就明显稀拉起来。舞动的线条也变得稀薄而软弱。到最后，它们彻底解散了，只剩下几百只扑腾着翅膀、等着降落枝头的小鸟。冬季的树枝上已经密密麻麻地停满了风鸦，你得仔仔细细地，才能看到最后几只鸟在暮色中栖息下来。

当神奇的空中舞蹈结束时，观众们才眨眨眼睛、喘息几下，从痴迷的状态中回过神来。可以说，刚才的半个小时，他们的魂儿早不知飞哪儿去了；现在魂儿回来了，发现自己的身体躺在这斜坡之上，竟有点小小的意外。魂儿好歹在身体里安定了。试着伸伸手指，再动动脚趾。但，这胸腔和没有羽毛的肌肤还真有点不适应呢。

乔治还是一副魂不守舍的样子。他的小脑瓜里满是风鸦，别的什么都装不下了。他打了个呵欠，然后就招呼也不打一声地沉沉睡去了。多拉抱着他，其他人忙着收拾坐垫和油布。没有人说话，可目光相遇的时候，他们彼此都有种强烈的心领神会的感觉。

此时，多拉的身上熠熠生辉，她的心中有一股沉静的狂喜。这便是一场风鸦的狂欢对人类所产生的作用。她仿佛把世间所有的璀璨光华都吸附到了自己的身上。但凡见过这光辉的人，一辈子都不会忘记。那是停留在血液中的风鸦之舞，是停留在脑海里、眼睛里的万鸟齐飞。现实的风鸦早已落下枝头，它们的舞蹈却刻入你的灵魂。

多拉的内心平和了。明天，明天之后的日子，她都要画画，而且要画得好。风鸦为她的手和心灵打开了枷锁，让她自由地拥抱艺术和生活……

忧喜和疾苦还是会找上门来。她会尽力过得好，过得长久。如果哪一天不行了，她就安然地离去。对风鸦来说，它们仍然会在晨昏的时刻上演神秘的空中舞蹈，直至世界的尽头。

有不少集合名词可用于风鸦。在某些地方，人们会说一"讲故事"的风鸦。

任何故事都有结束的时候。贝尔曼的故事，每个人的故事，你自己的故事。

风鸦是非常喜欢故事的。只要有故事可收集，它就会一直收集故事。也就是说，只要神灵、人类和风鸦都还存在，它就会不停地收集故事。并且，它可以把它们都牢牢地记下。

当你的故事行将结束时，风鸦就会来收集它，正如我收集到威廉·贝尔曼的故事。因此，当你的故事已经翻到最后一页的最后一行的时候，"思想"或"记忆"，或它们诸多子孙中的一个就来守候着你，陪伴你完成整个故事，合上你自己的人生之书。在此过程中，在你们越过最后的空白页、越过书的封面而抵达那个未知的所在的同时，风鸦便搜集到你的故事。之后，它再离开你独自返回。等到时机恰当的时候，它会飞向白纸般干净的天空，参加一场最重要的风鸦的仪式。

所有的风鸦都聚拢在一起，形成一汪浓黑的墨汁。接着，有一只风鸦带头起飞，无数的风鸦跟在后面，几百只，几千只，直至所有的墨汁都挥洒到了白色的天幕之上。这些"思想"和"记忆"的后代们，他们在空中激情起舞，以惊天动地的集体表演来展现他们的力量：那是凝聚起神灵、人类和风鸦的"讲故事"的力量。

顺便说一句，我们也有个集合名词来指代你们。对我们风鸦来说，你们人类就是一"逗乐"的人类。

资料来源

小说家拥有拿捏历史和事实的特权，我本人也充分利用了这一特权。不过我仍然要感激以下作品的作者，他们为我提供了有关磨坊史、维多利亚时期的丧葬习俗以及鸦科鸟类习性的可靠知识。

詹妮弗·坦恩，《羊毛和水：格洛斯特郡的羊毛产业及磨坊工厂》

帕特·贾兰，《维多利亚时期的家庭丧葬习俗》

詹姆斯·史蒂文斯·柯尔，《维多利亚时期的死亡庆典》

托尼·马兹鲁夫，《与乌鸦和渡鸦为伴》

马克·可卡，《乌鸦国度》

此外，我还要感谢罗宾·米切尔，他带领我参观吉格磨坊，为我展示了各种传统工艺和纺织机；感谢约翰-路易斯百货商店档案部的朱迪·法拉第和琳达·莫罗尼，她们为我提供了有关维多利亚时期丧葬用品商场的宝贵资料。

第一章所唱的赞美诗是查尔斯·韦斯利的《且留驻我心》；由女裁缝师们唱的、后来由威廉贝尔曼和莉齐唱的歌曲是阿戴德·安·普洛克特的《回声》。

鸣　谢

　　首先要感谢托彭·贝克和哈孔·朗巴勒，他们给予我珍贵的友谊和帮助，他们对此书的贡献也是无可比拟的。非常感谢！

　　还要感谢马克·可卡，因为他写出了如此动人的《乌鸦王国》。在这本书中，马克以富有激情和诗意的笔触抒写了凤鸦对人的心灵和灵魂所产生的神奇力量。它深深地影响了我的创作。

　　感谢乔·安森、迈克·安森、简·贝利、凯瑟琳·巴克·柏林、盖亚·班克斯、艾米丽·贝斯勒、艾琳·卡特利、弗格斯·卡特利、保拉·卡特利、罗斯·卡特利、珍妮特·库克、朱迪思·克尔、玛丽安·唐尼、珍妮·雅可布、安娜·富兰克林、内森·富兰克林、维维恩·格林、道格拉斯·格尔、盖·尤利尔、玛丽·尤利尔、吉恩·柯克、苏珊·兰姆、卡洛琳·勒马拉查尔、斯图维、比尔·梅西、加里·麦吉本、斯蒂芬妮·罗斯-罗素、诺埃尔·罗斯-罗素、曼迪·赛特菲尔德、乔·史密斯、朱莉·萨默斯、莎拉·托马斯、西尔维亚·奎日尼、吉娜·威尔逊、佐菲亚·亚萨维斯沙。

　　感谢欧文·斯特利，他在我创作的初期给予我支持；感谢玛格丽特·尼克尔森对我的鼓励。我希望你们都能亲眼见证这部作品的完成。

　　最后，感谢内维尔叔叔，他向我讲述了他曾用一颗石子儿打死一只黑鸟的故事。虽然他当时并没有想过要这么做，也不认为自己有这个能力，但意外确实发生了。

著作权合同登记号　图字 01-2017-3008

BELLMAN AND BLACK: A GHOST STORY
By DIANE SETTERFIELD
Copyright © DIANE SETTERFIELD 2013
This edition arranged with SHEIL LAND ASSOCIATES through
Big Apple Agency, Inc., Labuan, Malaysia.
Simplified Chinese edtion copyright:
© 2017 SHANGHAI 99 CULTURE CONSULTING CO., LTD.
All right reserved.

图书在版编目(CIP)数据

贝尔曼与黑衣人/(英)戴安娜·赛特菲尔德著；马丹译.—北京：人民文学出版社，2017
ISBN 978-7-02-013104-4

Ⅰ.①贝… Ⅱ.①戴… ②马… Ⅲ.①长篇小说-英国-近代 Ⅳ.①I561.44

中国版本图书馆 CIP 数据核字(2017)第 170947 号

责任编辑	甘　慧　汤　淼
装帧设计	高静芳
出版发行	人民文学出版社
社　　址	北京市朝内大街 166 号
邮政编码	100705
网　　址	http://www.rw-cn.com
印　　刷	山东德州新华印务有限责任公司
经　　销	全国新华书店等
字　　数	235 千字
开　　本	890 毫米×1240 毫米　1/32
印　　张	8.75
版　　次	2017 年 9 月北京第 1 版
印　　次	2017 年 9 月第 1 次印刷
书　　号	978-7-02-013104-4
定　　价	38.00 元

如有印装质量问题,请与本社图书销售中心调换。电话：010-65233595